HEYNE <

Sophie Faber

Traummann gesucht. Katzen vorhanden.

Roman

WILHELM HEYNE VERLAG
MÜNCHEN

Sollte diese Publikation Links auf Webseiten Dritter enthalten,
so übernehmen wir für deren Inhalte keine Haftung,
da wir uns diese nicht zu eigen machen, sondern lediglich
auf deren Stand zum Zeitpunkt der Erstveröffentlichung verweisen.

MIX
Papier aus verantwortungsvollen Quellen
FSC® C014496
FSC
www.fsc.org

Penguin Random House Verlagsgruppe FSC® N001967

Originalausgabe 05/2021

Printed in Germany
Umschlaggestaltung: Nele Schütz Design unter Verwendung von
shutterstock/Oleksandr Lytvynenko/Natasha Pnkina
Satz: Satzwerk Huber, Germering
Druck und Bindung: GGP Media GmbH, Pößneck
ISBN: 978-3-453-42432-6

www.heyne.de

»Ein Leben ohne Mops ist möglich. Aber sinnlos.«

Loriot

Für meinen Mann.
Weil er manchmal mit den Katern auf dem Balkon
steht und das Wetter mit ihnen diskutiert.

Kapitel 1

Hundehoroskop

Der weiße Kittel passte tadellos. Wie erst gestern ausgezogen. Beim Aufwachen hatte Trixie sich diesen Moment vorgestellt und überlegt, ob sie sich darin verkleidet fühlen würde. Meine Damen und Herren: Beatrix Vogelsang in *Die Tierarzthelferin*, Applaus! Aber ihre Finger schlossen die Knöpfe über ihrem Shirt und krempelten die Ärmel so gedankenlos um, als hätte sie keine zwei Jahre Pause in der Praxis gemacht, als wäre ihr Mann PeFe noch da und würde jeden Moment zur Tür hereinkommen und sagen: »Na, Herzensmaus? Wieder ein wunderbarer Tag in diesen bröckeligen heiligen Hallen?«

Trixie atmete tief durch und dachte daran, wie das früher gewesen war, bevor PeFe, der eigentlich Peter Ferdinand hieß, den Autounfall gehabt hatte und sie diese Räume nicht mehr betreten wollte oder besser nicht mehr betreten konnte. Monatelang schnürte es ihr jedes Mal die Luft ab, wenn sie sich auch nur ausmalte, den Schlüssel ins Schloss zu stecken und mit der

Hüfte gegen den Holzrahmen zu stoßen, bis die Glaseinsätze leise klirrten, damit die verzogene Tür nachgab. Die alte Praxis ohne PeFe war eigentlich undenkbar. Sie, Trixie, war ohne PeFe eigentlich undenkbar. Aber irgendwann hatte sie sich berappelt und eine Anzeige geschaltet, dass sie einen neuen Tierarzt suchte, denn das Leben musste weitergehen, auch wenn sie nicht wirklich einen Plan hatte, wie das klappen sollte.

Sie betrachtete sich in dem kleinen Spiegel, der an der Tür des Behandlungszimmers hing, und wunderte sich, dass man ihr die schweren zwei Jahre, die hinter ihr lagen, kaum anmerkte. Ihre großen braunen Augen mit den Lachfältchen glänzten. Um die etwas zu kleine Nase tanzten selbst jetzt im Winter Sommersprossen, die ihr bei einer erwachsenen Frau immer etwas albern vorkamen, aber PeFe hatte sie hinreißend gefunden und jede einzelne geküsst, wenn sie in seinen Armen gelegen hatte. Ihre langen, widerspenstigen goldbraunen Locken waren zu zwei Zöpfen geflochten und am Hinterkopf festgesteckt, das war einfach die praktischste Frisur für die Arbeit mit Tieren. Nur ihre Jeans spannte stärker über ihrem runden Po. Zu viel Eiscreme während zu vieler Horrorfilme. Als PeFe noch bei ihr war, hatten sie die torkelnden Plastikmonster, gescheitelten Kettensägenmörder und schlecht geschminkten Vampire zusammen gesehen und sich die Eispackungen geteilt, jetzt löffelte sie die allein aus. Sie löffelte jetzt alles allein aus.

Trixie schloss kurz die Augen und schnaufte. Keine traurigen Gedanken heute. Neuer Tierarzt, neues Glück.

Die letzte Ärztin, Frau Doktor Mone Windhoff, die nur aushilfsweise einige Monate hier gewesen war, hatte sich in der alten Kiez-Praxis mit den historischen Gerätschaften, den skurrilen Kunden und den Tapeten, die sich von zwei Kanten rollten, nie zu Hause gefühlt. Sie verfolgte wohl höhere Ziele und sah sich eher als schicke Chirurgin in der Uni-Tierklinik, die sie dann auch geworden war. PeFes baufälliges Refugium war ihr nicht glamourös genug. Mone hatte zwar, das musste Trixie zugeben, die Tiere mit viel Fachkenntnis versorgt und war oft nach Dienstschluss noch in der Praxis geblieben, hatte sich um die Buchhaltung und die Medikamentenbestellungen gekümmert, aber warm geworden war Trixie mit ihr nie. Bei PeFe hatte es immer etwas zu lachen gegeben. Niemand konnte so kindisch kichern, wenn ihn ein Welpe anpinkelte oder ein Wellensittich ins Ohr biss. Und was hatten sie sich über den neureichen Kunden amüsiert, der sicher gewesen war, seine Koi-Karpfen litten unter schwerer Migräne und bräuchten Massagen oder Akupunktur. Wenn PeFe so gelacht hatte, dass ihm die Tränen übers Gesicht liefen und er nur noch japsen konnte, hatte sein ganzer Körper gezuckt und gewackelt. Trixie hatte dann einfach mitkichern müssen, selbst wenn sie noch gar nicht wusste, was eigentlich so komisch sein sollte. Frau Doktor Mone Windhoff verzog höchstens die Mundwinkel leicht, räusperte sich schnell, strich über ihren makellosen Pagenkopf, bei dem nie ein Härchen verrutschte, und klopfte sogar manchmal kurz auf die

Tischplatte, damit alle Anwesenden zum Thema zurückkamen.

Besaß der neue Tierarzt mehr Humor? Der war so jung, in dem Alter hatte man doch noch alles: Begeisterung und Witz, Optimismus und Freude nicht bloß an der Arbeit, sondern auch am Leben selbst. Als ginge es irgendwie gerecht zu. Trixie konnte nur hoffen, dass der Finn – gedanklich nannte sie ihn immer Finn, obwohl er einen Doktortitel und einen Nachnamen hatte – dass dieser Finn also wieder ein bisschen Glück und frischen Wind in die alten Räume bringen würde, so renovierungsbedürftig und voller Erinnerungen sie auch waren.

Trixie sprühte Desinfektion auf den Behandlungstisch und wischte mit kräftigen Bewegungen über die Metallfläche, schaltete den Laptop und die Kasse an, kontrollierte noch einmal, ob alle Medikamente in den Regalen aufgefüllt waren und die Instrumente am richtigen Platz lagen, und zog schließlich die knirschenden Rollläden hoch. Die ruckelten auf der Hälfte. Trixie seufzte. PeFe hatte jahrelang gesagt, man müsse wirklich mal die nervigsten Sachen ersetzen, aber dazu war es nie gekommen. Sie hatten die Praxis schon in einem zweifelhaften Zustand übernommen, bevor es Begriffe wie Shabby Chic gab, und so war sie geblieben. PeFe nannte das »charmant und charaktervoll«, Trixie fand »Bruchbude« treffender. Aber es war ihre gemeinsame Bruchbude, und das zählte viel mehr.

Immer wenn ein bisschen Geld da gewesen war, kam etwas dazwischen. Einmal hatten sie bereits den

Maler und den Trockenbauer bestellt und den Kunden Bescheid gesagt, als am Tag vor dem Renovierungstermin das Röntgengerät mit einem leisen Klacken den Dienst aufgab. Ein anderes Mal wollten sie selbst wenigstens neu tapezieren, aber dann wurden überraschenderweise und ganz gegen die bisherige Politik des Bezirks vor dem Haus die Bürgersteige neu gepflastert und die Kosten auf die Besitzer umgelegt. Ständig war irgendetwas, und so lenkte Trixie die Kundschaft mit frischen Blumen und ihrem »skandalös liebreizenden Circen-Charme«, wie PeFe es gerne genannt hatte, von den bröckeligen Decken, quietschenden Dielen und klemmenden Türen ab.

Trixie zog fest an dem Band des Rollladens, dann gab er nach und rauschte in die Höhe.

»Na, geht doch«, murmelte sie und blinzelte ins grelle Wintersonnenlicht. Sobald sie wieder etwas sehen konnte, musste sie lachen.

»Trudi! Treueste aller Treuen. Hab ich dir ne SMS geschickt, dass wir heute neu starten?«

Auf dem Fensterbrett saß eine kleine, etwas struppige Hundedame, hatte ihre Pfoten übereinandergelegt und drückte ihre runde Nase gegen die Scheibe.

Trixie öffnete das Fenster weit und strich Trudi über den Kopf. Die Hündin schloss genießerisch die Augen und schnupperte an Trixies Hand.

»Da wären wir, altes Mädchen. Alles auf Anfang. Nur müssen wir es jetzt ohne PeFe schaffen.«

Sie fühlte, dass ihre Augen so feucht wurden wie die kleine braune Hundeschnauze, und blinzelte.

»Wir lassen uns nicht runterziehen. Du und ich kriegen den Laden schon wieder zum Laufen. Hoffentlich kann der Finn …« – sie sprach »der Finn« so aus, als wäre es ein Künstlername, als würde er im Zirkus mit »der große Finn« angekündigt – »… eine Schildkröte von einem Hamster unterscheiden.«

Trixie nahm die Zeitung vom Schreibtisch und holte sich einen Joghurt aus dem Impfstoff-Kühlschrank.

Während sie die Zeitung aufschlug, sah sie Trudi mit einer hochgezogenen Augenbraue an.

»Er heißt Finn, und er ist ein Baby. Gerade erst aus der Uni raus. Aber sonst wollte uns ja niemand haben. Und diese Vertretungen bringen es nicht, wir beide sind monogame Mädchen, wir brauchen einen für länger, einen, der sich binden will.«

Trudi jaulte, versteckte ihre Nase unter den Pfoten und sah Trixie mit Dackelblick an, obwohl sie gar keine Dackeldame war.

Trixie klopfte ihr auf das knochige Hinterteil.

»Wir erziehen uns den schon, wir beide wissen ja, wie das hier funktioniert.«

Sie raschelte mit der Zeitung.

»Und jetzt lass uns nachsehen, was unsere Horoskope sagen. Du bist Zausel mit Aszendent Flohbeutel? Schau'n wir mal.«

Sie hatte gerade angefangen, die richtige Seite zurechtzufalten, als die Tür zum Behandlungszimmer aufgestoßen wurde und ein junger Mann einen gewaltigen Karton mit dem neuen Vierfarb-Laserdrucker hereinschob.

Er war so schlaksig, dass er ein bisschen zu schwanken schien. Selbst sein rotes Haar, das in alle Richtungen abstand wie bei einem exzentrischen Musiker, und seine großen Ohren lenkten nicht davon ab, dass er hinter seiner schwarz umrandeten Nickelbrille auffällig wache, fast stechende Augen besaß. Trixie hatte beim ersten Kennenlernen sofort gedacht, dass Finn ein schlaues und gleichzeitig grundehrliches Gesicht hatte. Seine Zeugnisse sprachen für ihn, und als er sich im Vorstellungsgespräch beruhigt hatte und mal mehrere Sätze nacheinander sagte, fand Trixie schnell heraus, dass er bei aller Unsicherheit nicht nur kompetent war, sondern auch vernünftige Ansichten vertrat. Und dieses jungenhafte Gesicht zusammen mit dem ungelenken Auftreten mussten gerade die älteren Kundinnen lieben. Trixie war sicher: Die Seniorinnen würden ihn mit mütterlichen Blicken und selbst gebackenen Muffins überhäufen.

Verwirrt sah Finn Trixie an, die ihren Bürostuhl zum Fensterbrett gerollt hatte, und Trudi, die ihr hechelnd die Schnauze auf die Schulter legte. Er setzte den Drucker ab – Teil des neuen Kassensystems.

»Was ist das?«

Trixie hielt den Plastikbecher vor ihr Gesicht, wobei sie weiter darin herumrührte und Finns Stirnrunzeln ignorierte.

»Ein Aloe-Vera-Joghurt, cremig gerührt, mit vitalisierender Frische und achtzig Kalorien auf hundert Gramm.«

»Nein, das.«

Er zeigte hinter sie. Trudi richtete sich empört auf.

»Also, das sollten Sie wissen, wenn Sie eine Praxis übernehmen. Es ist ein Hund. Von der Optik her würde ich sagen, halb Jack Russell, halb Papillon, aber da muss ich auch raten.«

»Ich weiß, dass das ein Hund ist. Warum sitzt der da?«

»Weil sie, wenn sie woanders sitzt, nicht Zeitung lesen kann. Stimmt's, Trudi, du magst dein Horoskop hören morgens, ja, das magst du.«

Trixie und Trudi schmiegten die Köpfe aneinander, als hätten sie das einstudiert.

»Wenn es eine Streunerin ist, muss sie in den Zwinger, und Sie rufen an beim Tierheim, damit die schon mal ...«

»Ich rufe niemanden an. Trudi ist keine Streunerin, die wohnt hier in der Straße, oben an der Ecke mit Kaluppke. Kennen Sie den schon? Einsfünfzig groß, gefühlt hundert Jahre alt, schwer tätowiert und gepierct? Sonst lernen Sie ihn bestimmt sehr bald kennen, und keiner vergisst Kaluppke, das Bild werden Sie nie mehr los. Nixe auf dem Arm, Anker im Gesicht, Nasenring. Soll früher mal Einbrecher gewesen sein. Trudi ist schon seine dritte Trudi, aber das verraten wir ihr besser nicht, oder? Das zieht Hunde runter.«

Finn sah sie verständnislos an.

»Jedenfalls machen wir hier für besonders nette Patienten unsere Spezialbehandlung: Öhrchen kraulen.«

»Bei diesem Herrn Kaluppke?«

»Finn, jetzt wollen Sie mich ärgern. Trudi. Trudi kommt jeden Morgen, wir lesen unsere Horoskope, kraulen Öhrchen, und dann holt sie hinten im Späti die Brötchentüte und Tabak für Kaluppke. Möchten Sie vielleicht auch Ihr Horoskop hören?«

Finn schüttelte den Kopf und wusste offenbar nicht, wo er all das einordnen sollte.

Trixie verspürte Mitleid mit dem jungen Mann, der fast ihr Sohn hätte sein können, und fand, sie hatte ihn für den ersten Arbeitstag genug aufgezogen.

Sie legte Zeitung und Joghurt beiseite, was Trudi zum Anlass nahm, mit ihrer rosa Zunge durch den Becher zu lecken, bis ihre zottelige Schnauze cremig weiß verschmiert war. Trixie streckte die Hand aus und kam auf Finn zu.

Der grinste verlegen und schlug ein. Sein Händedruck überraschte Trixie. Er packte richtig zu und schüttelte ihre Hand so fest, dass sie direkt dachte, na, aber hallo, der kann auch ein Kalb in Steißlage rausziehen oder einen Bernhardiner niederringen. Nicht schlecht.

»Lieber Finn, herzlich willkommen zu Ihrem ersten Tag in Ihrer ersten eigenen Praxis. Mögen die Kunden nett und zahlungswillig sein – und die Analdrüsenausdrückungen und Abszesseröffnungen selten.«

»Eigentlich ist es ja Ihre Praxis«, war alles, was Finn herausbrachte.

Trixie seufzte innerlich. Offenbar wollte Finn ein ganz Genauer sein, was sicher passte, wenn man eine Operationswunde vernähte, aber schwierig im Umgang werden würde. Trixie redete gern, wie ihr der Schnabel gewachsen war, aber Finn machte gerade den Eindruck, als ginge er zum Lächeln in den Quarantänezwinger.

Vielleicht litt er einfach nur unter Nervosität, immerhin war das hier seine erste Stelle.

»Na ja, ich bin die Hausbesitzerin«, sagte sie und hoffte, dass ihr Ton mütterlich herzlich klang und nicht etwa genervt, »aber Sie sind der Tierarzt, also der Chef. Ich war bei meinem Mann Sprechstundenhilfe, und ich werde versuchen, Ihnen den Einstieg so gut es geht zu erleichtern. Wie wäre es mit einem Aloe-Vera-Joghurt für den Anfang? Sie machen mir einen ungefrühstückten Eindruck.«

Sie lief zum Kühlschrank und öffnete die Tür.

»Wir haben auch Mokka stichfest.«

Finn guckte noch irritierter: »Im Kühlschrank mit den Impfseren dürfen keine Lebensmittel gelagert werden!«

Trixie warf Trudi einen langen Blick zu, die Hundedame verstand und sprang vom Fensterbrett nach draußen. Trixie dachte, dass sie jetzt auch lieber Brötchen holen und mit dem ganzkörpertätowierten Kaluppke Matetee trinken würde. Aber da schepperte vorn im Wartezimmer die Eingangstür, und klägliches Miauen schallte herüber.

Die ersten Patienten waren da.

Sie drückte Finn einen weißen Kittel in die Hand und schob seinen großen Drucker-Karton mit dem Fuß in die Ecke. Einen Moment lang überlegte sie, ob es PeFes alter Kittel war oder der von Mone Windhoff. Sie wusste es nicht.

»Wir machen jetzt mal Alltag. Und in der Mittagspause setzen wir uns bei einem schönen Kaffee zusammen, und Sie erzählen mir, wie Sie die Praxis gern organisiert hätten.« Sie tätschelte Finn die Schulter und hoffte, dass ihn das genauso beruhigte wie all die Tiere, die gestresst und verängstigt auf dem Behandlungstisch saßen und ganz woanders sein wollten.

Finn schlüpfte umständlich in seinen Kittel und lächelte Trixie schief an. »Lampenfieber. Aber ich freu mich auch sehr. Ich habe Ihnen das, glaube ich, bisher nicht gesagt: Ich bin wirklich froh, dass ich hier anfangen kann.«

Trixie machte eine einladende Geste zur Tür hin, damit er den ersten Patienten aufrief.

»Ihr Einsatz, Doc!«

Die ersten Kunden des Tages und Finns erste Kunden überhaupt waren die Jansons, ausgerechnet die Jansons. Trixie seufzte, ihr blieb auch nichts erspart. Sie hätte »den Finn« (sie musste aufhören, seinen Namen immer mit diesem Zirkus-Tusch zu denken!), sie hätte Finn gern in Ruhe auf die Jansons vorbereitet, denn dieses Ehepaar konnte einen mitunter schwer nerven. Andererseits hatte die Praxis sie bitter nötig. Sibylle und Lars Janson waren vor einigen Jahren plötzlich reich geworden, Trixie wusste nicht, wodurch, es gab Gerüchte über einen Lottogewinn oder ein Erbe, jedenfalls waren sie nun reich, hatten ihre Jobs gekündigt und widmeten ihr Leben ihrer Katzenzucht. Da sie früher sämtliche Kitten, Muttertiere, Kastraten und Deckkater bei PeFe behandeln ließen, bedeuteten sie besonders heute ein sicheres Einkommen, auf das die Praxis nicht verzichten konnte. Leider betrachteten die beiden ihren Tierarzt gern wie ihr persönliches Eigentum und wollten ständig alle für ihre Pläne einspannen, besonders für die von ihnen organisierten Katzenschauen. Immer wieder hatten sie versucht, PeFe als Juror zu gewinnen, und ihn mit nächtlichen Anrufen gequält, und einmal wollten sie ihn sogar bei einer Spendengala des Katzenschutzvereins versteigern. Gewinn: eine Gratisbehandlung. PeFe hatte die Jansons mit seiner souveränen Art gut auf Abstand gehalten, doch beim unerfahrenen Finn würden sie sicher alle Hebel in Bewegung setzen, um ihn dazu zu bringen, ihr tierärztlicher Leibsklave zu werden.

Und es ging auch sofort los.

»Die zwei Hübschen bringen wir Ihnen heute her, aber die beiden neuen Würfe impfen Sie dann bei uns zu Hause!«, kommandierte Sibylle Janson gleich, als sie das Behandlungszimmer betrat. Sie schüttelte dem sprachlosen Finn die Hand und sah ihn dabei ungeniert von oben bis unten an wie ein Stück Frischfleisch auf dem Markt.

Lars Janson nickte ihm nur kurz zu.

»Nächste Woche sind sie so weit, da können wir den ersten Piks machen. Kommen Sie nach Ladenschluss, aber nicht so spät, unsere Kitten haben einen geregelten Tagesablauf.«

Finn sah zwischen Trixie und den Jansons hin und her, als könnte sie deren Befehlston irgendwie unterbinden, doch sie zuckte nur angedeutet mit den Schultern und machte sich daran, die beiden Transportboxen zu öffnen.

Drin kauerten, zu plüschigen Bällen zusammengestaucht, zwei Kastratenkater. Trixie kraulte ihnen beruhigend die Speckröllchen.

Lars Janson wies für Finn mit ausladender Geste auf die Kater, als würde er einen Zaubertrick präsentieren.

»Wotan Jansonitus vom Krallenfels und Gonzo Jansonitus vom Krallenfels, die ehemaligen Goldstar-Kastraten der kiezköniglichen Zucht Janson.«

»Ach.«

Finn sah sehr unbeeindruckt aus. Sofort guckten die Jansons beleidigt.

»Maine Coons, übergewichtig«, stellte Finn rein sachlich fest. Jansons guckten noch ein bisschen beleidigter.

»Und solche Prachtexemplare!«, versuchte Trixie die Atmosphäre aufzulockern. »Schaut euch diese Puschelpfoten an. Und diese Löwenschnauzen. Das sind Majestäten.«

Sie machte sich im Kopf eine Notiz, was sie Finn bei der nächsten Pause unbedingt beibringen musste: Tierhalter sind maßlos stolz auf ihre Lieblinge und wollen erst mal hören, dass ihre Schätzchen hübsch sind, nein, die Allerhübschesten, bevor man ausspricht, dass sie Zecken, Hüftdysplasie oder ein Kilo zu viel haben. Immer, immer das Tier loben, auch wenn es beißt, kratzt, sabbert, verfloht ist oder überkreuz schielt.

Sie hob Wotan geschickt aus der Box, legte sich seine Pranken über die Schulter und stützte seine Hinterbeine mit dem anderen Arm ab. Ihr Ischiasnerv meldete sich. Der Kater wog gut und gern neun Kilo, zehn vielleicht. Zu PeFes Zeiten hatte sie das auf dreihundert Gramm genau schätzen können, jetzt war sie ein bisschen aus der Übung.

Sie streichelte den großen Kater eine Weile, während Jansons in leicht belehrendem Ton sämtliche Titel ihrer alternden Champions herunterrasselten, die sie jemals auf Katzenschauen gewonnen hatten, als würde das für die Behandlung eine Rolle spielen. Manche Bundesligavereine müssten angesichts der vielen Pokale vor Neid erblassen. Trixie setzte Wotan ab, räumte die Box zur Seite und hob Gonzo heraus. Auch der bekam eine Nackenmassage und schnurrte in Trixies Armen. Kaum hatte sie ihn auf dem Behandlungstisch abgesetzt, krabbelte er zu seinem Kumpel und begann ihm die Ohren zu lecken. Wotan duckte sich leicht weg und knurrte, ließ Gonzo zwar gewähren, sah aber noch mürrischer aus als sowieso schon.

Trixie fand die beiden ganz normal.

Kastraten in einer Zucht hielten einigermaßen zusammen, die arrangierten sich meist, Deckkater dagegen hätten sich längst gefetzt und die Rangordnung klargestellt.

»Was ist denn das Problem?«, erkundigte sich Finn endlich.

»Sie sehen's ja selbst«, Sibylle Janson zeigte anklagend auf die beiden Riesenkater, die jetzt ineinander verknäult auf dem Tisch rangelten und dabei grunzende und fiepende Laute ausstießen.

Trixie tätschelte beide und sagte wie eine milde Gouvernante: »Nana, ihr Kampf-Ewoks, Öhrchen nur lecken, nicht kauen.«

»Wotan und Gonzo sind verhaltensauffällig«, erklärte Sibylle Janson ungeduldig, als sei alles Finns Schuld.

»Das ist doch Dominanzgebaren«, klagte Lars Janson.

»Es sind zwei Kater«, sagte Finn, »die prügeln sich eben manchmal. Wahrscheinlich langweilen sie sich. Spielen Sie genug mit ihnen?«

»Wir haben einen festen Entertainmentplan«, empörte sich Sibylle Janson. »Geben Sie uns was Natürliches, einen Kristall zum Auflegen vielleicht.«

Finn verschränkte die Arme vor der Brust.

»Einen Kristall? So ein Quatsch, reiner Nonsens, für Menschen ist das schon Unfug und für Tiere ebenfalls, Kristalle enthalten keine Wirkstoffe, und da strahlt nichts raus. Und abgesehen davon, gibt es nicht mal bei den Quacksalbern einen Wunderstein gegen Öhrchenlecken. Die zwei spielen nur. Vielleicht finden sie sich auch unsympathisch, das weiß man als Mensch nicht, dann separieren Sie sie eben, aber ich bin da der falsche Ansprechpartner. Möglicherweise suchen Sie eher einen Exorzisten?«

Beide Jansons schnappten nach Luft, und Trixie brach der Schweiß aus. Wie lange hatte Finn gebraucht, um ihre besten Kunden schwer zu verärgern? Zwei Minuten? Ihre Gedanken rasten. Sie wollte Finns Autorität nicht untergraben und ihm nicht in den Rücken fallen, und sie selbst war auch der Meinung, dass den Katern, die gesund aussahen und zwischen ihrem Fauchen immer wieder ruhig nebeneinanderlagen und manchmal sogar schnurrten, nichts fehlte. Aber irgendeine Behandlung musste sie den Jansons anbieten – selbst wenn sie, was Trixie vermutete, nur in die Praxis gekommen waren, um sich den neuen Tierarzt anzusehen. Sie lachte nervös und hob die Transportboxen zurück auf den Tisch.

»Was der Herr Doktor damit sagen will«, begann sie, ohne zu wissen, wie sie den Satz weiterführen sollte, »ist …«, sie überlegte, Finn und die Jansons sahen sie alle drei mit hochgezogenen Augenbrauen an. Sogar Wotan und Gonzo guckten missmutig, als wäre ihnen das Gerede zu viel.

»Was der Herr Doktor sagen will, ist, dass eine Medikamentierung hier nicht angezeigt ist. Stattdessen empfehlen wir eine alternative Therapie.«

Sie überlegte wieder. »Alternative Therapie« hatten sie und PeFe immer gesagt, wenn sie so gar keine Idee hatten. Nur musste ihr jetzt schnell etwas einfallen.

»Shiatsu«, brach es aus ihr heraus. Vielleicht kam ihr dieser Vorschlag in den Sinn, weil sie gestern noch eine Shiatsu-Massage gehabt hatte, um ihre Nervosität wegen der Praxiseröffnung in den Griff zu kriegen.

Sie ignorierte ihren Ischiasnerv und hob beide Kater in die Boxen, was gar kein Problem war, weil die wie alle Katzen wild darauf waren, das Behandlungszimmer verlassen zu dürfen. Zu Hause kriegte man sie kaum rein in die Kisten, und in der Praxis kaum raus.

»Eine Shiatsu-Massage kann sehr ausgleichend wirken. Ich nehme sie mit rüber in den Röntgenraum, da ist es entspannter für die Tiger, und ich zeige Ihnen einige Meridianpunkte und Griffe.«

Sie schob die Jansons mit den Boxen aus der Tür und bedeutete Finn mit einem Blick, im Behandlungsraum zu warten.

Als sie nach einigen Minuten wieder zu ihm kam, drehte er sich auf dem Schreibtischstuhl hin und her und löffelte einen ihrer stichfesten Mokkajoghurts aus.

»Haben wir jetzt ernsthaft gerade Streicheln verschrieben?«, fragte er spöttisch. »Das ist ja ne super innovative Idee für ne Katze.«

Trixie setzte sich seufzend auf den Behandlungstisch.

»Echt, Finn«, sagte sie und sah ihn finster an, »ich weiß, dass Sie beste Noten hatten und bestimmt fachlich ein Kracher sind, aber an Ihrer Kundenpsychologie und den Umgangsformen müssen wir arbeiten. Übrigens …«

Sie nahm ihm den leeren Joghurtbecher aus der Hand und warf ihn in den Mülleimer.

»Sie haben nächste Woche einen Hausbesuch. Neunmal impfen in der kiezköniglichen Zucht, das sind zwei Würfe. Wir brauchen diese Einnahmen. Und vergessen Sie das Bewundern nicht. Erst die Komplimente, dann die Komplikationen, eiserne Tierarztregel. Außerdem …«

Finn runzelte schon wieder die Stirn und sah sie finster an.

»Was denn noch?«

»Außerdem ist nicht alles Pillepalle, was Kunden so nebenher berichten. Jansons haben gerade neben ihrer üblichen Selbstbeweihräucherung auch etwas Interessantes erzählt.«

Sie wartete einen Moment ab, ob sie Finns volle Aufmerksamkeit hatte.

»Sie sagen, unter ihren Züchterkollegen geht das Gerücht rum, dass in diesem Kiez Tiere verschwinden. Einer hat ein Freigehege für Bengalen, und im letzten Monat sind gleich zwei weggekommen.«

»Bengalen? Kein Wunder, das sind wilde Biester. Die springen schneller auf einen Baum oder ein Hausdach, als man ›Katzenstaupe‹ sagen kann. Der Garten wird nicht ordentlich gesichert gewesen sein.«

»In einer Zucht, in der noch nie eine Katze weggelaufen ist? Und dann gleich zwei? Außerdem sagen sie, vermisst eine alte Dame in ihrer Straße ihren Dackel. Und Jansons haben von einem Nachbarn gehört, dass der Hund seines Bruders auch verschwunden ist, ein Spitz.«

Finn schnaubte: »Und der Friseur des Schwagers des früheren Vermieters, der hat einen Fußpfleger, und dessen Tante hat von ihrer Freundin gehört …«

Trixie hob beide Hände, um Finn zu unterbrechen.

Eine Weile saßen die beiden schweigend da. Finn drehte sich wieder auf dem Schreibtischstuhl hin und her.

Schließlich sagte er: »Vielleicht haben Sie recht, und dieser Job ist nichts für mich. Vielleicht wäre ich im Labor oder im OP besser aufgehoben. Ich liebe es wirklich, Tiere zu behandeln. Wenn die mich ansehen und wissen, dass ich ihnen helfen kann, das ist wunderbar. Aber Menschen, die so einen Unsinn reden, machen mich irre.«

Trixie nickte und sah ihn mütterlich an.

»Sie schaffen das schon. Sie sind ein Guter. Sonst hätte ich Sie gar nicht ausgesucht.«

Finn lachte.

»Sie haben mich ausgesucht, weil alle anderen Bewerber Angst hatten, von den maroden Wänden hier erschlagen zu werden.«

Trixie drohte ihm scherzhaft mit dem Zeigefinger.

»Sagen Sie das nicht. Das ist eine durchaus begehrte Immobilie. Das Haus hier wollen viele haben. Im letzten Monat hatte ich drei Kaufangebote von verschiedenen Anwaltsfirmen.«

Finn riss ungläubig die Augen auf. Aber noch bevor er fragen konnte, welches Interesse Anwälte an diesem abbruchreifen Bau in diesem doch eher unbeliebten Kiez am Berliner Stadtrand haben sollten, wo es sich fast so kleinbürgerlich lebte wie auf einem Dorf, schepperte vorn im Wartezimmer die Glocke, und Stimmen drangen zu ihnen. Jetzt ging der Betrieb richtig los, und Trixie und Finn stürzten sich in die Arbeit.

Nach einem Wellensittich, der sich die Federn ausrupfte, einem Bobtail mit gebrochener Pfote, einem Hippiepärchen, die einen Kastrationstermin für ihren

Kater absprechen wollten, und einem Kaninchen mit vereiterten Ohren kam noch ein Schäferhund mit Bandscheibenvorfall, ein Wurf Kitten zum Impfen und ein pickliger Junge mit einer Stabheuschrecke, deren Papierbox Trixie mit spitzen Fingern an Finn weiterreichte. Ein Terrier hatte Flöhe, ein Kaninchen Durchfall, und eine Katze wurde mit »Übergewicht« gebracht, entpuppte sich aber als schwanger. Finn kürzte Schäferhundkrallen, rasierte das verfilzte Fell einer Angorakatze und überwies einen Mischlingsrüden, der eine große Schraube verschluckt hatte, sofort in die Tierklinik.

»Endlich achtzehn Uhr!«

Finn ließ sich erschöpft auf den Schreibtischstuhl fallen, rutschte nach vorn, bis er dalag wie ein nasses Handtuch, und schloss die Augen.

Trixie setzte sich stöhnend auf den Behandlungstisch, kickte sich die Schuhe von den Füßen und holte eine kleine Tube Fettcreme aus ihrer Kitteltasche. Mit langsamen Bewegungen verteilte sie einen Klecks der Paste auf ihren Händen.

»Geschafft«, hauchte sie und baumelte mit den Beinen, als wieder die Türklingel aus dem Wartezimmer zu hören war.

Beide stöhnten.

»Wenn es kein dreibeiniges Känguru ist, das plötzlich Französisch spricht, soll es morgen wiederkommen«, sagte Finn. Trixie wollte gerade vom Tisch rutschen, um nachzusehen, da wurde die Tür schon aufgestoßen, und ein Mann im eleganten Nadelstreifenanzug und schräg auf dem Kopf sitzenden Hut lehnte im Rahmen und strahlte. Er war ähnlich groß und schlaksig wie Finn, hatte aber dunkles gewelltes Haar und war mindestens zwanzig Jahre älter als der junge Tierarzt.

»Die Amseln pfeifen, es trällert der Spatz, hier ist dein Lieblingsonkel ratzefatz!«

Er ging einen Schritt auf Finn zu, drehte sich dann aber abrupt zu Trixie um, ergriff ihre Hand und deutete einen Kuss an.

Trixie stand wie schockgefrostet da und starrte ihn nur an. Sie konnte ihren Blick nicht von diesem Mann wenden. Er sah aus, als wäre er direkt aus ihren Teenagerträumen gestiegen. Bevor sie den weißblonden, untersetzten PeFe getroffen hatte, der eher eine Mischung aus Wikinger und Karlsson vom Dach gewesen war, hatte sie immer für diese verwegenen Mafioso-Typen geschwärmt. Schwarze Augen, dichte glänzende schwarze Haare, Augenbrauen wie mit Ölstift ins Gesicht gemalt, hohe Wangenknochen, markantes Kinn – Trixie hätte schwören können, sie hätte diesen Mann schon einmal auf einem alten Hollywood-Filmplakat gesehen oder auf historischen Fotografien, auf denen galante Herren schüchternen Maiden Blumensträuße überreichten. Seine gebräunte Haut war makellos und ohne jeden Bartschatten. Selbst die Nase war perfekt, und Trixie war kritisch bei Männernasen, PeFe hatte sich oft darüber lustig gemacht, dass sie an praktisch jeder Nase, auch der größten Stars, irgendetwas auszusetzen hatte und Vergleiche fand, die meist mit Gemüse zu tun hatten. Diese Nase hier war nicht gewachsen, die war modelliert worden. Trixie hätte sie zu gern angefasst, um herauszufinden, ob da nicht doch ein Chirurg nachgeholfen hatte. Als ihr bewusst wurde, dass sie den Mann nun schon eine ganze Weile mit aufgerissenen Augen und, wie sie befürchtete, offenem Mund angestarrt hatte, riss sie sich zusammen und nickte ihm endlich lächelnd zu.

Er beobachtete sie, ohne eine Spur verlegen zu sein. Offenbar war er es gewohnt, dass er Frauen paralysierte. Trixie fand ihn ziemlich eingebildet und lächelte schon viel weniger herzlich. Aber er ignorierte ihren strengen Gesichtsausdruck einfach.

»Sie müssen die gute Seele des Hauses sein, denn dieser Knabe«, er zeigte auf Finn, der mit den Augen rollte, »ist es sicher nicht.«

Der Mann zwinkerte ihr zu, deutete eine Verbeugung an und schlug leicht die Hacken aneinander.

»Gestatten: Spatzbach! Enchanté! Ich wollte mal sehen, wie mein Neffe sich an seiner neuen Wirkungsstätte macht, und ihn zur Feier des Tages zum Essen einladen. Aber jetzt, wo ich Sie gesehen habe …«, er zwinkerte wieder und strahlte so breit, dass seine gut gewachsenen und nicht übertrieben weißen Zähne blitzten, »jetzt hoffe ich doch sehr, dass Sie uns begleiten werden. Nespa?«

Trixie entzog ihm ihre Hand, die er immer noch festgehalten hatte, und schlüpfte in ihre Schuhe, was eine Weile dauerte, weil dieser Mann, der aufgetaucht war wie ein enternder Edelpirat und so gestelzt redete, sie ganz konfus machte.

»Es ist kein Känguru, schon gar kein dreibeiniges«, sagte sie zu Finn, und der zuckte entschuldigend mit den Achseln.

»Aber es spricht Französisch«, sagte er, während sein Onkel zwischen ihnen stand und von einem zum anderen sah und dabei strahlte, als würde er gleich eine »Cabaret«-Nummer singen und mit Jazzhands herumwedeln.

Trixie nickte den beiden Männern zu, rief »bis morgen dann« und flüchtete aus der Praxis.

Draußen atmete sie einige Male tief durch. Alle Anspannung fiel von ihr ab, und sie fühlte plötzlich, wie müde und erschöpft sie war.

»Den ersten Tag hätten wir überstanden«, murmelte sie und dachte daran, wie sie mit PeFe nach einem anstrengenden Tag gern noch einen Rotwein in ihrer Stammkneipe »Ananas und Schirmchen« getrunken hatte. Sie straffte die Schultern. »Siehste«, sagte sie halblaut zu sich selbst, »die Zeit heilt alle Wunden, und das Leben geht weiter.« Sie hörte ihrer eigenen Stimme nach, blinzelte einige Male, dann bog sie um die Ecke, nickte Trudi zu, die Kaluppke offenbar noch einmal zum Späti geschickt hatte, denn sie trug ein winziges Körbchen mit einer Packung Zigaretten im Maul, und machte sich auf den Heimweg.

Kapitel 2

Bartagame und Biene

An dem Zaun war eine frische Signatur. Der Spitz schnüffelte, ob es eine Nachricht für ihn bedeutete. Vielleicht war eine nette neue Hundedame ins Viertel gezogen. Vielleicht hatte hier ein Rüpel seine Botschaft hinterlassen, einer, der größer war als er und der ihn anbellen und möglicherweise sogar beißen würde. Das musste man genau untersuchen. Der Spitz schnüffelte außerdem den Rasenrand ab und die Pflastersteine des Gehwegs und war erst mal beruhigt: leider keine Hündin, allerdings auch keine besonders aggressive Meldung. Bestenfalls jemand, mit dem man spielen konnte, das würde sich zeigen, aber um Freundschaften einzugehen, reichte eine Markierung nicht, da musste man live schnuppern. Wenn die Sympathie nicht stimmte, ging man eben aneinander vorbei und nickte nur kurz. Der Spitz hatte schon einige Jahre auf dem Buckel und kannte sich aus, er suchte keinen Streit und wurde nicht schnell panisch. Zwar nahm er das Auto wahr, das jetzt hinter ihm langsamer wurde, aber das versetzte ihn nicht in Alarmbereitschaft. Selbst so früh morgens, wenn seine Menschen noch zu müde waren, um die Runde mit ihm zu laufen, und ihn alleine rausließen, fuhren ab und zu Autos vorbei. Die Frau von gegenüber kam von der Nachtschicht und hatte manchmal etwas Leckeres für ihn dabei, aber die war es nicht, der Spitz kannte den Klang ihres alten Opels genau. Dieses Auto war größer, kein Lastwagen, eher eines, wie es Handwerker fahren. Handwerker kannte er auch. Der Spitz kläffte nicht so aufgeregt herum wie der Boxermischling zwei Häuser weiter, der jedes Mal ausrastete, wenn sein Frauchen Schnee schippte. Er war ein guter Junge, seine Menschen sagten das oft, und die mussten es ja wissen, Menschen waren klug und freundlich. Hinter ihm hielt das neue große Auto an, und die Tür wurde geöffnet. Der Spitz blieb stehen, um abzuschätzen, wer dieser neue Mensch war, ob man ihn begrüßen musste oder ob er ihm etwas sagen wollte. Wollte er, er kam auf ihn zu. Ein Mann. Der Spitz setzte sich auf die Hinterbeine und wedelte mit dem Schwanz. Menschen hatten oft gute Ideen und warfen ein Stöckchen oder machten eine kreisende Handbewegung und freuten sich so, wenn er sich dann um sich selbst drehte. Er mochte es, wenn Menschen sich freuten, und reckte ihm erwartungsvoll die Nase entgegen. Gleich würde der Mann seine Hand ausstrecken und sich vorstellen und etwas Nettes sagen, zum Beispiel, dass er ein hübscher Junge sei, und ihm über den Kopf streicheln. Der Spitz wurde gern über den Kopf gestreichelt. Er wedelte heftiger mit dem Schwanz und wartete. Aber der Mann streckte seine Hand nicht aus. Er kam mit schnellen Schritten auf ihn zu, das ging zu schnell, man sagte doch erst mal Hallo, verwirrt sah der Spitz sich um. Der Mann griff einfach nach ihm, das machte man so nicht, Kopf streicheln ja, aber hochnehmen durfte ihn nur die eigene Familie. Der Spitz strampelte, der Mann drückte ihn fester und trug ihn weg zum Auto, das war gar kein Spiel, das machte keinen Spaß, er wollte nicht in das fremde Auto, in dem es nach Angst und fremden Tieren roch, die er alle nicht kannte. Er zappelte und wand sich, jaulte auch einmal, vielleicht hätte er zubeißen sollen, aber seine Menschen hatten ihm beigebracht, dass ein guter Junge das nicht tut, niemals, und vielleicht war das alles ein Missverständnis. Der Mann warf ihn einfach in den Laderaum. Die Tür wurde hinter ihm zugeschlagen, der Fremde stieg ein, das Auto fuhr mit quietschenden Reifen los. Der Spitz drückte sich ganz fest an eine alte Decke und winselte, dann bellte er laut, vielleicht würden seine Menschen ihn hören, aber das Auto bog schon um eine Ecke, und seine Menschen hörten ihn nicht.

Einatmen, ausatmen, ganz still liegen, nicht die Augen öffnen. Trixie genoss diese letzten Momente, bevor sie wirklich wach war und der Tag begann. Sie drehte den Kopf gerade so weit, dass der Sonnenstrahl, der durchs Fenster fiel, warm auf ihr Gesicht schien. Sie fühlte, wie ihre Zehen kribbelten. Ein weicher Kopf schmiegte sich an ihre Hand, und eine feuchte Nase stupste gegen ihre Wange. Trixie lächelte. Freddy und Nosferatu merkten es immer sofort, wenn sie nicht mehr schlief, vielleicht änderte sich dann ihre Atmung oder ihr Gesichtsausdruck. Sobald sie aufhörte zu träumen und wusste, dass sie in ihrem Bett lag, rutschten die beiden Getigerten näher an sie heran. Godzilla, der dritte, mit dem bunt gescheckten Fell und der schwarzen Piratenzeichnung über einem Auge, ließ sich mehr Zeit. Er putzte sich erst mal ausgiebig und mit lautem Schlecken, und spätestens, wenn er seine Pediküre begann und an seinen Krallen herumknurpste, war Trixie wirklich wach.

»Godzi«, seufzte Trixie, »das muss doch nicht in meinem Bett sein.« Aber Godzilla kümmerte der Protest nicht, er knurpste weiter. Immer noch besser als dieses gurgelnde Schmatzen, wenn er Intimpflege betreibt, dachte Trixie und rekelte sich. Freddy krabbelte schnurrend auf ihren Bauch, Nosferatu drapierte sich um ihren Kopf herum. Sein buschiger Schwanz wischte ab und zu über ihr Gesicht. Trotzdem öffnete Trixie nicht die Augen. Sie wartete, bis sie fühlte, dass sie nicht mehr allein mit den drei Katern war.

PeFe besuchte sie immer noch, obwohl der Unfall schon zwei Jahre zurücklag. In den frühen Morgenstunden oder nachts, wenn sie einen ihrer schlechten Horrorfilme gesehen hatte, schwarz-weiße am liebsten, mit Krakenmonstern aus Pappmaschee und Riesenechsen aus Knetgummi, die schreiende Fräuleins jagten, dann wartete sie eine Weile bei ausgeschaltetem Licht und spürte irgendwann seine Anwesenheit. PeFe war schon so lange ein Teil ihres Lebens, er war ganz mit ihr verschmolzen, sie konnte sich einen Tag ohne ihn einfach nicht denken. Trixie ohne PeFe, das ging nicht, das ging noch nie und würde auch nie gehen. Trixie streckte sich und lächelte.

»Hast du gut geschlafen?«

Seine Stimme klang wie früher. Warm und tief. Das war das Erste gewesen, was ihr in den Sinn gekommen war, als die beiden Polizistinnen vor ihrer Tür gestanden und ihr von PeFes Unfall erzählt hatten: dass sie seine Stimme nicht mehr hören würde. Sie konnte sich noch gut erinnern, wie still plötzlich alles gewesen war. Das Haus. Die Praxis. Die Fahrten im Auto. Die Nächte. Sie stellte das Radio an. Den Fernseher. Musik. Manchmal alles gleichzeitig. Doch die Stille blieb. Dick und kalt, ein Eisblock, der sie ganz einschloss. Dann, irgendwann, hatten seine Besuche begonnen. Sie erzählte niemandem davon, aber seit sie wieder mit PeFe sprechen konnte, wurden die Tage ein bisschen leichter. Die Leute würden das nicht verstehen. Freddy, Nosferatu und Godzilla schon. Das »weise Katzvolk«, so hatte PeFe die drei immer genannt, wusste genau, dass es mehr zwischen Himmel und Erde gab, als die Wissenschaft oder Menschen wie dieser sachliche, rationale Finn glaubten.

»Macht er sich denn?«

PeFe war natürlich neugierig, was in seiner Praxis passierte. Trixie atmete tief ein und aus.

»Für den ersten Tag war's okay. Fachlich ist er gut. Seine Handgriffe sitzen, die Tiere sind ruhig bei ihm. Aber mit den Menschen hapert es etwas.«

»Das wirst du schon ausgleichen durch deinen skandalös liebreizenden Circen-Charme.«

Trixie lächelte.

»Ich denke, Finn braucht einen Ausgleich zu all der Wissenschaft. Offenbar hat er die letzten Jahre nur studiert und hospitiert. Eine Freundin wäre das Richtige. Ich habe da auch schon eine im Auge. Was hältst du von Patti?«

PeFe lachte. Wie sehr Trixie dieses Lachen vermisste! Manchmal tat es so weh, ihn nicht lachen zu hören, dass Trixie nach einer besonders witzigen Situation Tränen in den Augen hatte.

»Doch doch, Patti wäre eine gute Idee«, beharrte Trixie. PeFe musste man manchmal überzeugen.

»Okay, sie ist ein bisschen schüchtern, aber er ist ja auch kein Draufgänger. Sie engagiert sich im Tierschutz, sie ist nett, sie hilft in der Praxis, perfekt.«

PeFe räusperte sich.

»Ich finde es interessant, dass du dir über Finns Liebesleben solche Gedanken machst.«

»Wieso? Ich will, dass er glücklich ist und gern bei uns arbeitet.«

»Ich finde es auch interessant, was du mir heute Morgen nicht erzählst.«

Trixie runzelte die Stirn.

»Du hast gestern außer Finn noch jemanden kennengelernt, der dich beeindruckt hat.«

»Und das wäre?« Trixies Stimme klang ein bisschen bockig.

»Die Amseln pfeifen, es trällert der Spatz …«, zitierte PeFe spöttisch.

Trixie hätte mit den Augen gerollt, wenn sie sie inzwischen geöffnet hätte.

»Das ist der Onkel von Finn. Ein Fatzke. Taucht da auf wie ein Showstar und redet dummes Zeug.«

Sie konnte hören, dass PeFe lächelte.

»Aber der Fatzke gefällt dir. Du stehst auf die großen, dunklen Typen. Latin Lover. Der ist genau dein Beuteschema.«

Trixie schnaubte.

»Ich hab kein Schema, und ich jage keine Beute. Red nicht solchen Stuss, Peter Ferdinand Vogelsang!«

PeFe ließ sich nicht das Wort verbieten.

»Du hast so ein großes Herz, meine Schöne. Es wäre zu schade darum, wenn du es verkümmern ließest. Und falls es doch keine Liebe wird zwischen dir und dem Fatzke, dann hab wenigstens ein bisschen Spaß. Du hattest lange keinen Spaß mehr. Und damit meine ich nicht, mit drei haarenden Katern Horrorfilme zu gucken.«

Nosferatu maunzte, als wollte er widersprechen. Trixie kuschelte seinen weichen Schwabbelbauch.

»Selbst die Kater finden, dass du Unsinn redest.«

PeFe seufzte.

»Ich möchte nur, dass du glücklich bist.«

Trixie richtete sich auf.

»Ich bin aber ohne dich verdammt noch mal nicht glücklich.«

Sie öffnete die Augen, er war verschwunden. Sie fühlte noch das Gewicht seiner Hand auf ihrem Bein, aber von ihm war nichts mehr zu sehen. Toll, jetzt hatten sie sich gestritten in den wenigen Momenten, die sie zusammen sein konnten. Der Tag fing ja gut an.

Die Kater hatten sich auf PeFes leerer Bettseite aufgereiht, sahen sie vorwurfsvoll an und maunzten. Der Mensch war wach, warum wurde nicht gefüttert?

Trixie scheuchte sie mit einer Handbewegung vom Bett.

»In die Küche, Katzvolk, Frühstück!«

Na also. Alle drei stolzierten mit erhobenen buschigen Schwänzen vor ihr her.

Während sie eine Dose öffnete und den Inhalt den misstrauisch bis enttäuscht guckenden Katern servierte, sagte sie halblaut: »Doch, Patti wäre eine prima Idee. Die Kleine hat endlich etwas Romantik verdient, und ein verliebter Tierarzt ist ein guter Tierarzt. Ich werde mich darum kümmern.«

Ihre Laune besserte sich, als ihr einfiel, dass sie Patti nicht mal in ihrer Futtermittelhandlung anzurufen brauchte, denn sie hatte sowieso heute einen Termin in der Praxis: Flash Gordon, ihre graubraune Bartagame, fraß nicht mehr und lag nur noch schlaff unter der Wärmelampe. Trixie dachte an Pattis kurze, knallrot gefärbte Haare und ihre schönen großen Manga-Augen, sie war wie eine punkige Elfe, sie musste Finn einfach gefallen.

Außerdem waren Reptilientermine nicht in ein paar Minuten erledigt. Finn und Patti hätten also Zeit, um sich ein bisschen kennenzulernen, dafür würde sie schon sorgen.

Sie erinnerte sich an ihre ersten Reptilien-Kunden. Es war kurz nachdem sie angefangen hatte, als Tierarzthelferin zu arbeiten. PeFe und sie besuchten ein schwules Pärchen zu Hause, das sein Chamäleon James Bond in einem umgebauten IKEA-Schrank hielt und den kleinen glupschäugigen Kerl einmal jährlich durchchecken ließ. Reptilien-TÜV. Als der eine Mann die Berieselungsanlage anstellte, verfärbte sich James Bond weiß und genoss den Regen. Alles ganz normal. Beim Füttern wurde es problematischer. Der andere Mann warf in hohem Bogen und unter lautem Igitt-Gerufe lebende Heuschrecken aus einer Dose in den IKEA-Schrank, sein Partner schimpfte, riss ihm die Tupperdose aus der Hand und warf nun seinerseits Heuschrecken, während der andere sich schmollend zurückzog. James Bond wurde dunkelgrün wie das große Blatt hinter ihm und verweigerte die Nahrung.

PeFe sah sich das eine Weile an und beriet sich mit Trixie auf dem Flur.

»Was meinste? Welche Therapie wäre hier angezeigt?«

Trixie verschränkte die Arme vor der Brust. »Paartherapie. Entweder wollte der eine gar kein Chamäleon als Haustier, oder er ist jetzt eifersüchtig. Jedenfalls bekommt James Bond die Spannungen mit.«

PeFe nickte, küsste sie kurz auf die Stirn, aber Trixie ließ ihn damit nicht durchkommen, zog ihn an sich, und sie küssten sich noch einmal richtig an die Wand gelehnt und eng umschlungen, bis PeFe sich widerstrebend freimachte.

»Professionalität, Frau Kollegin, ich weiß, ich bin unwiderstehlich, aber wir sind hier im Dienste Ihrer Majestät, also rühren und schütteln Sie mich nicht, und führen Sie ein ernsthaftes Gespräch mit dem igittkreischenden Partner.«

Trixie salutierte und zog sich mit dem Kunden in die Küche zurück, wo er ihr erzählte, dass er gar nichts gegen James Bond habe, sondern nur gegen die widerlichen lebenden Heuschrecken.

PeFe untersuchte währenddessen noch einmal gründlich das Chamäleon und kam mit seiner Diagnose in die Küche.

»Ihm schmeckt's nicht«, sagte er und klappte seinen Laptop auf.

»James Bond ist einfach kein Fan von Heuschrecken à la Bordelaise. Das gibt's, auch Tiere haben Futterpräferenzen. Denken Sie mal an Katzen. Die fressen monatelang begeistert ein Futter, und sobald Sie davon eine Palette im Sonderangebot gekauft haben, wenden sie dem Napf ihren Plüschpopo zu und sehen Sie an, als wollten Sie sie vergiften.«

Trixie grinste breit. »Ich hatte mal eine Katze, die fraß bloß die Geleeschicht. Und eine andere, die fraß das Zeug nur, wenn ich genau diesen Schleim vorher runterkratzte. Eine ließ immer die kleinen roten Knubbel aus dem Trockenfutter liegen. Und eine andere …«

PeFe unterbrach sie und drehte den beiden Männern den Laptop hin.

»Hier sehen Sie einen großen Online-Marktplatz, da können Sie gefrorene Mehlwürmer als Futter kaufen. Ist auch nicht wirklich appetitlich, und ich würde sie aus dem Gefrierer nehmen, falls Sie Besuch haben, der sich gern mal eine Pizza auftaut. Aber James Bond wird sich freuen, das ist ein Leckerbissen für ihn. Und wenn Sie mit den Mehlwürmern auch nicht weiterkommen, versuchen Sie Obst, Salat oder andere Insekten. James Bond ist nicht krank, der mäkelt nur. Und Ihre Paardynamik setzt ihn unter Stress.«

Die beiden Männer sahen sich schuldbewusst an, nahmen sich in die Arme und küssten sich.

»Wir sind eben zwei Zicken. Aber wir kriegen das hin. Danke, Doc. Danke, Frollein.«

Ein halbes Jahr später waren PeFe und sie zur Hochzeit eingeladen, und während der Trauung brachte James Bond die Ringe, die man ihm mit einem rosafarbenen Band um den Bauch gebunden hatte. Er bekam sogar eine eigene kleine Torte aus Insekten, die das frisch getraute Ehepaar nur PeFe und Trixie zeigte, wofür die anderen Gäste sicher dankbar waren.

Trixie lächelte und schaltete die Kaffeemaschine an. Ihrer Erfahrung nach waren Reptilien ausgesprochen libidofördernd. Finn und Patti würden schon sehen.

Vielleicht, ach was, ganz sicher würde es doch ein spannender Tag werden.

Flash Gordon sah selbst für eine Echse ziemlich deprimiert aus. Patti war zu Recht besorgt, fand Trixie, denn er verschmähte nicht nur die angebotene Weintraube aus ihrem Frühstücksmüsli, die er sonst immer begeistert gefressen hatte, sondern die Haut um seine Augen war auch eingefallen. Außerdem entdeckte Finn Rötungen am Bauchpanzer, als er Flash Gordon umdrehte.

»Könnte posthibernale Anorexie sein«, murmelte er. »Das ist nicht so ungewöhnlich nach der Winterruhe, wobei er schon sehr lang geruht hat, Anfang März ist ziemlich spät.«

Trixie schaltete den Wasserkocher an.

»Flash Gordon ist ne Schlafmütze, der mag einfach den Berliner Winter nicht, und wer sollte ihm das verdenken. Mich deprimiert diese Jahreszeit auch.«

Sie behielt die Temperaturanzeige des Kochers im Auge.

»Ich mach ihm mal ein schönes laues Bad und etwas warmes Wasser zum Ansprühen«, erklärte sie Patti und streichelte ihr beruhigend den Arm.

»Das wird schon wieder. Echsen gibt es seit der Urzeit, das hat einen Grund, die sind zähe Biester.«

Finn sah kurz auf, während er Trixie ein Gefäß und eine Elektrolytmischung reichte.

»Na ja, zähe Biester … wenn die ein Meteorit trifft oder eine Eiszeit ausbricht, dann machen die es auch nicht mehr lange.«

Patti sah ihn mit großen, schimmernden Augen an.

Trixie drückte sie schnell und warf Finn einen finsteren Blick zu.

»Eine Eiszeit ist aber nicht Flash Gordons Problem, Süße. Der ist einfach noch nicht ganz wach. Wir stabilisieren seinen Flüssigkeitshaushalt, machen ein bisschen Wellness mit ihm, und bald hast du deinen Griesgram zurück.«

Patti sah wieder zauberhaft aus, fand Trixie, aber Finn blätterte in seinem Reptilienbuch und tippte auf der neuen Kasse herum, als wäre sie gar nicht da.

Sie betrachtete Patti genauer. Um ihren zarten Hals baumelte ein silbernes Kettchen.

»Oh, du hast aber einen schönen Anhänger, Liebes. Ist das euer Zeichen vom Tierschutzbund? Finn, kennst du die Arbeit von Pattis Verein schon? Die machen ganz tolle Sachen. Die vermitteln Streuner, die kastrieren Straßenkatzen, und sie haben Notfallunterkünfte für Tiere, deren Besitzer kurzfristig ausfallen. Und sie sammeln Spenden, damit auch Menschen ohne Geld ihre Tiere zum Arzt bringen können. Wir haben einige Patienten, die ohne Pattis Engagement gar nicht kommen würden.«

Finn sah nur kurz auf.

»Unverantwortlich, sich ein Tier anzuschaffen, wenn man sich die Haltung nicht leisten kann«, knurrte er. Patti zuckte zusammen.

Trixie setzte Flash Gordon vorsichtig in eines der Therapie-Terrarien.

»Es ist toll, dass euch beiden das Tierwohl so am Herzen liegt. Menschen, die Tiere lieben, sind …«, da fiel ihr weiter nichts ein. Zwischen Patti und Finn sprühten eindeutig keine Funken, was absolut an Finn lag, der Patti vor lauter Bartagame kaum bemerkte. Wenn er sie ein Mal richtig ansehen würde, würde er schon merken, dass sie nicht nur hübsch war, sondern auch jede Menge Energie hatte und die für gute Sachen einsetzte, dass sie humorvoll war und gerne lachte. Er musste sie einfach bloß wahrnehmen. Trixie sah auf den Wandkalender mit den Terminen und hatte eine Idee.

Als Nächstes war das Hippiepärchen dran, das seine Katzen zum Kastrieren brachte, und sie hatte Kaluppke im Wartezimmer gesehen, also hatte Trudi wahrscheinlich wieder Flöhe oder Probleme mit wund gelaufenen Ballen. Darum könnte sie sich allein kümmern. Und ansonsten war es heute ruhig.

Sie trug den Glaskasten mit Flash Gordon in einen kleinen Nebenraum und schaltete die UV-Lampe an. Sie maß die Wassertemperatur nach, gab die Elektrolytmischung dazu und rollte einen Hocker für Patti dazu.

»Du möchtest ja bestimmt ein bisschen bei ihm sein.«

Patti nickte dankbar.

Im Sprechzimmer desinfizierte Trixie den Behandlungstisch.

»Finn«, fing sie betont beiläufig an, »möglicherweise kommt für Flash Gordon ja auch eine Vitaminsubstitution in Frage. Sprichst du mit Patti mal darüber?«

Finn knurrte, schrieb noch etwas in Flash Gordons Patientenblatt und ging zu ihr herüber. Jetzt musste Trixie schnell sein, denn so ungeschickt, wie Finn im Gespräch mit Menschen war, würde er sich nicht lange bei Patti aufhalten.

Sie bat das Hippiepärchen ins Sprechzimmer. Erklärte ihnen, wann sie die Katzen wieder abholen könnten, ließ sich eine Handynummer für den Notfall geben und komplimentierte es aus der Praxis. Sie nahm die Transportboxen, trug sie ins anliegende Zimmer, wo Patti und Finn über die Bartagame gebeugt dastanden, stellte die Katzen auf den Röntgentisch und ging zurück in den Flur.

Trixie schloss ohne weiteren Kommentar die Tür. Sie ruckelte kurz an der Klinke und hielt sie daraufhin in der Hand samt dem Vierkantstab, und die Klinke auf der Zimmerseite fiel klirrend herunter. Trixie lächelte. Renovierungsbedürftige Räume hatten auch ihr Gutes. Später könnten Finn und Patti dann ihren Kindern die Geschichte erzählen, wie sie in der Tierarztpraxis plötzlich eingeschlossen waren und sich kennengelernt hatten. Vielleicht würde sie, Trixie, die Trauzeugin?

»Einen Pfeil nach dem nächsten«, ermahnte sie sich und rief Kaluppke und Trudi herein.

Sie hatte richtig geraten, Trudis Ballen waren wieder mal wund.

»Armer Stadthund, blöder Asphalt, saublödes Streusalz«, sagte sie zu Trudi, säuberte die Ballen, trug eine Creme auf und zeigte Kaluppke eine Packung. Drüben klopfte bereits einer der beiden mit der nutzlosen Klinke gegen das Schloss.

»Das sind Hundesöckchen aus Neopren, die ziehen Sie ihr über, wenn Trudi draußen unterwegs ist, die sind wasser- und rutschfest.«

Kaluppke sah sie verlegen an. Also, jedenfalls vermutete Trixie, dass er verlegen war, denn durch die unzähligen Tätowierungen im Gesicht fiel es oft schwer, Kaluppkes Ausdruck zu deuten.

Trixie nickte verständnisvoll.

»Die geb ich Trudi zum Einkaufspreis. Und sie muss sie auch nicht direkt bezahlen, ich lass sie anschreiben.«

Kaluppke wollte gerade etwas sagen, als drüben im Nebenraum gegen die Tür gewummert wurde. Trixie nickte Kaluppke zu, strich Trudi über den Kopf und trat auf den Flur.

»Die Klinke!«, rief Finn.

Trixie zog die Augenbraue hoch.

»Jaaa«, sagte sie laut, »Sie wissen doch, dass hier alles auseinanderfällt. Da muss ich einen Handwerker rufen. Ich telefonier sofort.«

Das tat sie natürlich nicht.

Stattdessen ging sie ins Wartezimmer, erklärte den beiden alten Damen, die mit einer Vogelvoliere gekommen waren, dass der Herr Doktor gerade wegen eines Notfalls verhindert sei, und nahm schon mal ihre Daten auf. Auch mit zwei Hundebesitzern, die ihren Lieblingen erstaunlich ähnlich sahen, redete sie länger und ließ sich ihre Probleme schildern. Als die Türklingel schepperte, stöhnte sie innerlich. So viele Patienten durfte sie hier nicht warten lassen, aber wie sie Finn kannte, hatten die zwanzig Minuten mit Patti eh nicht gereicht, um ihn in einen Prince Charming zu verwandeln.

»Hallöchen, Sonne des Kiezes!«

Trixie konnte es nur unter äußerster Willensanstrengung vermeiden, mit den Augen zu rollen. Spatzbach. Des Doktors nerviger Onkel. Fast hätte sie gekichert, weil das klang wie der Titel eines Vorabendfilms.

»Kann ich Ihnen helfen?«, fragte sie gerade, als Finn wieder gegen die Tür hämmerte. Sie ignorierte den Lärm und sah Spatzbach möglichst kühl an. »Sie interessieren sich für Veterinärmedizin?«

Spatzbach vollführte mit seinen Händen Bewegungen, als würde er eine Wolke kneten, Trixie machte das ganz konfus: Was sollte dieses Gehampel? Trotzdem konnte sie die Augen nicht von ihm lassen.

»Ich bin im Urlaub und habe jetzt endlich mal Zeit für die schönen Dinge des Lebens. Eigentlich bin ich ja Architekt«, fing Spatzbach an, »und Sie haben hier wirklich ein Kleinod. Das heißt …«

Er sah an die Decke, über die schon einige Risse zwischen den uralten Stuckleisten verliefen, und dann in die Ecken, in denen sich die Tapete löste.

»Das heißt, Sie könnten hier ein Kleinod haben. Man müsste einiges renovieren.«

»Sagen Sie bloß!« Trixie lächelte spöttisch. Der taxierende Blick, mit dem Spatzbach sich umschaute, als würde er zusammenrechnen, was das Haus noch wert war, gefiel ihr gar nicht.

»Mir ist das nie aufgefallen. Ich dachte immer, ich arbeite im Schloss Versailles. Leider, Herr Spatzbach, obwohl Sie bestimmt ganz wunderbare Gebäude entwerfen, haben wir überhaupt kein Budget für irgendwas, also fürchte ich, Ihr erneuter Besuch war vergebens.«

»Vergebens ist ein Besuch nie, wenn ich Sie dabei sehen darf«, strahlte er und schien ihr ihre Zickigkeit kein bisschen übel zu nehmen. Offenbar amüsierte sie ihn eher.

Trixie überlegte sich eine gepfefferte Antwort, die ihn nicht mehr amüsieren würde, damit dieses selbstgefällige Grinsen endlich aus seinem schönen Gesicht verschwand, da hämmerte Finn noch lauter gegen die Tür. Meine Güte, litt der Doktor unter Klaustrophobie? Der würde ja gleich das Holz durchschlagen. Jetzt rief er sogar nach ihr, und irgendetwas in seinem Ton war gar nicht so abgeklärt, wie sie Finn bisher kennengelernt hatte. Das brachte Trixie dazu, Spatzbach stehen zu lassen und zum kleinen Behandlungszimmer zu laufen. Mit einem Ruck hatte sie die Klinke wieder eingesteckt und öffnete die Tür.

Eigentlich hatte sie die beiden mit einem gut gelaunten Spruch begrüßen und ihnen vorschlagen wollen, auf den Schreck einen Kaffee zusammen zu trinken, aber als die alte Tür aufschwang, stand Patti leichenblass da und röchelte.

Verwirrt sah Trixie von einem zum anderen.

»Eine Biene ist durch die Klimaanlage reingekommen, eine Biene!«, schimpfte Finn, als wäre das ihre Schuld, und stürmte an ihr vorbei, um eine kleine Box aus Pattis Tasche zu holen, die, wie Trixie erst jetzt bemerkte, immer noch auf dem Fensterbrett stand.

Finn sah Trixie böse an.

»Was ist das für eine Ruine hier? Das verdammte Fenster geht auch nicht auf.«

»Das ging noch nie auf«, war alles, was Trixie einfiel.

Er spritzte Patti etwas mit dem Notfall-Pen. Ihre Atmung normalisierte sich langsam, und sie bekam wieder Farbe.

»Sie sollten vorsichtshalber ins Krankenhaus.«

Trixie hätte die Stimme fast nicht erkannt, denn Spatzbach klang zum ersten Mal nicht spöttisch und so, als würde er gerade eine große Showtreppe herunterschreiten, sondern wie ein vernünftiger und besorgter Mann.

»Ich fahre Sie, das sind ja nur ein paar Blocks«, bestimmte er, hob die zierliche Patti einfach hoch und trug sie an Trixie vorbei, die ihm schnell Pattis Tasche um die Schulter hängte.

»Ich kümmere mich um Flash Gordon«, sagte sie noch und drückte Pattis Hand.

»Sie sollten sich auch um Ihre Türklinken kümmern«, raunte Spatzbach ihr zu, und sein bedeutungsschwerer Ton ließ ihr eine Gänsehaut über den Rücken laufen. Hatte er etwa gesehen, dass sie die Klinke abgezogen hatte? Beobachtete er sie?

Im Behandlungszimmer versuchte Trixie Finn zu beruhigen.

»Ich … ich …«, stammelte sie, aber Finn unterbrach sie hart.

»Sie! Holen jetzt den nächsten Patienten rein. Und dann wird hier mal gearbeitet. Und Sie verschonen mich mit irgendwelchen Verkupplungsversuchen. Denn Sie kümmern sich ab jetzt um Ihren eigenen Kram. Haben Sie das verstanden?«

Trixie nickte kleinlaut. Sie hatte ja heute Morgen schon geahnt, dass es ein schlechter Tag werden würde.

Also arbeiteten sie und Finn ohne ein weiteres persönliches Wort einen Patienten nach dem Nächsten ab. Trixie assistierte bei der Kastration der Katzen, reichte die Instrumente an und erklärte dem Hippiepärchen, was sie beachten sollten, als sie ihre noch sehr schläfrigen Katzen abholten. Irgendwann rief Spatzbach kurz an, dass mit Patti alles in Ordnung sei und er sie nach der Klinik auch noch nach Hause gefahren habe, was Finn mit einem knappen »das war nett von dir, Onkel, danke« quittierte. Sie versorgten einen eitrigen Abszess, hörten sich die Bewerbung einer Schülerin um ein Praktikum an, gaben Medikamente und Spezialfutter aus und legten einem Dobermann, der sich eine frische Naht aufgebissen hatte, einen Kragen um.

Dann war der Tag endlich vorbei.

Finn verabschiedete sich mit einem förmlichen »Auf Wiedersehen, bis morgen« und war so schnell verschwunden, dass Trixie keine Gelegenheit mehr hatte, ihm irgendetwas zu erklären.

»Er hat mich gar nicht zu Wort kommen lassen«, beklagte sie sich zu Hause bei ihren drei Katern, öffnete eine Dose Fischhappen für sie und eine Nusseckenpackung für sich und wählte *Snake Invasion – sie kriechen, sie beißen*, sie würgen auf dem Streamingportal aus. Grottiger Horror war jetzt genau das, was sie brauchte.

Nicht auszudenken, wenn sie die Tür nicht mehr aufbekommen hätte. Eine Biene, wer rechnet denn damit? Warum flogen die Anfang März überhaupt schon? Es tat ihr so leid, dass sie Patti in Gefahr gebracht hatte. Und jetzt arbeitete sie mit einem Doc zusammen, der sie für völlig bescheuert hielt. Ein blöder Tag.

Godzilla maunzte und kuschelte sich an sie.

»Das ist nett von dir«, sagte Trixie, »aber PeFe hatte schon recht, es war keine gute Idee. Finn und Patti: ob das noch was wird?«

Godzilla maunzte wieder und zwinkerte mit seinem Piratenauge.

»Ja, ich weiß, ich geb mir Mühe.« Und sie konzentrierte sich auf den Horrorfilm, in dessen erster Szene sich eine riesige giftgrüne Python von schrillen Violinenklängen begleitet durch ein schummeriges Schlafzimmer wand. Trixie biss in eine Nussecke und war froh, dass Schlangen ziemlich selten in die Praxis gebracht wurden.

Irgendwann war Trixie auf dem Sofa eingeschlafen. Godzilla schnurrte auf ihrem Bauch, Freddy und Nosferatu hatten es sich auf ihren Füßen gemütlich gemacht.

Etwas hatte sie geweckt. Erst dachte Trixie, sie hätte nur geträumt, aber dann hörte sie es wieder: ein Scharren, fast wie ein Graben. Die Kater hatten längst die Ohren aufgerichtet. Da war es erneut. Es kam von draußen, als würden dicke, harte Finger an ihrer Haustür kratzen. Keine Krallen, sondern etwas Größeres. Trixies Nackenhaare stellten sich auf.

»Da sehen wir jetzt nicht nach«, raunte sie den Katern zu, »wir gehen hoch ins Schlafzimmer«, und zeigte in den ersten Stock. Sie wartete noch eine Weile, aber alles blieb ruhig.

»Gruselig«, dachte Trixie. »Zwei Stunden Horrortrash oder Gemetzel machen mir gar nichts, aber ein unbekanntes Geräusch, das ist dann unheimlich.« Schließlich stand sie auf und stieg mit einem mulmigen Gefühl die Treppe nach oben.

Kapitel 3

Katzen, Kunst, Kekse

Die Sache mit dem Keksteller war das Erste, das schiefging. Finn hatte sich nach Trixies verunglücktem Verkupplungsversuch anfangs distanziert verhalten, dann hatten sie aber einen zunehmend normalen Ton miteinander gefunden. Die ganze Geschichte lag jetzt einige Tage zurück, beide gaben sich Mühe, und Trixie hoffte, dass der gemeinsame Impfbesuch bei Jansons kiezköniglicher Katzenzucht helfen würde. Wer konnte schon dem Anblick von insgesamt zwei Dutzend flauschigen, tütenohrigen, stupsnasigen Katztieren widerstehen?

Finn konnte.

Die Begrüßung war höflich und gesittet abgelaufen, was ein kleines Wunder war, denn Jansons trugen gestreifte Strampelanzüge aus Kunstfell mit Ohrenkapuzen.

»Sie müssen unsere Verkleidung entschuldigen, Herr Doktor, aber wir glauben, dass die Kitten entspannter aufwachsen, wenn sie uns als große Katzen wahrnehmen.«

Sibylle Janson strich über ihre plüschweichen getigerten Arme.

»Da kann man nur hoffen, dass der Briefträger nicht kommt oder eine Nachbarin klingelt. Was tut man nicht alles für seine Lieblinge.«

Sie lachte.

»Und im März hat ein Fell durchaus Vorteile. Es wärmt so schön.«

Trixie nickte lächelnd, sie kannte diese Anzüge schon von ihren früheren Besuchen. Selbst PeFe, der eigentlich von schrägen Outfits immer begeistert war und sich gern von dem Lack-und-Leder-Pärchen, das seine Ratten und Schlangen in die Praxis brachten, erzählen ließ, wie man sich komplett einpudern musste, um in die hautengen Latexpellen zu passen, selbst PeFe also hatte die Fellanzüge der Jansons eher exzentrisch als hilfreich gefunden und zu Trixie gesagt, die beiden sähen darin nicht aus wie Katzen, sondern wie die Ewoks aus *Krieg der Sterne*.

Da die Jansons aber mit einigen anderen ihrer unkonventionellen Methoden der Kittenaufzucht durchaus erfolgreich waren, fragte sie sich, ob das Ehepaar nicht doch vielleicht recht mit ihrer Theorie hatte. Ihre Katzengemeinschaft war jedenfalls ausgesprochen harmonisch, und es wurden auch praktisch nie gekaufte Kitten zurückgegeben, irgendetwas machten die beiden also richtig.

Trixie hatte damit gerechnet, dass Finn sich direkt an der Eingangstür unbeliebt machen würde, ihn aber trotzdem nicht vorgewarnt – als kleine Rache für die mehrtägige kühle Stimmung in der Praxis.

Finn hatte die plüschigen Kostüme aber demonstrativ übersehen und etwas von »wirklich schönen Tieren« gemurmelt und zugelassen, dass Frau Janson ihm einen der riesigen und durchdringend schnurrenden Kastraten in die Armbeuge drückte, an dem der schlaksige Finn ordentlich zu tragen hatte.

Wohlwollend bemerkten Jansons, dass Finn Trixie seine Tasche gab und den Kater mit der freien Hand kraulte. Trixie genoss den Anblick der herumtollenden Minitiger, die eine Baldrianmaus jagten oder in einer mit Pappschnipseln gefüllten Babybadewanne nach Leckerchen gruben.

Kaum saß Trixie auf dem Sofa, krabbelten zwei pechschwarze Kitten mit kleinen Werwolfgesichtern auf ihren Schoß und rekelten sich dort. Jansons fuhrwerkten gemeinsam in der Küche herum, und Trixie fiel auf, dass sich die beiden bewegten wie in einer jahrzehntelang einstudierten Ballettnummer. Sie waren so gut aufeinander abgestimmt, dass Lars Janson das Tablett genau in dem Moment seiner Frau hinhielt, als die die Kaffeekanne daraufstellte. Trixie fröstelte und fühlte sich trotz des Getümmels um sie herum plötzlich allein. Ob sie jemals wieder Teil eines Paares sein würde? Sie war jetzt dreiundvierzig und gut in Schuss. Wenn sie achtzig würde, wären das gut vierzig weitere Jahre, die sie allein verbringen müsste, ein schrecklicher Gedanke. Aber sie konnte sich auch nicht vorstellen, mit einem anderen als PeFe so in der Küche zu hantieren. Bei den flauschigen und beschweiften Jansons sah es aus, als würden sie zwischen Kühlschrank und

Spüle eine *Cats*-Choreografie in Zeitlupe aufführen. Ging das überhaupt, sich noch einmal auf einen anderen Menschen so einzustellen, dass man zusammen funktionierte wie ein Uhrwerk? Würde sie es irgendwann wieder selbstverständlich finden, jemanden an ihrer Seite zu haben, oder würde sie zukünftig immer fürchten, auch ihn zu verlieren? Und wollte sie sich überhaupt wieder so öffnen? PeFe hatte sie kennengelernt, als sie gerade erst im zweiten Semester gewesen war. Sie hatten beide Tiermedizin studiert, aber dann war in Trixies Leben alles anders gekommen, und sie hatte ihr Studium abbrechen müssen. Nur wegen ihrer Schwester. Mit einem leisen Schnauben schob sie die Erinnerung weg, sie dachte nicht gern an diese Zeit. PeFe und sie waren zusammen erwachsen geworden, hatten beide ihre Ausbildungen abgeschlossen, waren zusammengezogen und zusammengewachsen, bis sie gegenseitig ihre Sätze vollenden konnten. Wäre es nicht ausgesprochen mühsam und künstlich, so eine Nähe mit einem neuen Menschen aufzubauen? Und war es schon Verrat an PeFe, dass sie das überhaupt durchdachte? Trixie blinzelte eine Träne weg, sie litt ständig unter diesen Gedanken, sie kamen mehrmals täglich und wurden durch die kleinsten Nebensächlichkeiten ausgelöst wie zum Beispiel jetzt, als Herr Janson seiner Frau die Keksdose reichte und sie das Gebäck auf einem Teller drapierte. Aber sie würde sich davon nicht unterkriegen lassen. Schon gar nicht, wenn sie einen so angenehmen Termin hatte. Auf das Stichwort fegten drei Kitten über das Sofa und galoppierten über Finn und Trixie, ohne sich um die Menschen zu kümmern, sie waren dabei, eine Fliege oder einen Pappschnipsel zu erlegen und steckten völlig im Jagdmodus. Jansons lachten und stellten das Geschirr auf den Couchtisch. Trixie freute sich darauf, all die kleinen und großen Fellknäuel zu kuscheln, während Finn gleich zu impfen beginnen würde.

Aber dann kamen die Kekse dazwischen.

Jansons schoben Finn den Teller hin, und Finn sagte: »Da sind Katzenhaare auf den Keksen.«

Jansons erstarrten. Frau Janson wedelte mit der Hand übers Gebäck, aber Trixie griff beherzt zu und schob sich einen in den Mund.

»Ballaststoffe«, nuschelte sie mit vollem Mund zu Finn. »Ohne ein paar Katzenhaare ist die Kaffeetafel nicht komplett.«

Jansons lachten etwas gequält. Finn besah sich seine Kaffeetasse ganz genau, bevor er einen Schluck nahm.

»Er ist pingelig, ihm entgeht eben nichts«, erklärte Trixie entschuldigend und stieß Finn den Ellenbogen in die Seite.

Einen Moment breitete sich ein peinliches Schweigen aus, das nur durch einen Stapel scheppernd herunterfallender Plastikblumentöpfe unterbrochen wurde.

»Gibt es denn Neuigkeiten?«, fragte Trixie, um irgendetwas zu sagen.

Jansons nickten und schoben Finn und Trixie die aufgeschlagene Tageszeitung über den Tisch.

Die Seite bestand fast zur Hälfte aus einem großen Foto. Ein weißhaariger älterer Mann mit hoher Stirn und Lesebrille, der in ein halbes Dutzend Mikrofone sprach und dabei den Zeigefinger hob. *Mäzen Kastner hat große Pläne!* stand darunter. Irritiert las Trixie die ersten Zeilen des Artikels vor.

»Die Sensation für Berlins Kunstfreunde: Professor Kastner, die gefeierte Koryphäe für die Kunst Vladimir Manussens, der als einer der größten Künstler dieses Jahrhunderts gilt, kündigte an, seine eigene Manussen-Sammlung in eine Stiftung zu überführen und dem Berliner Publikum in einem neuen Museum zugänglich zu machen. Vladimir Manussen, dessen surreale Bildwelten Kunstkenner weltweit begeistern, hatte sich während des Krieges 1944 in Berlin versteckt. Bis heute gelten wichtige Arbeiten als verschollen. Kastner nannte Manussens Berliner Schaffen in seiner Rede ›das Bernsteinzimmer der Malerei‹. Kastner hat hier einen Lehrauftrag angenommen und will nun ein Forschungsstipendium für die Kunst Vladimir Manussens ins Leben rufen. Sein Herzensprojekt sind die verschollenen Arbeiten aus der Berliner Epoche, die es noch zu entdecken gelte. Die Kunstszene …«

Trixie brach ab, als Herr Janson ungeduldig neben dem Foto von Professor Kastner auf einen kleinen Zehnzeiler am Rand tippte. Er zog die Zeitung zu sich heran und las lieber selbst vor.

»Tiere verschwunden. Immer öfter werden Tiere im Kiez vermisst. Das Tierheim, die örtliche Polizei und der Tierschutzbund bestätigten einen Anstieg der Meldungen. Im Kiez selbst hängen besorgte Halter vermehrt Zettel aus, auf denen sie nach ihren Lieblingen suchen. Patti Wieser vom Tierschutzbund rät dringend dazu, Hunde nicht frei herumlaufen und auch Katzen nur beaufsichtigt in den Garten zu lassen. Außerdem sollten Tiere generell gechipt sein. Wer etwas Auffälliges beobachtet, kann sich unter der folgenden Telefonnummer melden.«

Beide Jansons sahen Finn auffordernd an.

»Wir haben doch gesagt, da ist was im Gange. Befreundeten Züchtern sind auch schon Hunde aus Zwingern weggekommen. Jahrelang passierte so was praktisch nie, und jetzt gleich drei Hunde. Vom eigenen Grundstück!«

»Wir sind ja eigentlich zum Impfen hier«, sagte Finn und öffnete seine große Tasche, die zwischen ihm und Trixie gestanden hatte. Trixie legte kurz ihre Hand auf seine.

»Wir hören uns um, versprochen«, sagte sie zu Jansons. »Wir geben Patti sofort Bescheid, wenn wir irgendwas wissen, und der Polizei natürlich auch. Und wir sprechen mit allen unseren Kunden, dass sie besonders aufpassen müssen.«

Sibylle Janson hatte Tränen in den Augen, als sie leise fragte: »Was, glauben Sie, machen die mit den Tieren?«

»Die spielen jetzt alle auf einem schönen alten Bauernhof«, murmelte Finn, und Trixie trat ihm heftig gegen das Schienbein.

»Impfen wir erst mal diese kleinen Teufelsschnäuzchen.« Sie hielt Finn ein pechschwarzes Kitten entgegen, damit er es auf die mitgebrachte Waage setzte.

Besser er tat, was er konnte, und redete nicht noch mehr unsensibles Zeug.

Jansons beäugten kritisch jeden seiner Handgriffe, mussten aber spätestens beim dritten Kitten einsehen, dass er eine ruhige Hand hatte und die Kleinen nicht mal maunzten.

Irgendwann vergaß Finn in seiner Konzentration sogar seine Pingeligkeit und nahm sich immer mal wieder einen Keks und verspeiste ihn genüsslich, ohne vorher darüberzupusten. Und als das letzte Kitten seinen Piks bekommen hatte, ein schwarzes Fellknäuel mit vier weißen Söckchen und einer weißen Spitze an seinem staubwedelartigen Schwanz, war der ganze Keksteller leer, und Frau Janson trug ihn zufrieden in die Küche zurück.

Nachdem sie alle Einträge in die Impfpässe erledigt und die Folgetermine und die Frühkastration besprochen hatten, ließ sich Finn von Frau Janson im Flur mit der Fusselrolle bearbeiten, und er lächelte sogar, als sie sagte: »Katzenhaare sind die Pailletten von netten Menschen.«

Trixie wollte schon die Haustür öffnen, da fiel ihr etwas ins Auge.

Neben der Garderobe lag auf einer Konsole ein großer, dicker Brief. Vielleicht war es die altmodisch schnörkelige Schrift, vielleicht auch der auffällige Firmenstempel mit einem Vogelkopf über einem Dreieck, die sie auf den Namen des Absenders schauen ließen: *Spatzbach/Hamburg. Architektur gibt dem Leben ein Zuhause.*

Warum kannte Spatzbach die Jansons? Er interessierte sich doch sicher nicht für ihre Katzen. Und sie wusste, dass Jansons ihr Haus erst vor wenigen Jahren hatten umbauen lassen. Was, also, wollte er von ihnen? Und hatte er ihr nicht neulich in der Praxis erzählt, er mache gerade Urlaub? Trixie runzelte die Stirn. Sie hatte ja gleich das Gefühl gehabt, dass dieser Onkel Hintergedanken hatte. Wieso tauchte er plötzlich hier auf?

Da klingelte es an der Tür, und Trixie hätte Spatzbach das alles selbst fragen können, denn der große dunkle Mann im sicher maßgeschneiderten Nadelstreifenanzug stand draußen und strahlte Frau Janson mit seinem Stummfilmstar-Lächeln an. Das erlosch allerdings, als er Finn und Trixie erkannte.

Finn schob sich einfach mit einem »Hallo Onkel« an ihm vorbei, aber Trixie erinnerte sich daran, wie er sich um Patti gekümmert hatte.

»Das war sehr nett neulich, dass Sie Patti in die Klinik und auch noch nach Hause …«, fing sie gerade an, aber Spatzbach schob sie zur Seite und ranzte sie an: »Jaja, Frau Vogelsang, schon recht.« Dann beachtete er sie nicht weiter und schritt mit seinem halb königlichen, halb tanzenden Gang auf Frau Janson zu, deren Gesicht über ihrem gestreiften Strampelanzug merkwürdig glühte, während sie sich unentwegt an den Haaren unter der Öhrchenkapuze zupfte.

Trixie stand da, als hätte er ihr einen nassen Schwamm ins Gesicht gedrückt.

Sie schüttelte den Kopf, presste die Lippen zusammen und verließ das Haus.

Im Auto sah Finn sie entschuldigend an.

»Tut mir leid, dass mein Onkel Sie so abgefertigt hat. Das war ja ziemlich unhöflich von ihm. Normalerweise ist er ein Charmebolzen. Charme-Probleme liegen bei mir offenbar in der Familie.«

»Nicht nur in Ihrer. Glauben Sie mir, bei mir und meiner Schwester geht's auch nicht zimperlich zu. Es ist schon gut, dass wir keinen Kontakt mehr haben.«

Finn sah sie überrascht an.

»Ich hätte gedacht, Sie sitzen jeden Sonntag mit der ganzen Sippe um eine riesige Schwarzwälderkirschtorte herum.«

Trixie presste die Lippen aufeinander.

»Die Torte ist das Einzige an Ihrer Vision, das mir gefällt. Die Kurzfassung: Eltern früh verstorben. Kein Kontakt zu meiner Schwester.«

»So übel?«

»Es ging ums Geld, und ich musste wegen ihr das Tierarztstudium abbrechen. Jetzt ist sie in irgendeiner durchgeknallten Sekte, und ich habe seit zehn Jahren nichts mehr von ihr gehört. Kein Wort.«

Finns ungläubiger Blick sprach Bände. Trixie sah ihm an, dass er nicht wusste, ob er weiterbohren durfte oder sie einfach in den Arm nehmen sollte.

»Kein Wort? Nicht mal, als Ihr Mann gestorben ist?«

Trixie schluckte hart. »Nicht mal da.«

Sie wischte über die Scheibe, als könnte sie damit auch ihre Erinnerungen wegwischen, lächelte Finn etwas gequält zu und fuhr aus der Parklücke. Dann stoppte sie aber doch noch mal.

»Wo wir hier gerade so in Beichtlaune sind: Warum sind Sie eigentlich Tierarzt geworden? Das wollten Sie ja beim Vorstellungsgespräch nicht erzählen.«

Finn seufzte.

»Das lag an Meister Proper.«

Trixie schaltete den Motor aus, lehnte sich zurück und sah Finn gespannt an.

Finn war gerade in die Grundschule gekommen, und zunächst sah alles nach Spaß aus. Die Lehrerin war nett und die anderen Kinder auch. Auch als die Klasse die ersten Worte lesen lernte, war noch alles in Ordnung. Aber dann wurden daraus kleine Sätze, und das Verhängnis nahm seinen Lauf. Denn sobald Finn etwas vorlesen sollte, fing er, der bis dahin völlig problemlos gesprochen hatte, plötzlich an zu stottern.

»Keine Ahnung, wo das herkam. Die Schrift entziffern und gleichzeitig laut etwas sagen, hat irgendeine Gehirnwindung überfordert, es gab einen Kurzschluss, und nichts ging mehr.«

Die anderen Kinder lachten ihn erst aus. Und fingen schließlich an, ihm auf dem Schulweg Gemeinheiten hinterherzurufen. Dann schubsten ihn die größeren Jungs aus seiner Klasse zwischen sich herum, und als er das erste Mal mit einem blauen Auge nach Hause kam und verkündete, er werde nie wieder in die Schule gehen, beschloss sein Vater, dass sich etwas ändern müsse. Er übte mit seinem Sohn abends lesen, immer wieder denselben Abschnitt. Aber es half nichts. Sobald Finn in der Klasse stand und etwas vortragen sollte, wurde ihm schummrig, und die Silben stürzten in seinem Mund übereinander.

»Bin gespannt, wie Sie die Kurve zu Meister Proper kriegen, und ich vermute mal, mit Böden scheuern hatte das nichts zu tun.«

Der Nachbar brachte schließlich die Lösung vorbei, ohne es zu wissen. Er bat Finn, auf seinen riesigen schwarzen Neufundländer Meister Proper aufzupassen.

»Ein Kalb von einem Hund. Gute fünfzehn Kilo schwerer als ich selbst. Pfoten wie Bärenpranken.«

Finn zeigte mit seinen Händen, wie unfassbar groß sie gewesen sein mussten.

Spazieren zu gehen war mit Meister Proper undenkbar. Er hätte bloß einer Katze hinterherzujagen brauchen, und Finn wäre an der Leine mitgeschleift worden wie ein Spielzeug. Also kam er auf die Idee, dem Hund vorzulesen. Erst fiel es ihm selbst gar nicht auf, aber dann bemerkte er, dass er nie stottern musste, wenn er an die große weiche Flanke des Riesenhundes gelehnt dasaß und ihm die Hausaufgaben vortrug. Er erzählte das begeistert dem Nachbarn, und der war davon gar nicht so überrascht.

»Er meinte, Tiere hätten eine besondere Gabe. Und er sagte, ich solle mir andere Menschen einfach als Tiere vorstellen, wenn sie mich einschüchterten. Und das mache ich seitdem.«

Trixie nickte und tippte sich an die Schläfe. »Drum waren Sie bei unserem Kennenlerngespräch in manchen Momenten so abwesend. Sie haben mich als

Tier gesehen! Spucken Sie's aus: Was bin ich in Ihrem Kopf?«

Finn knetete grinsend seine Hände. »Das wechselt. Manchmal ein Känguru. Sie hüpfen überall rum und stopfen die Probleme anderer Leute in Ihren Beutel, da brüten Sie eine Lösung aus und boxen alles nieder, das Ihnen im Weg steht. Und manchmal eine Hummel. Eine riesige, einen Meter siebzig große Hummel. Wenn Sie einen Laberflash haben, hör ich es nur noch summen.«

»Laberflash?« Sie schlug spielerisch nach Finn. »Ich labere nicht, ich gebe nur zielführende Hinweise.«

Finn duckte sich unter ihren Klapsen weg.

»Und was ist mit Kaluppke? Wie sehen Sie ihn?«

Finn zog die Augenbraue hoch, als sei es ihm völlig unverständlich, dass Trixie nicht von selbst darauf kam. »Kaluppke ist ein Lurch.«

Er räusperte sich. »Jedenfalls bin ich seitdem oft lieber mit Tieren als mit Menschen zusammen.«

Trixie nickte. Das konnte sie sehr gut verstehen.

Sie startete den Motor, drehte sich noch einmal zu Finn um und streckte ihm die Hand entgegen.

»Wie wär's, wenn wir Du sagen? Ich bin Trixie.«

Er schlug ein und lächelte sie an.

Trixie nutzte die Gunst des Moments, um noch etwas anzusprechen.

»Finn, frag doch bitte zusammen mit Patti beim Tierheim, der Tiersammelstelle und der Klinik wegen der verschwundenen Katzen und Hunde. Wir haben morgen Nachmittag nach den OPs doch sowieso zu.

Dann mach ich die Medikamentenbestellungen und beobachte die Nachsorge, und ihr seht mal, was ihr rausfindet. Ich finde das so schlimm, ich mag mir gar nicht vorstellen, mir würde jemand Freddy, Nosferatu oder Godzilla wegnehmen.«

Widerstrebend nickte Finn, und Trixie grinste in sich hinein. Da würde er mindestens eine Stunde allein mit der engagierten hübschen Patti verbringen. Großartig!

Trixie war immer noch in Feierlaune, als sie es sich abends zu viert auf dem Sofa gemütlich machten. Sie schloss die Augen und ließ die Gedanken treiben, bis sie spürte, dass PeFe am anderen Ende der Couch saß. »Ich hab dich heute bei den Jansons vermisst«, flüsterte sie.

»Ich sag ja, du brauchst jemanden an deiner Seite. Und war nicht auch dieser komische Vogel da?«

Trixie wedelte mit der Hand, als müsste sie eine lästige Fliege verscheuchen.

»Hör mir auf mit dem. Seine Charmeattacken sind reines Schauspiel. Der hat einen Plan.«

»Vielleicht bist du sein Plan?«

»Nee«, Trixie schüttelte den Kopf, »der hat andere Absichten. Ich spür das, der hat Hintergedanken, und keine guten.«

Sie wartete darauf, dass PeFe ihr widersprach, aber sie wurden unterbrochen durch ein Knacken vor ihrer

Haustür. Ging der Geräuscheterror jetzt wieder los? Irgendetwas passierte da draußen.

»Spukt hier jemand von deinen Leuten?«

PeFe lachte.

»Ich wohne nicht in einer Geister-WG! Und es spukt auch niemand, Trixieschatz, ich bin nur in deinem Kopf. Wenn vor deiner Haustür ein Geräusch ist, siehst du am besten mal nach.«

Widerwillig öffnete Trixie die Augen, wickelte sich aus ihrer Decke und ging zur Tür.

Weit und breit niemand. Aber auf der Fußmatte lag ein großer bunter Blumenstrauß. Herrliche Ranunkeln und Freesien. »PeFe«, murmelte sie, »wären sie doch bloß von dir.« Sie wandte sich zu ihren Katern, die neugierig den Strauß beäugten.

»Katzvolk, ich fürchte, wir haben einen Stalker.«

Kapitel 4

Balzzeit

Der Spitz hatte keine gute Nacht in dem Transporter gehabt. Ihm fehlte sein Körbchen, die weiche Decke und das Gummihuhn, auf dem er so gern herumkaute, wenn er im Dunkeln wach wurde und sich langweilte. Vor allem vermisste er seine Menschen. Während der ersten Stunden hatte er an der Heckklappe gestanden und bei jedem Geräusch gefiept, weil er immer hoffte, dass endlich jemand die Tür öffnen und ihn abholen würde. Dann hatte er sich zusammengerollt und war eingeschlafen. Vielleicht würde alles besser sein, wenn er aufwachte. Aber es wurde nicht besser. Er schnupperte an dem Futter, das ihm der fremde Mann noch hereingestellt hatte, es roch komisch und gar nicht wie das leckere Fleisch zu Hause, in das seine Menschen gekochte Möhrchen mischten. Niemand ging mit ihm Gassi. Niemand streichelte ihn. Und zu spielen gab es auch nichts. Dann öffnete sich draußen mit lautem Geschepper ein Tor, der Spitz stellte sich auf die Hinterbeine, um zu sehen, was vorging, aber er kam nicht bis zur Heckscheibe. Der Mann öffnete die Klappe, der Spitz drängte sich eng an die Wand des Wagens. Eine Leine wurde in sein Halsband eingeklickt. Der Mann hob den Spitz heraus und zerrte ihn einige Meter weiter unter einen Baum. Der Spitz wollte hier nicht hinpieseln, er wollte erst schnuppern, ob es sicher war, doch er hatte so lange in dem Auto gewartet, dass er es nicht mehr aushalten konnte. Ungeduldig zog der Mann ihn zu einer Halle. Der Spitz jaulte, hier blieb er auf gar keinen Fall. Auf. Gar. Keinen. Fall. Er stemmte sich gegen die Leine, aber der Mann schleifte ihn weiter.

In der Halle standen viele Käfige. Mit vielen anderen Tieren. Sie rochen nach Angst und Urin. Der Spitz wurde unsanft in einen der Käfige geschoben. Er verkroch sich in die hinterste Ecke, presste sich gegen das Metall und winselte leise. Das schwere Rolltor der Halle knallte zu. Dann fuhr das Auto wieder weg.

Der Spitz wusste, dass er mutig sein musste. Er ging vorsichtig bis zu seiner Käfigtür, hob die Schnauze und bellte einmal kurz und kläglich. Dann noch einmal, schon etwas lauter. Andere Hunde aus den anderen Käfigen fielen ein. Und bald jaulten sie alle zusammen durchdringend wie ein Wolfsrudel.

»Cacatua tenuirostris«, sagte Finn fachmännisch, während Trixie sich mit einem Schrubber bewaffnete und versuchte, den Kakadu einzufangen. Der saß aber weiterhin unbeeindruckt mit gespreiztem Gefieder wie eine schlecht gelaunte weiße Wolke auf dem Schrank für das Operationsbesteck und krächzte manchmal ungehalten. Ihm gefiel das hier alles überhaupt nicht, der junge Tierarzt kannte immerhin seinen lateinischen Namen – wobei dem Vogel »Nasenkakadu« gereicht hätte, er war schließlich kein Snob. Aber diese Frau mit dem Schrubber fand er unzumutbar. Und die verschüchterte jüngere Frau mit den tomatenroten Haaren war auch keine Hilfe. Da musste man sich doch aufplustern.

Trixie hatte in der Praxis auf Finn und Patti gewartet und sich an die unbeliebte Buchhaltung gemacht. Die Patientenakten, zu denen es Fragen gab, sortierte sie in ein Extrafach. PeFe war bis zum Schluss der Meinung gewesen, die Praxis brauche keine EDV. Die hatte Finn aber sofort für alle neuen »Kunden« eingeführt. Das lange Telefongespräch am Mittag mit der Dame vom Späti über Sinn und Nutzen von Vitaminkuren für Meerschweinchen, bei dem Finn sich auch gemailte Fotos ihrer Plüschbälle angesehen hatte: Sollte sie das wie eine Anamnese abrechnen, oder fiel das bei Finn unter Kulanz? Trixie seufzte und legte die Meerschweinchenakte auf die anderen Zweifelsfälle.

Als Finn und Patti von ihrer Recherchetour durch die Kleintierklinik, die Tiersammelstelle und das Tierheim zurückkamen, sprang sie auf, blickte zu dem Korb mit gekühltem Weißwein, Kuchen, Obst und Sandwiches, den sie für die beiden gepackt hatte, und schob die Patientenblätter auf dem Schreibtisch zusammen. Es sollte nicht nach unerledigter Arbeit aussehen, sondern nach Feierabend. Trixie stellte sich vor, wie die beiden den gemeinsamen Tag Revue passieren lassen würden. Sie hatten sicher Hunger, und was gab es Romantischeres als ein Picknick – selbst wenn es in einer Tierarztpraxis stattfand?

Während Patti nach ihrer Bartagame sah und erleichtert war, dass Flash Gordon sich im Terrarium gut erholte, brachte Finn Trixie auf den neuesten Stand.

Alle Stellen hatten ihnen berichtet, dass die Klagen über vermisste Haustiere in Berlin zahlreicher wurden. Die Tiere verschwanden von ihren Ausflügen, aber auch aus Zwingern und gesicherten Gärten, ein Mops sogar aus einem Kinderzimmer, in dem ein Fenster offen gestanden hatte. Dass es der Mops eigenmächtig aufs Fensterbrett und runter auf die Straße geschafft haben könnte, war ausgeschlossen.

»Einer von Pattis Aktivisten meinte, man sollte sich im Internet umgucken, ob da in den Foren irgendein Perverser plaudert. Dass es zum Beispiel erhöhte Prämien für illegale Tierversuche gibt oder dass Tiere nach Wunschzettel ins Ausland verkauft werden. Auch zu den richtig kranken Typen, die massiv einen an der Klatsche haben, sollten wir mal recherchieren.«

Trixie schlug die Hand vor den Mund.

»Bloß so was nicht.«

Finn nickte finster.

»Es gibt da draußen mehr Irre, als man sich eingestehen möchte.«

Ehe die beiden das unerfreuliche Thema vertiefen konnten, war dieser Kakadu dazwischengekommen, mit wildem Flügelschlag direkt durchs offene Fenster des Behandlungsraums geflogen und hatte sich krächzend auf dem Schrank niedergelassen.

Finn sah Trixie mit einer hochgezogenen Augenbraue an.

»Bevor ich jetzt unangebrachten Aktionismus starte: Ist das auch einer deiner Besucher, der sein Horoskop hören will?«

Trixie schüttelte den Kopf.

»Den Vogel kenn ich gar nicht.«

»Nasenkakadu«, sagte Finn. »Weißes Gefieder, bunte Augenpartie. Cacatua tenuirostris.«

Er inspizierte den Picknickkorb, während Trixie den Schrubber nahm und sich wie mit einem viel zu groben Staubwedel bewaffnet dem Schrank näherte. Nein, eindeutig eine schlechte Idee, das fand der Vogel auch.

»Ist hier vielleicht ein Kohl drin oder eine Möhre?«

Trixie stellte den Schrubber weg, griff in ihre Einkaufstasche, die unter dem Tisch stand, und brach Finn ein Stück Möhre ab. Er ging zum Schrank und hielt dem Kakadu den Leckerbissen hin.

»Dit Jemüse mag er nich«, kam vom Fenster eine knarzige Stimme.

»Hamse ooch wat richtich Leckeret, Doc?«

Finn drehte sich um. Draußen standen ein alter, verhutzelter Mann, dessen ganzes Gesicht tätowiert war. In seiner Nase prangte ein großer Ring, und die Ohrläppchen waren durch Schmuck so weit gedehnt, dass sie bis zum Hals herabbaumelten. Auf seinem Arm thronte mit aufgestellten struppigen Ohren Trudi.

»Kennen Sie den Vogel denn, Herr Kaluppke?«, fragte Trixie, aber der alte Mann schüttelte den Kopf.

»Ha ick nie jesehn. Die Trudi und icke hamms nich so mit Federvieh, Lunge, wissen Se.«

Wie zur Demonstration hustete er so heftig, dass Trudi auf seinem Arm durchgeschüttelt wurde.

»Also keine Möhre. Eine Erdbeere?«, fragte Trixie stirnrunzelnd.

»Vielleicht sollte man den Spieltrieb ausnutzen«, sagte eine andere Stimme von der Tür. Finn schaute irritiert von Kaluppke zu der jungen Frau mit den schwindelerregend hohen Absätze und der glänzenden helmartigen Frisur. Es waren ihm eindeutig zu viele Menschen in diesem Sprechzimmer.

»Finn, das ist Mone Windhoff. Sie war vor dir …«, begann Trixie, aber Finn winkte ungeduldig ab.

»Alle mal ruhig jetzt, ich muss überlegen«, kommandierte er und sah Mone konzentriert an. Die rührte sich nicht, stand weiterhin in den Türrahmen gelehnt da und lächelte mit ihrem dunkelrot geschminkten Mund wie eine Lippenstiftreklame.

»Ich wollte nur mal meinen Nachfolger kennenlernen und Hallo sagen«, sagte sie noch, aber Finn sah gedankenverloren zwischen ihr und dem Kakadu hin und her.

Offenbar hatte sie Finn auf eine Idee gebracht.

»Spieltrieb … Haben wir hier irgendwo ein Ding, das sich dreht? Ein Rad oder so?«

Trixie zuckte ratlos mit den Schultern, aber Kaluppke setzte Trudi auf die Fensterbank.

»Wenn der Doc 'n Rad braucht, kleenet Momentchen!«, und weg war er.

Patti zwinkerte Mone schüchtern zu und flüsterte »Hallo«. Mone, die viel größer war als Patti, sah auf sie herab und nickte kurz. Dabei ließ sie Finn nicht aus den Augen, und Trixie bemerkte, wie sich eine leichte Röte über sein Gesicht ausbreitete. Das gefiel ihr gar nicht. Bei Patti war er noch nie rot geworden, aber kaum stolzierte die schicke Chirurgin aus der Tierklinik hier rein, als komme sie gerade von einem Magazin-Shooting, da wurde er plötzlich wach.

»Mone, könnten Sie mir zeigen, wo Sie nach Ihren letzten OPs die Fadenziehsets hingeräumt haben? Ich finde die einfach nicht.«

Mone nickte und ging hinüber in den kleinen Operationsraum.

»Vielleicht versuchst du es doch mal mit einer Erdbeere, Patti?«, ermunterte Trixie sie, aber da erschien Kaluppke wieder am Fenster und hob ein Kinderfahrrad durch die Öffnung.

»Wie haben Sie das denn so schnell aufgetrieben?«, Finn nahm es, blieb aber unschlüssig damit stehen.

Kaluppke grinste breit und zeigte seine Zahnstummel.

»Stand anne Ecke. War nich abjeschlossen.«

Trixie sah ihn streng an.

»Also, fast nich. War 'n janz kleenet Schloss. Bring ick nachher zurück und mach et wieder fix.«

Finn legte das Fahrrad auf die Seite, ordnete Ruhe an, hob es leicht und bewegte das Vorderrad.

Es dauerte nur ein paar Umdrehungen, dann hatte er die Aufmerksamkeit des Kakadus.

»Na, komm spielen, ihr fahrt doch gerne Karussell«, lockte ihn Finn, und tatsächlich trippelte der Kakadu an den Rand des Schranks.

Finn drehte weiter, ganz gemächlich.

Gemächlich ließ sich der Vogel fallen und schwebte auf den Reifen. Dort saß er und ließ sich von Finn langsam hin und her drehen. Trixie schob vorsichtig eine Voliere heran, und Finn fasste den Kakadu bei den Krallen und setzte ihn behutsam in den Käfig. Geschafft.

»Bringen Sie das Rad schnell zurück«, wies Finn Kaluppke an und setzte etwas freundlicher nach: »Vielen Dank fürs Organisieren.«

»Kaluppke kann fast alles organisieren«, lachte Trixie, und Kaluppke tippte sich wie ein Chauffeur an die Stirn.

»Ob 'n Radschloss oder 'ne Tür oder 'n Tresor, allet jeht uff.« Er klemmte sich das Kinderrad unter den Arm, hob Trudi vom Fensterbrett und verschwand.

Trixi erinnerte sich an ihre eigentliche Mission und suchte Mone. Die musste sie jetzt aus der Praxis kriegen. Zu dritt würde es kein romantisches Picknick geben.

Trixie war erstaunt, dass sie die schicke Tierchirurgin nicht wie erwartet im OP, sondern in dem kleinen Raum fand, in dem auch Flash Gordons Terrarium stand. Und sie suchte gar nicht nach den Fadenziehsets, die Trixie angeblich vermisste, sondern fotografierte mit ihrem Handy herum. Offenbar hatte sie Trixie nicht kommen hören, und Trixie beobachtete Mone noch für ein paar Momente. Seltsamerweise knipste sie nur die Wände, das Fenster und die Decke. Sie zuckte leicht zusammen, als Trixie sich räusperte, hatte sich aber direkt wieder unter Kontrolle und setzte ihr Lächeln auf.

»Da kommen viele Erinnerungen hoch«, schnurrte sie, »ich habe so gerne hier gearbeitet«, und stöckelte an Trixie vorbei.

Den Eindruck hatte Trixie nun wirklich nicht gehabt. Mone war zwar gewissenhaft mit den Tieren gewesen und hatte oft abends noch allein in der Praxis gesessen, um die verhasste Buchhaltung zu erledigen, aber Begeisterung hatte Trixie bei ihr nie gespürt. Und als sie sich entscheiden sollte, entweder die Praxis zu übernehmen oder eine Vollzeitstelle als Chirurgin in der Tierklinik anzutreten, da hatte Mone keine Sekunde gezögert. Trixie hatte ihr das übel genommen, obwohl sie es verstehen konnte, dass jemand lieber Karriere machen als in einer verschlissenen Praxis schuften wollte. Mone war immer zu fein und zu ehrgeizig für das hier gewesen. Umso erstaunter hörte Trixie, dass Mone nostalgische Gefühle haben sollte, wenn sie an die wenigen Monate dachte, die sie hier ausgeholfen hatte. Sehr unwahrscheinlich. Und was sollte dieses Fotografieren? Ja, der Putz bröckelte überall, aber das musste man doch nicht dokumentieren. Trixi erinnerte sich jetzt, dass Mone sie am Ende ihrer Vertretungszeit nach dem Haus gefragt hatte. Wann sie die Praxis übernommen hatten, ob jemals renoviert worden war, ob es Umbauten gegeben hatte. Damals hatte sie das für Small Talk gehalten, aber seit Finns Onkel Spatzbach hier herumlief und ähnlich merkwürdige Fragen stellte, schrillten bei Trixie schnell die Alarmglocken. Sie spürte, hier ging etwas vor, sie hatte aber keine Ahnung, was das sein sollte. Oder waren es Anzeichen einer Paranoia, dass sie überall Hintergedanken witterte?

Die Deckenlampe flackerte. Entweder kapitulierte jetzt auch noch die Elektrik, oder es spukte hier. Trixie hoffte Letzteres. Mit Geistern kam sie klar, schließlich musste sie das, seit PeFe nicht mehr lebte, aber für eine Ertüchtigung der Leitungen war definitiv kein Geld da, und es wäre ein Drama, wenn sie die Praxis schon wieder schließen müssten, wo Finn gerade erst angefangen hatte. Sie beschloss aber, einen kleinen Notstromgenerator anzuschaffen, damit wenigstens der Kühlschrank mit den Proben, Kulturen und Impfstoffen sicher war. Sie machte einen Rundgang durchs Wartezimmer und sah auch in den Keller, um zu überprüfen, ob noch weitere Lampen flackerten, aber glücklicherweise war in den anderen Räumen alles in Ordnung.

Trixie schob ihre Überlegungen zur Elektrik und zu Mones merkwürdigem Verhalten beiseite und konzentrierte sich auf ihre Mission Verkupplung-beim-Picknick. Daraus würde allerdings nichts werden, das sah sie mit einem Blick, als sie zurück ins Behandlungszimmer kam. Patti lehnte verlegen an der

Kommode mit dem Verbandsmaterial und hatte ihre Jacke bereits wieder angezogen, Mone dagegen saß auf dem silbernen Metalltisch, ließ die Füße in ihren Stilettos baumeln und lachte gurrend über irgendetwas, das Finn gesagt hatte.

»Ich wollte Sie unbedingt kennenlernen, als ich hörte, dass die Praxis neu eröffnet.«

Dabei schob sie sich betont langsam eine Erdbeere in den Mund und ließ Finn nicht aus den Augen.

»Ich geh dann mal«, Patti winkte unbeholfen durch die Runde, und Trixie drückte sie kurz im Gang.

»Danke, dass du mit Finn rumgefahren bist.«

Patti sah an ihr vorbei zu Flash Gordon.

»Er ist echt nett.«

»Ist er. Aber er ist auch ein ziemlicher Depp.«

Patti musste grinsen.

»Ist er.«

Trixie holte noch ihre Tasche und versuchte zu ignorieren, wie Mone Finn eine Anekdote aus ihrer Zeit in der Praxis erzählte und dabei ihre Hand auf seine Schulter legte. Finn saß vor ihr wie ein dressierter Pudel. Trixie rollte mit den Augen und machte sich auf den Heimweg.

Zu Hause empfingen sie drei missgelaunte Kater, die so laut miauten, als wären sie vom Hungertod bedroht. Schockiert sah Trixie außerdem die Bescherung in ihrer Küche: Ihr Küchenfenster, das zugegebenermaßen schon ziemlich marode war, stand offen, und der Mohnkranz, den sie für die Jansons gebacken hatte, um sich für Finns unhöfliches Benehmen beim Kaffeetrinken zu entschuldigen, war komplett zerfleddert. Überall auf der Anrichte unter dem Fenster lagen Kuchenbrocken und Krümel, ein Glas war umgestoßen und eine Blumenvase zerbrochen. Trixie atmete schneller, in ihrer Brust breitete sich kalte Beklemmung aus. Sie konnte es nicht fassen und war nur froh, dass der Einbrecher den Katern nichts getan hatte, aber es war trotzdem unheimlich: Jemand war in ihrem Zuhause gewesen und hatte seinen Frust oder seinen Irrsinn ausgerechnet an ihrem Mohnkranz ausgetobt. Erst ein Stalker und jetzt ein Eindringling: Man hatte es auf sie abgesehen.

Kapitel 5

Es knistert

Der Schaum knisterte so schön. Und er sah aus wie Blubberfolie. Trixie zog noch einmal am Joint und fühlte den Rauch in ihrer Lunge brennen. Endlich konnte sie sich entspannen. Nach einer unruhigen Nacht, in der sie mehrfach aufgewacht und durchs Haus gewandert war, hatte sie beschlossen, den Samstagvormittag nicht mit Bügeln und dem Backen eines neuen Mohnkranzes für die Jansons zu verbringen, sondern ihn in der Wanne zu vertrödeln. Da lag sie jetzt unter hohen Schaumbergen und rekelte sich. Und dieses leise Knistern, das sie deutlich hören konnte, war so herrlich wie Brausepulverkribbeln, Geschenkpapier und Styroporschnipsel in einem lang erwarteten Paket. Sie roch plötzlich den Duft von frischem Holz, er war intensiver als ihr Kleopatraschaumbad. Sie lächelte, schloss die Augen und sank noch ein bisschen tiefer, bis sie wie der *Blob*, der aus der Tiefe kam, im Wasser lag. Holz. Frisches Buchenholz.

»Du denkst an den Tag, an dem die Bretter kamen.«

PeFe hatte sich auf dem Wannenrand niedergelassen und ließ eine Hand ins Wasser baumeln. Wenn er sie bewegte, schwappten warme Wellen über Trixies Knie, und das fühlte sich wie ein Streicheln an.

Trixie kicherte.

Die überraschende gewaltige Holzlieferung – und was PeFe daraus zauberte.

»So würde ich den Roman nennen, wenn ich einen über uns schreiben würde. Der Tag, an dem die Bretter kamen.«

PeFe lachte. Dieser Tag damals hatte alles: Dramatik, Tränen, Versöhnung, Glück. Sie seufzte. Großes, großes Glück.

Sie zog noch einmal an der Tüte in ihrer Hand. Auch der Filter knisterte, aber anders als der Schaum. Ihre Sinne waren so geschärft, sie hätte Silberfischchen in den Ecken tuscheln hören können, wenn Silberfischchen im Badezimmer gewesen wären.

Trixie lenkte ihre Gedanken wieder zu dem Brettertag. Und mit einem weiteren Zug, der ihr direkt in den Kopf stieg, war sie zurück. Zurück unten in der Küche. Sie sah an sich herab. Die altmodische Kleidung, die langen Haare, die ihr bis über den Busen fielen: Sie war eine junge Frau. Voller Energie. Und ungehalten. Es war ihr erster Jahrestag mit PeFe. Sie wollte ausgehen und hatte sich ein neues Kleid angezogen, doch PeFe machte keine Anstalten, das Haus zu verlassen oder sich etwas Schickes aus dem Schrank zu suchen. Offenbar hatte er ihren Jahrestag vergessen, dieser Klotz, typisch Mann. Sie trippelte auf ihren hohen Absätzen vor ihm hin und her, um ihm zu zeigen, was er verpasste, aber er sah nur ständig auf die Uhr. Romantik? Fehlanzeige. Als es an der Tür klingelte, wurde es merkwürdig. PeFe schleppte zusammen mit einem jungen Mann Bretter ins Haus. Viele viele Bretter. Die ganze Diele stand schon voll. Trixie musste ihre Reisetasche, die sie am Wochenende immer dabeihatte, wenn sie bei PeFe schlief, in die Küche räumen, damit es mehr Platz gab für noch mehr Bretter. Endlich war der Transporter ausgeladen und PeFe gepudert mit Holzstaub. Alles duftete nach frisch gesägten Brettern. Trixie war so enttäuscht über ihren ausgefallenen Jahrestag, dass sie noch in der Küche anfing zu schluchzen. PeFe trat neben sie, und anstatt sich zu entschuldigen, rollte er Pläne auf der Anrichte aus. Trixie hatte keine Ahnung, was sie da sah. Linien, Winkel, Zahlen über Zahlen.

PeFe strich das erste Blatt glatt.

»Das hier«, er zog mit dem Finger eine Linie nach, »ist die Diele, hier das Wohnzimmer und hier die Küche. Hier stehen wir.«

Er wartete einen Moment. Trixie schniefte und war immer noch wütend. Aber neugierig war sie jetzt auch.

»Oben unter die Decke kommen die schmalen Bretter hin, von hier bis hier, einmal rundum«, er fuhr die Wände der Räume ab. »Wie ein Regal, etwa einen halben Meter unter der Decke.«

Sie sah ihn fassungslos an.

»Du willst ein Regal unter die Decke bauen?«

»Nicht wirklich ein Regal.« Er lächelte. »Einen Laufsteg.«

Trixie hob die Augenbrauen und verstand kein Wort.

»Für die Katzen.«

»Welche Katzen?«

»Deine Katzen. Die haben Auslauf nötig, weil sie als Stadtkatzen nicht rausdürfen. Und du musst doch Katzen haben, wenn du hier mit mir glücklich werden willst.«

Er tippte ihr sanft unters Kinn, weil offenbar ihr Mund offen stand.

»Du ziehst bei mir ein? Wirklich?«

PeFe lachte. »Wenn du mich lässt. Wir sind jetzt genau ein Jahr ein Paar, und ich hoffe, für den Rest unseres Lebens. Und ich weiß, dass du Katzen brauchst, um glücklich zu sein. Also kriegst du welche. Und die kriegen einen Catwalk.«

Er zog sie an sich. »Und ich kriege dich. Und das macht mich glücklich. Ich würde dir auch eine Arche zimmern, wenn ich darauf mit dir leben dürfte.«

Trixie konnte nicht anders, als wieder loszuheulen. Sie fiel PeFe in die Arme und lachte und weinte gleichzeitig.

»Was ist mit den kleineren Brettern?«

»Das werden Regale, für unsere Horrorfilmsammlung, allmählich haben wir ganz schön viele davon. Und das hier …«, er zeigte auf einen größeren Packen, der hinten stand, »das wird ein Schrank für deine unendlich vielen Klamotten. Und aus diesen dicken hier baue ich eine Bank für die Haustür. Darauf sitzen wir, wenn wir alt sind, und machen uns über die Leute lustig, die vorbeilaufen. Oder wir trinken einen Wein, wenn wir abends aus der Praxis kommen.«

»Welche Praxis?«

Trixie konnte nicht mehr folgen. Das war alles ein bisschen viel.

»Ich habe doch das Erbe meiner Tante, das ja eigentlich nicht reicht, um mich selbstständig zu machen, aber ich hab da was gefunden. Fast abbruchreif, fast. Der alte Tierarzt hat es nach dem Krieg übernommen und praktisch nicht renoviert. Wir werfen Farbe an die Wände, und du lenkst mit deinem skandalös liebreizenden Circen-Charme vom bröckelnden Putz ab. Und irgendwann, wenn es gut läuft, renovieren wir gründlich. Unterschrieben ist noch nichts, ich wollte es dir heute zeigen. Aber in diesem Fummel«, er zurrte den locker geknoteten Gürtel ihres Blumenkleides auf, »kannst du da nicht hin, das wird staubig.« Er küsste sie auf den Hals.

»Ich denke, das ziehen wir mal aus.«

Trixie kicherte und schmiegte sich an ihn.

Sie konnte seine Haut noch fühlen, den Geruch seines Aftershaves, der jetzt den Duft nach Buchenholz überdeckte, auch den des Kleopatrabades und sogar den Rauch ihres Joints. Trixie öffnete leicht den Mund und wollte PeFes Lippen wieder auf ihren fühlen, als sie aus ihren Erinnerungen gerissen wurde.

Die Türklingel schrillte. Einmal, dann wieder. Länger diesmal. Wütend stieg sie aus der Wanne und wickelte sich, noch über und über mit Kleopatraschaum bedeckt, in ein großes Badetuch. Es klingelte zum vierten Mal. Mit platschenden Schritten erreichte sie die Haustür und riss sie auf. Wehe, es war nicht wichtig!

Draußen stand Spatzbach, hielt ihr einen Werkzeugkasten entgegen und strahlte sie an.

»Guten Morgen, gnä' Frau. Ich hörte durch Finn von Ihrer Bredouille, und Fenster sind doch mein architektonisches Fachgebiet. Wobei …« Er musterte eingehend ihre schaumbedeckten Schultern und Beine und auch die kleine Pfütze, die sich unter ihren Füßen ausbreitete, »… für einen Rohrbruch bin ich nicht ausgerüstet.«

»Was?« Trixie bellte es ihm fast entgegen. Sie war noch etwas schläfrig vom Joint und nahm alles verlangsamt wahr. Gleichzeitig hämmerte ihr Herz, weil es so ärgerlich war, dass dieser Fatzke sie ausgerechnet jetzt störte.

»Finn erzählte mir, dass Sie Einbrecher befürchten. Ich eile nun zu Hilfe.«

Und als sie ihn immer noch verständnislos ansah:

»Ich will Ihre Fenster kontrollieren und gegebenenfalls Sicherheitsriegel anbringen. Finn macht sich Sorgen um seine Mitarbeiterin – oder Chefin. Was immer Sie auch sind. Außer entzückend.«

Er lächelte breit wie ein lebendiges Werbeplakat und strich über sein Bärtchen.

Trixie wurde plötzlich bewusst, dass sie außer dem Badehandtuch nichts außer Schaum trug, und wickelte sich peinlich berührt fester in den Frotteestoff.

»Soll ich mir dann schon mal … die Küche anschauen?«

Spatzbach hob wieder den Werkzeugkoffer hoch. Trixie versuchte einen klaren Gedanken zu fassen, aber es knisterte in ihrem Kopf zu laut.

»Ich schlüpfe schnell in was Unbequemeres«, sagte sie schließlich und hoffte, dass es sich nicht so schleppend anhörte, wie es sich anfühlte. Sie war es einfach nicht mehr gewohnt zu rauchen. Früher, in ihrer wilden Zeit, hatten PeFe und sie hin und wieder gekifft, aber das hatte aufgehört, als sie die Praxis übernahmen und auch abends und nachts mit Notfällen rechnen mussten. PeFe hätte nie ein krankes oder verletztes Tier weggeschickt oder den Halter durch die halbe Stadt in die Klinik fahren lassen. Lieber blieb er nüchtern und kümmerte sich selbst um seine Patienten. Und Trixie hatte sich auch nie beschwert, wenn ihre Nachtruhe gestört wurde.

Die Joints hatte Trixie völlig vergessen und erst wiedergefunden, als sie sich vor einigen Monaten überwinden konnte und PeFes Schrank ausräumte. Es war furchtbar, seine Kleidung anzufassen und in große Säcke zu verpacken. Die Stoffe rochen noch nach seinem Duft, Erinnerungen tauchten völlig unkontrolliert und wie Flashbacks in ihrem Kopf auf. Und in einer kleinen Papierschachtel fand sie dann seinen immer noch süßlich riechenden Vorrat, gut eingewickelt. Sie war so überwältigt, dass sie sich aufs Bett gesetzt und eine der schon gedrehten Zigaretten angezündet hatte. Und obwohl das Kraut viel weniger intensiv als früher schmeckte, kam ihr der Nebel in ihrem Kopf dichter als früher vor.

»Ich meine, ich zieh mir überhaupt etwas an«, sagte sie und hätte sich im gleichen Moment gegen die Stirn schlagen können. Intelligenter machte die Raucherei sie wirklich nicht.

»Ich bedaure das zutiefst«, Spatzbach musterte sie erneut völlig ungeniert und sichtlich begeistert. »Aber erkälten sollen sich Gnädigste ja auch nicht.«

Sie rollte mit den Augen und stieg die Treppe zum ersten Stock hoch, um sich irgendetwas überzuwerfen, während Spatzbach ihr hinterherrief: »Ich sorge dann schon mal für ein Käffchen.«

Trixie gab es nicht gern zu, und sie würde PeFe heute Abend vehement widersprechen, wenn er ihr genau das sagen würde, aber: Spatzbach war eigentlich ganz nett, wenn er sein geschwollenes Gerede und die übertriebenen Gesten mal ablegte.

Die Kater schloss sie sicherheitshalber im Wohnzimmer ein. Sie wusste, dass alle drei jeden Handwerker vergötterten und dann schnuppern und stören würden, so gut sie konnten.

Er hatte ihr einen großen Becher Kaffee hingestellt und eine Packung Brownies geöffnet und machte sich bereits am Küchenfenster zu schaffen, als Trixie mit Leggins und einem dicken Rollkragenpullover in die Küche kam.

»Den Rahmen brauchte man nur anzustupsen, da fiel er einem schon entgegen«, erklärte er ihr. »Da werden Sie ein neues Fenster einsetzen lassen müssen, obwohl es schade ist um den schönen alten Holzrahmen.«

Er strich über die abgeblätterte Farbe.

»Als ich meinen ersten Auftrag als Architekt hatte, im Rheinland, ging es um die Sanierung eines alten Fachwerkhauses. Ein Traum und denkmalgeschützt, aber völlig desolat. Wir haben die morschen Balken durch intakte alte Balken ersetzt. Wochenlang bin ich durch die Eifel gefahren und habe mit Bauern verhandelt, und einmal musste ich eine ganze Scheune zerlegen, um antikes Baumaterial zu bekommen. Manchmal sah ein Balken toll aus, aber dann, wenn man sich konzentrierte, hörte man es knistern. Wissen Sie, was das war?«

Trixie sah ihn gespannt an.

»Holzwürmer! Die schmatzen so laut, das hört man.«

Seine Augen glänzten, und Trixie konnte nicht anders, sie musste lächeln. Seine Begeisterung für den Beruf war ansteckend.

»Reich geworden sind Sie bei diesem Projekt bestimmt nicht.«

Spatzbach setzte das Fenster wieder ein und begann damit, einen Sicherheitsriegel auf den Rahmen zu schrauben.

»Bin ich bis heute nicht. Ich nehm's mir immer vor, und dann kommt mir doch ein altes Jugendstil-Gutshaus oder eine Galerie dazwischen. Das reizt mich einfach mehr.«

Sie teilten sich einen der Brownies, als es wieder an der Tür klingelte. Trixie kaute noch und schlurfte in ihren plüschigen Hausschuhen zur Tür.

Draußen stand Maximilia, die Tochter einer Freundin, die in einem dicken Schal und einer Mütze steckte, sodass fast nur ihre Augen zu sehen waren.

Die beiden Frauen umarmten sich kurz, dann schloss Trixie schnell die Tür, bevor die Diele auskühlte.

Spatzbach hämmerte und schraubte in der Küche.

»Gut, dass du so schnell kommen konntest. Vor allem Godzilla verhält sich merkwürdig«, sagte Trixie, führte ihren Besuch in die Küche und drückte ihr einen Brownie in die Hand.

Maximilia wickelte sich aus und schüttelte die dunklen Locken. Sie war rundlich und hatte große, dunkle Augen und einen wie ins Gesicht gemalten Mund. Ihre Wangen waren von der Kälte gerötet, sodass sie fast fiebrig aussah.

»Aber es ist nicht nur Godzilla. Freddy und Nosferatu sind auch leicht verstört.«

Maximilia zeigte auf den großen Fernseher.

»Zu viele schlechte Horrorfilme vielleicht? Oder …«, sie schnupperte, »vielleicht zu viele Entspannungszigaretten?«

Trixie winkte ab.

»Die Filme lieben sie. Und wann dreh ich mir schon mal eine Tüte. Nein, es ist der Einbruch.«

Maximilia holte einen Roman aus ihrer Tasche.

»Sind sie im Wohnzimmer? Ich setz mich jetzt einfach eine Weile auf die Couch und schau sie mir an. Und dann sprechen wir später noch mal.«

Spatzbach goss ihr einen Becher Kaffee ein, und die junge Frau verschwand nebenan.

»Eine Freundin?«

Spatzbach gab Trixie ein Scharnier zum Halten, während er Schrauben darin anbrachte.

»Auch. Und vor allem ist sie Tierpsychologin. Katzenflüsterin. Sie bewirkt Wunder, wenn eine Mieze abdreht.«

»Haben Sie denn Sorgen mit Ihren?«

Trixie zuckte die Schultern.

»Ich bin mir nicht sicher. Sie sind schreckhaft und verkriechen sich viel unterm Bett und oben auf dem Catwalk, das kenne ich sonst gar nicht. Irgendwas macht ihnen zu schaffen.«

Spatzbach brachte das zweite Scharnier an und klopfte mit dem Griff des Schraubenziehers gegen das Holz.

»Vor offenen Fenstern müssen Sie sich jetzt jedenfalls nicht mehr fürchten. Ich bringe Ihnen rundherum im Erdgeschoss Sicherheitsriegel an, dann fühlen Sie sich wieder sicher. Und die Katzen beruhigen sich dadurch vielleicht auch.«

Trixie nickte dankbar. Dass Finns schräger Onkel praktisch veranlagt war und vor allem so hilfsbereit sein konnte, hätte sie gar nicht gedacht. Er maß aus, schraubte und hämmerte und wollte sich gleich das nächste Zimmer vornehmen, während Maximilia Trixie bestätigte, was sie eh wusste, nämlich dass die drei Kater unentspannt waren.

»Sie zucken bei jedem Quietschen und Klopfen zusammen, statt neugierig zu sein. Die Ohren sind immer in Habachtstellung. Irgendwas stresst die armen Wuschel.«

Sie hielt Trixie ein kleines Gerät entgegen, das wie ein Schlüsselanhänger aussah.

»Und deshalb werden wir jetzt mit ihnen klickern. Das stärkt ihr Selbstvertrauen und beschäftigt sie. Eventuell erledigt sich das Problem von selbst.«

Sie öffnete noch eine Tüte mit Leckerchen und setzte sich mit Trixie auf den Wohnzimmerteppich.

»Wichtig ist immer: erst klickern, wenn sie die Aufgabe erfüllt haben, dann sofort ein Leckerchen.«

Trixie nickte.

»Kenn ich. Erst die Buchhaltung, dann das Glas Wein.«

Maximilia lachte. Die drei Kater waren bald Feuer und Flamme und ließen sich auf die beiden Frauen und das neue Spiel ein, bei dem es immer wieder etwas zu futtern gab. Spatzbach war gerade mit dem letzten Fenster fertig, als Maximilia aufstand und sich von Trixie verabschiedete.

»Ich komm Montag mal zu euch in die Praxis und bringe dir eine Broschüre übers Klickern mit, die hab ich heute vergessen. Da steht alles genau drin: wieso das Klickern mit einem Knackfrosch zum Beispiel besser funktioniert als ein gesprochenes Lob, und dass jedes Mal, wenn die Katze etwas richtig gemacht hat, sofort ein Klick und ein Leckerchen kommen muss, damit sie es verknüpft, wie man das Training aufbaut und alles sonst.«

»Wieso ist das Knacken besser als ein Lob?« Trixie war neugierig.

»Weil eine menschliche Stimme vom Tonfall her für die Katze immer anders klingt, man spricht eben immer andere Worte und hat verschiedene Lautstärken und

Betonungen, aber ein Knacken oder Klickern bleibt das Gleiche. Wenn die Katze das hört, weiß sie, sie hat etwas gut gemacht und kriegt jetzt eine Belohnung.«

Trixie schnalzte mit der Zunge.

»Wenn ich morgen vorbeikomme, kannst du mir auch gleich erzählen, wie eure Nacht war.«

Trixie begleitete sie zur Tür.

»Und du lernst unseren neuen Doc kennen.«

»Wie ist er denn so?«

Trixie wickelte den dicken Schal um Maximilias Hals.

»Kompetent. Toll mit allem, was vier Beine, Krallen oder Tentakel hat. Schwieriger mit Zweibeinern.«

»Ach, den knackst du schon. Notfalls klickerst du sein unerwünschtes Verhalten auch weg. Jetzt weißt du ja, wie es funktioniert.«

Trixie hob den Zeigefinger.

»Das ist ne tolle Idee. Jedesmal, wenn er einen Kunden nicht vor den Kopf gestoßen hat, klatsche ich in die Hände und werfe ihm ein Snickers zu.«

Maximila lachte. »Das wird eure Kunden vermutlich noch mehr verstören.«

Spatzbach räumte in der Küche sein Werkzeug zusammen. Trixie war gut gelaunt, freute sich, dass die Kater Spaß gehabt hatten, und wollte Spatzbach gerade fragen, ob sie sich noch mit einer heißen Suppe für seine Handwerkerdienste revanchieren könnte, da sagte er betont beiläufig: »Die Praxis, die hat doch Ihrem verstorbenen Mann gehört. Wann hat er die eigentlich genau übernommen?«

Trixie zögerte mit ihrer Antwort, weil sie fand, dass Spatzbach das nichts anging, auf der anderen Seite war es aber kein Geheimnis.

»In den späten Neunzigern.«

»Und davor hatte sie nur einen Besitzer?«

»Soweit wir wissen. Der alte Tierarzt praktizierte da schon Ewigkeiten, als PeFe ihn entdeckte.«

»Und der alte Arzt hat sie direkt nach dem Krieg gekauft? Und nie renoviert?«

Was hatte Spatzbach bloß immer mit der Renovierung. Ja, danke, die Räume waren nahezu baufällig, das wusste sie selbst.

»Hören Sie, Herr Spatzbach, hier ist kein Sanierungsauftrag für Sie drin. Wenn Finn die Praxis irgendwann übernimmt, irgendwann, wenn ich in Rente gehe, zum Beispiel, und er genug Geld hat, dann muss er selbst entscheiden, was er investiert.«

Spatzbach winkte ab.

»Das Haus, in dem die Praxisräume sind, ist also nach dem Tod Ihres Mannes auf Sie übergegangen? Es gibt keine Erbengemeinschaft? Das Haus gehört komplett Ihnen?«

Jetzt wurde es Trixie zu bunt. Sie zog ihn am Ärmel und schob ihn in die Diele.

»Meine Vermögensverhältnisse gehen Sie nun wirklich nichts an, Herr Spatzbach. Es war sehr nett, dass Sie meine Fenster gesichert haben. Und Ihre Auslagen ersetze ich Ihnen natürlich, schicken Sie mir einfach eine Rechnung in die Praxis. Aber was ich geerbt habe oder was wem gehört, ist rein privat.«

Sie öffnete die Haustür.

»Jetzt entschuldigen Sie mich bitte. Vielen Dank fürs Heimwerkern.«

Sie reichte Spatzbach noch seinen Mantel und schlug ihm dann die Tür vor der Nase zu, ohne ihn zu Wort kommen zu lassen.

Verärgert lehnte sie sich gegen die Wand.

»Fatzke! Ich wusste es.« Von wegen Sorgen machen und helfen: Spionieren wollte der, und er machte das auch noch so dämlich.

Bevor sie weiter vor sich hin schimpfen konnte, gab es im Wohnzimmer Tumult. Die Kater, die bisher friedlich dösend auf dem Sofa gelegen hatten, waren aufgesprungen und schauten alle zum großen Wohnzimmerfenster. Ihre Körper hatten sich angespannt. Nosferatus Fell war sogar gesträubt, sodass sein buschiger Schwanz wie ein Staubwedel aussah. Freddys Haltung war leicht gebückt, als würde er jeden Moment zum Sprung ansetzen, und Godzilla knurrte leise.

»Jungs, was stresst euch denn bloß?«

Trixie ging zum Fenster und schaute hinaus. Nichts zu entdecken. Sie öffnete es, was wegen Spatzbachs Riegel eine Weile dauerte, und streckte den Kopf heraus.

»Wirklich, Jungs, hier ist nichts!«

Weil die Kater nicht reagierten, sagte Trixie leise in Richtung der Küche: »PeFe, bist du da?«

»Neben deinem letzten Brownie, mein Schleckerschatz.«

»Spukt einer aus deiner Zombie-WG hier rum und macht meine Kater irre?«

PeFe lachte.

»Ich hab dir schon mal gesagt, dass es keine Jenseits-WG gibt. Wie stellst du dir das Totsein eigentlich vor? Wie eine Mischung aus Glamping und Halloween?«

»Ich mach mir Sorgen.«

Er wurde ernst.

»Zu Recht, aber ich glaube nicht, dass die Kater dein größtes Problem sind. Ich denke, du solltest Finn genauer nach seinem Onkel fragen. Vielleicht hat er wirklich was auf dem Kerbholz, dann musst du das wissen.«

»Und wenn er harmlos ist und einfach nur gern blöde Fragen stellt?«

PeFe räusperte sich und zögerte mit seiner Antwort.

»Dann könntest du zugeben, dass er dir gefällt. Und mit ihm ausgehen.«

Kapitel 6

Rohrbruch

Der strenge Geruch schlug Trixie schon an der Tür zur Praxis entgegen. Sie hoffte noch, dass er aus dem Gulli auf der Straße käme, aber eigentlich wusste sie bereits, dass es wieder die Pumpe war. Sie hatte das mit PeFe schon einmal erlebt. Wenn es nachts heftig regnete, floss Wasser in den Keller, die Pumpe kapitulierte, und das Brackwasser presste sich durch die Rohre. Hinter ihr bellte es. Trixie drehte sich um.

»Tja, Trudi, heute gibt's kein Horoskop. Heute ist nur Dreckschaufeln und Wischen angesagt, ich freu mich.«

Die kleine struppige Hündin bellte einmal kurz und trottete in Richtung des Spätis, wo die Brötchentüte und Kaluppkes Tabak für sie lagen. Trudi schien immun gegen Entführungen zu sein. Welcher noch so kranke Kerl schnappte sich auch eine mit Körbchen im Maul?

Obwohl auch das denkbar war. Seltsamerweise hatten die entführten Tiere, von denen Trixie, Finn und Patti erfahren hatten, nämlich gar nichts gemeinsam:

Sie waren weder alle jung noch alle schön, noch sonderlich robust oder klein oder groß. Alle bekannten Merkmale, die für von Labors bezahlte Jäger oder für illegal bestellte Zuchttiere galten, griffen hier nicht. Es fiel nur auf, dass es sich um alle möglichen Sorten Tiere handelte. Es wirkte wahllos. Oder als wollte der Täter aus irgendeinem Grund bewusst eine breite Vielfalt versammeln.

Trixie benachrichtigte Finn schon per Handy, bevor sie sich das Malheur im Keller überhaupt angesehen hatte. Die Behandlungsräume und das Wartezimmer waren glücklicherweise trocken, aber es stank so sehr, dass Trixie zuerst alle Fenster aufriss. Dann rief sie den Klempner an und suchte PeFes alte Gummistiefel, die noch irgendwo sein mussten.

»Gibt es irgendetwas in diesem Haus, das nicht jederzeit einstürzen, brennen oder wegbröckeln kann?«

Finn klang, als er mit zugekniffener Nase im Wartezimmer erschien, nicht mal ironisch, eher verzweifelt.

Trixie reichte ihm eine große Tasse mit dampfendem Kaffee.

»Der Klempner kommt so bald wie möglich. Bis dahin sollten wir die gröbste Schweinerei beseitigen, damit er arbeiten kann. Er wird wohl die Pumpe austauschen.«

Sie seufzte.

»Ich hoffe, das war kein Nostalgieseufzer.« Finn sah sie streng an. »Diese Pumpe war doch bestimmt noch aus Wrackteilen der abgestürzten Hindenburg zusammengeschraubt.«

Trixie winkte ab.

»Jaja, sie ist uralt, aber ich bin nun mal kein Fan von Veränderungen.«

Sie gab Finn PeFes Stiefel, zog ihre eigenen über und machte sich mit Eimer, Wischmopp und Wassersauger auf den Weg in den Keller. Sie arbeiteten schweigend, stöhnten nur manchmal verhalten und versuchten den Geruch zu ignorieren. Als der Klempner nach einer Stunde immer noch nicht erschienen war, stieg Trixie die Treppe hinauf, um ihn anzurufen, und traf im Wartezimmer nicht nur Kaluppke mit Trudi, sondern auch die Jansons und eine große, energische Frau, die einen Buchsbaumzweig auf dem Schoß hielt und Trixie vorwurfsvoll ansah.

»Geht's denn endlich mal los«, nörgelte sie.

Trixie stemmte die Hände in die Hüften.

»Schauen Sie, ich bin völlig verdreckt. Heute ist keine Sprechstunde, wir haben einen Rohrbruch oder ein Pumpenversagen oder was weiß ich, der Keller steht voller Brackwasser, und selbst der Doc muss schippen. Verarztet wird heute nicht.«

Trudi jaulte leise. Kaluppke war schon aufgestanden und hielt sie im Arm. Ihr Blick sagte Trixie, dass etwas nicht stimmte.

»Sie is beim Späti inne Scherbe jetreten«, bestätigte Kaluppke, und Trixie schob ihn zurück auf den Stuhl.

»Okay, Sie sind ein Notfall, Sie bleiben hier. Kann aber einen Moment dauern.« Trixie kraulte Trudis struppiges Ohr.

Der alte Mann lächelte dankbar, und sein großer Nasenring zitterte.

Die große Frau schlug demonstrativ die Beine übereinander: »Ich bin auch ein Notfall!«

Trixie zog eine Augenbraue hoch.

»Sie haben nicht mal ein Tier dabei.«

»Notfall«, beharrte die Frau, und Trixie drehte sich zu den Jansons, die ebenfalls ohne Katzen erschienen waren.

»Wir möchten mit dem Doktor nur kurz reden, geht ganz schnell.« Sibylle Janson strahlte Trixie an, als hätte sie ihr eine gute Nachricht überbracht.

»Wir warten gern auf den Doktor«, schob Frau Janson noch gönnerhaft nach, und Trixie wusste, dass die beiden Finn für irgendetwas einspannen wollten. Sie kannte diesen zuckersüßen Tonfall, den Frau Janson nur dann anschlug, wenn sie etwas plante. Die Katzenzüchterin beugte sich zu Trixie und raunte ihr zu: »Und Sie würde ich auch gern mal sprechen, ist vertraulich, vielleicht in der Pause?«

»Frau Janson!«, Trixie jaulte fast auf wie Trudi, beherrschte sich aber, »hier gibt's heute sicher keine Pause. Nur Brackwasser. Es dürfen gern alle mithelfen. Freiwillige an den Mopp! Anderes muss warten.«

Sie sah erwartungsvoll in die Runde: Niemand machte Anstalten, aufzustehen und ihr in den Keller zu folgen. Also ging sie allein runter zu Finn, der sich einen alten OP-Kittel übergezogen hatte und durchweichte Fachzeitschriften wegwarf.

»Das Spezialfutter hat's auch erwischt, alles nass geworden«, verkündete er mit Unheilsmiene. Trixie rechnete im Kopf den Verlust durch. Drei Vorratssäcke teures Futter für Diabetespatienten, gegen Harngrieß und bei Weizenunverträglichkeit, das summierte sich.

»Ich schöpf für Kaluppke ab, was oben trocken ist, und der Rest muss halt weg«, seufzte sie.

Als sie Schritte auf der Treppe hörte, dachte sie im ersten Moment, es sei endlich der Klempner, aber stattdessen erschienen zwei kleine Frauenfüße in Sneakers. Maximilia brachte wie versprochen die Broschüren übers Katzenklickern vorbei. Gleich sah sie die Bescherung.

»Schöne Sch…«, fing sie an, aber Trixie unterbrach sie sofort und deklamierte mit theatralischem Tonfall:

»Rette dich, Schätzchen, wir machen das hier schon, sag dem neuen Doc Hallo, und dann geh, und leb dein Leben!«

Maximilia lachte, aber als Finn sich zu ihr umdrehte und für seine Verhältnisse freundlich winkte, gefror ihr Gesicht, und ihr schöner runder Puppenmund wurde schmal.

»Tag«, sagte sie eisig und drehte sich sofort wieder zu Trixie um.

»Ich lass dich doch nicht im Stich, was glaubst du denn.«

Sie griff sich zwei Müllsäcke und Tape und bastelte sich daraus improvisierte Gummistiefel, dann nahm sie Trixie den Mopp ab und wischte in einer Ecke möglichst weit entfernt von Finn.

Trixie wunderte sich zwar, dass Maximilia nicht sofort losplauderte, wie sie es sonst tat, wenn sie jemanden kennenlernte, aber darum konnte sie sich jetzt nicht kümmern. Sie sah oben in der Praxis nach dem Rechten. Es waren noch ein Stallhase und ein Hamsterpärchen dazugekommen, offenbar hatte den Neuen niemand gesagt, dass eigentlich geschlossen war. Trixie vergewisserte sich, dass es den beiden stationär aufgenommenen Katzen, die heute abgeholt werden sollten, gut ging. Das Telefon klingelte ununterbrochen, und als erneut die Tür zum Wartezimmer schepperte, versuchte sie Ordnung ins Chaos zu bringen, und brachte ein Schild draußen an: *LEIDER HEUTE NICHT.* Kaluppke und Trudi schickte sie ins Behandlungszimmer. Und die Jansons in den Keller. Da mussten sie jetzt durch, wenn sie Finn unbedingt sprechen wollten. Trixie folgte ihnen, um das Hundefutter für Kaluppke zu holen.

Jansons fackelten nicht lange, sondern platzten direkt mit ihrem Anliegen heraus, während Maximilia um sie herumwischte. Es war genauso, wie Trixie sich das gedacht hatte: Sie wollten Finn als Preisrichter auf einem ihrer Katzenzucht-Events gewinnen und priesen das Prestige und den großen Spaß, den Juroren angeblich haben, in den höchsten Tönen. Von oben rief die Frau mit dem Buchsbaumzweig: »Ihre Katzen schreien!«

Und eine männliche Stimme dröhnte in den Keller hinunter: »Klempner vor Ort, der Retter naht!«

Also bugsierte Trixie die Jansons wieder die Treppe hoch und nötigte sie, sich noch einmal ins Wartezimmer zu setzen. Damit sie sich wichtig fühlten, gab sie ihnen den Schlüssel zur Haustür, um fertige Patienten raus- und keinesfalls neue reinzulassen.

Sie führte Maximilia in das Zimmer, in dem die beiden Katzen erbärmlich miauten.

»Sei so lieb, und fütter die zwei. Anweisung steht auf dem Zettel an der jeweiligen Box. Da vorn ist die Kaffeemaschine, nimm dir die Apfeltasche aus meinem Korb, und bitte warte noch einen Moment, bis sich die beiden Miezen beruhigt haben. Vielleicht machen wir das Radio an, dann fühlen sie sich nicht so allein.«

Sie schaltete das uralte Gerät – groß wie eine Mikrowelle – an und hörte nach einigem Rauschen die Stimme des Moderators, der irgendetwas von Kellern erzählte. Sie drehte lauter.

»Sie haben es gehört, meine Damen und Herren: Gehen Sie in Ihre Keller, suchen Sie auf den Dachböden, durchforsten Sie Schuppen und Datschen, denn irgendwo hier in Berlin liegt ein Schatz versteckt. Professor Kastner, von welchen Werten reden wir bei den verschollenen Gemälden?«

Eine andere Männerstimme räusperte sich.

»Nun ja, es kommt auf die Anzahl der gefundenen Werke und deren Zustand an. Kunsthistorisch ist das alles unbezahlbar, monetär würde ich schätzen, mehrere Millionen, aber da müssten wir natürlich die Expertisen abwarten.«

Trixie seufzte und drehte das Radio wieder leise.

»Von mir aus darf gern ganz Berlin in unserem Keller nach diesen Gemälden suchen und nebenher aufwischen.«

Maximilia lachte.

»Du solltest einen Aushang machen, oder du lässt die Jansons das Gerücht verbreiten, dass das Manussen-Atelier hier in der Gegend gewesen sein muss.«

Trixie streckte kurz ihren Rücken, der sich vom gebückten Stehen im Keller krumm anfühlte.

»Ich geh dann mal wieder zurück, der Mopp ruft. Wenn ich einen Schatz finde, hörst du es an meinem Jubelgeschrei.«

Sie schloss die Tür hinter sich, und prompt hatte sie die Klinke in der Hand. Finn kam vorbei, als sie sie hineinsteckte.

»Echt jetzt? Schon wieder der Klinkentrick?«

»Diesmal ist sie wirklich abgegangen, von selbst«, rechtfertigte sich Trixie.

Die Frau mit dem Buchsbaumzweig stand so plötzlich neben ihr, als wäre sie aus dem Boden geschossen. Trixie schrie leise auf, so sehr hatte sie sich erschrocken.

»Ich war zuerst da!«, herrschte die Frau sie an, und da Trixie jetzt endlich einfiel, woher sie sie kannte, brachte sie die Frau in das zweite kleinere Behandlungszimmer und holte Finn. Sie zischte ihm noch »gute Kundin« zu, aber das hatte er offenbar nicht gehört.

»Was ist denn?«, fragte er ungeduldig angesichts des Zweigs auf dem Behandlungstisch.

»Zünsler«, sagte die Frau und zeigte anklagend aufs Blattwerk, »Buchsbaumzünsler. Sämtliche Bäume sind befallen.«

Und als Finn nicht reagierte: »Mein Mann und ich, wir sind für den kleinen Park mit dem Nymphenbrunnen zuständig. Gärtnerisch. Verantwortlich. Und die Zünsler fressen alles weg. Das ist kein Park mehr, da herrscht Krieg!«

Finn sah sie ärgerlich an.

»Zweige sind nun wirklich nicht mein Job, also bitte. Gehen Sie damit zu einem Gärtner.« Er wollte den Raum verlassen, aber die Frau verstellte ihm den Weg.

Trixi versuchte, hinter ihrem Rücken einen Dobermann pantomimisch darzustellen. Einen Dobermann mit Durchfall, genauer gesagt. Sie hielt vier Finger in die Luft, um Finn klarzumachen, wer diese Frau war: eine zugegebenermaßen durchgeknallte, aber langjährige und äußerst zahlungskräftige Kundin, die vier Dobermannrüden hatte und deren immer wieder auftretenden Durchfall hier in der Praxis kurieren ließ. Inklusive Spezialfutter. Säckeweise Spezialfutter. Finn sah über die Schulter der Frau Trixies Verrenkungen zu und dachte wahrscheinlich, sie sei jetzt auch übergeschnappt. Als sie wieder einen Dobermann darstellte, dem der Dünnpfiff drohte, konnte er sich das Lachen kaum verkneifen, was die große Frau natürlich bemerkte und ihm übel nahm.

»Sie finden das wohl witzig?«

Er räusperte sich.

»Nein, nur unpassend. Ich bin Tierarzt. Für Tiere. Bäume kann ich leider nicht kurieren.«

»Die Buchsbaumzünsler sind Tiere.«

»Wir kümmern uns hier um kranke Tiere.«

»Aber sie schläfern doch auch Tiere ein. Wieso können Sie dann nicht die Zünsler vernichten?«

Finn rang nach Worten, bis Trixie endlich ihre Pantomime aufgab und ihm zu Hilfe kam.

»Ethische Gründe«, sagte sie und deutete auf das Poster an der Wand, auf dem der heilige Eligius, Schutzpatron der Tierärzte, mit Hammer, Zange und widerspenstigem Pferd dargestellt war.

»Ein Tierarzt ist laut Berufsordnung verpflichtet, Leiden und Schaden vom Tier abzuwenden und kein gesundes Tier zu töten.«

Die Frau überlegte offenbar, ob sie das glauben sollte, aber Trixie blieb dabei.

»Jetzt denken Sie sich mal, wir würden Uter, Schnuter, Kasimir und Heinzel einfach so nebenher totspritzen.« Glücklicherweise waren ihr die Namen der vier diarrhoegeplagten Hunde wieder eingefallen.

»Stellen Sie sich das doch vor: Sie kommen wie jedes Vierteljahr mit Ihren traumschönen Jungs in die Praxis, weil die wieder mal Durchfall haben, und wir töten sie, nur weil irgendjemand keine Dobermänner mag.«

Finn nickte ernst. »Was dem einen sein Buchsbaum, ist dem anderen …«, ihm fiel nichts ein, »jedenfalls töten wir keine gesunden Tiere. Ethische Regel.«

Die Frau resignierte, nahm ihren Zweig vom Behandlungstisch und ging endlich.

Finn schloss die Tür hinter ihr und grinste Trixie an.

»Ich hab gedacht, du gebärdest einen Wolpertinger. Das war also ein kackender Dobermann?«

Trixie zuckte mit den Schultern, schlug sich dann aber gegen die Stirn.

»Maximilia. Die müssen wir noch befreien!«

Finn schlenderte hinter Trixie auf den Gang und sagte betont beiläufig: »Maximilia. Schöner Name. Und so eine hübsche Frau.«

Das wunderte Trixie nun wieder, weil Maximilia Finn eben im Keller hatte abblitzen lassen. Versteh einer die Männer.

Sie bat Kaluppke, sich die Tür mit der defekten Klinke anzusehen, am besten gleich das ganze Schloss zu verändern, während Finn Trudis blutige Pfote versorgte. Finn zog ein Stück Scherbe heraus, kontrollierte, ob sonst nichts verletzt war, desinfizierte die Wunde und legte Trudi einen Verband an. Er hatte noch nicht einmal begonnen, die Mullbinde abzuwickeln, da stand Kaluppke schon wieder im Zimmer, kraulte Trudi und kicherte in sich hinein, dass sein Nasenring bebte.

»Ick hab den Schnapper blockiert, betrachten Se de Klinke jetzt mehr so als Deko. Wenn ick Sie wär, würd ick ne Rollfalle einbauen. Jeben Se mir fünf Minuten.«

Trixie klopfte ihm anerkennend auf die Schulter.

»Kaluppke, haben Sie ein Panzerknackerdiplom? Vor Ihnen ist ja wirklich nichts sicher.«

Er nickte stolz.

»Et jibt praktisch keen Schloss, dat nich mit mir spricht. Hab ick mal Reibach mit jemacht, damals, richtich fettet Jeld.«

Trixie winkte ab.

»Davon hab ich schon gehört. Das wollen wir lieber nicht genauer wissen, sonst müssen wir noch ins

Zeugenschutzprogramm, und wer würde Trudi dann verarzten?«

Sie legte einen Finger auf die Lippen.

Maximilia kam herein, um sich von Trixie zu verabschieden. Finn drehte eine Rolle Küchenpapier in den Händen und setzte mehrfach an, um etwas zu sagen, aber Maximilia ignorierte ihn völlig, küsste Trixie auf die Wange und verschwand.

»Hübsche Frau«, sagte Finn noch mal.

Trixie holte den wartenden Stallhasen und das Hamsterpärchen herein, verhandelte zwischendurch mit dem Klempner, der am liebsten nicht nur die Pumpe, sondern alle Rohre im ganzen Haus ausgetauscht hätte, sich aber schließlich auf eine kostengünstigere Variante mit einem gebrauchten Ersatzteil einließ, und brachte den erstaunlich geduldigen Jansons eine Tasse Kaffee.

Nach den Hamstern seufzte Finn und drehte sich auf dem Schreibtischstuhl hin und her.

»Endlich ist der Affenzirkus vorbei«, murmelte er, aber Trixie sah ihn streng an.

»Nicht ganz. Da sitzen noch die Jansons, und wir werden jetzt alle Freunde. Das ist mein voller Ernst. Sofort. Die Jansons sind die Verwandtschaft, die du mitgeheiratet hast. Ihr klärt das auf der Stelle, und findet euch ab heute einhornglitzermäßig dufte.«

Trixie konnte schon verstehen, dass die Jansons Finn nervten, aber die Sache mit der defekten Pumpe hatte ihr wieder gezeigt, dass sie endlich besser wirtschaften mussten, wenn sie hier weitermachen wollten. Und die Jansons waren die Lösung ihres Problems.

Sie holte Klappstühle, setzte alle um den Behandlungstisch herum, öffnete die Tüte mit Apfeltaschen aus dem Picknickkorb und goss noch einmal Kaffee nach. Dann sah sie jeden Einzelnen an und erklärte den dreien ihren rettenden Plan.

Finn und sie selbst würden den Jansons für sämtliche Katzenschauen, Wohltätigkeitsveranstaltungen, Messeauftritte und sonstige Veranstaltungen wie Tage der offenen Tür in der Zucht zur Verfügung stehen, und zwar so lange – hier ignorierte sie Finns entsetzten Gesichtsausdruck –, bis sie den Kredit abbezahlt hätten, den Jansons ihnen zinsfrei gewähren würden, damit sie das Nötigste in der Praxis sanieren konnten.

»Es braucht nur einer der teuren Apparate kaputtzugehen, das Röntgengerät oder das Ultraschallsystem, dann müssten wir dichtmachen. Davon hat niemand etwas.«

Eine Weile schwiegen alle. Trixie fühlte, wie sie sehr müde wurde. An solchen Tagen merkte sie, dass sie keine zwanzig mehr war und dass es sie anstrengte, immer die Fäden in der Hand zu halten. Sie vermisste PeFe in diesem Augenblick ganz schrecklich. Finn war ja großartig, aber reichlich jung und unbedarft. Es wäre so schön und viel leichter, jemanden an der Seite zu haben, der wusste, wie die Dinge liefen und der auch einmal etwas regelte.

Schließlich stand Lars Janson auf und streckte Finn die Hand hin: »Abgemacht!«

Zögerlich schlug Finn ein. Sibylle Janson klatschte aufgeregt in die Hände.

»Das wird toll! Sie werden unsere Zucht lieben. Dann sehen wir uns gleich am Sonntag auf der Heimtiermesse unterm Funkturm.«

Trixie betete innerlich, dass Finn nicht wieder irgendetwas sagen würde, das den Deal platzen ließ, aber offenbar hatten ihm die zwei Stunden Drecksarbeit im Keller klargemacht, dass er Kompromisse eingehen musste, wenn er die Praxis behalten wollte.

Als Jansons endlich gegangen waren, sah Finn so fertig und bleich aus, dass Trixie mütterlich ums Herz wurde. Sie hätte ihn gern mit einer Nudelsuppe und einem schönen Horrorfilm auf die Couch gesetzt und ihn in eine dicke Decke gewickelt. Finn ließ die Rollläden herunter und ruckte an der richtigen Stelle, an der es immer hakte, das hatte er also schon gelernt.

»Machen wir Schluss für heute, Trixie«, sagte er, »wir haben beide genug.«

Sie wollte kurz nach ihm die Praxis verlassen, aber hörte noch kurz ihre Mailbox ab. Vielleicht hatte ja Maximilia eine Nachricht hinterlassen, warum sie zu dem Doc so unfreundlich gewesen war.

Es lag tatsächlich eine Nachricht vor, und Trixie stand in dem schon dunklen Wartezimmer, um sie sich anzuhören. Es war nicht Maximilia, sondern Frau Janson. Sie habe vergessen zu erwähnen, dass sie und ihr Mann auf dem Weg zu ihr wieder neue Zettel mit vermissten Tieren an den Laternen gesehen hätten. Dann wurde ihre Stimme vertraulich.

»Frau Vogelsang, ich wollte das eben nicht sagen, weil Finn ja der Neffe ist, aber dieser Spatzbach war doch neulich bei uns. Und der hat sehr komische Sachen gefragt. Wie wir einen nach uns benannten Janson-Flügel in einer neuen, großen privaten Tierklinik fänden. Ob wir mit Finns Arbeit zufrieden sind oder ob wir auch ein Stückchen weiter fahren würden zu einem anderen Tierarzt. Wie gut wir Sie kennen und wie Sie finanziell aufgestellt sind. Ob Sie Kredite laufen haben, und wie hoch das Erbe Ihres Mannes war. All so Zeug. Wir wussten ja nichts, also haben wir auch nichts gesagt. Warum eine neue Tierklinik einen Flügel nach uns benennen sollte, ist uns zwar nicht klar, aber das würde uns natürlich schon freuen. Alles andere ist Ihr Ding, haben wir ihm gesagt. Fragen Sie die Frau Vogelsang selbst, haben wir ihm gesagt. Also, ich hoffe, das war okay.«

Trixie stand noch eine Weile im dunklen Wartezimmer. Nichts war okay. Da kam aus dem Nichts dieser Mensch und stellte Fragen über PeFes Erbe. Sie war sich ganz sicher, dass er üble Absichten hatte. Und noch etwas wusste sie ganz sicher: Sie würde diesen hinterhältigen Menschen niemals, in ihrem ganzen Leben nicht, keinesfalls, never ever daten, egal was PeFe sagte.

Kapitel 7

Affentanz

Jetzt auch noch Katzen! Und ausgerechnet welche mit blauen Augen, die waren dem Spitz besonders unheimlich. Er mochte keine Katzen. Wenn sie weit genug weg waren, ignorierte er sie, er rannte ihnen nicht wild kläffend hinterher wie der Boxermischling von nebenan, der sich nicht unter Kontrolle hatte und kein guter Junge war. Er war ein Rasse-Spitz, ihn hatte man gut erzogen. Seine Züchterin hatte schon Katzen gehabt, und später in der Welpenschule war sein Mensch stolz gewesen, wie lässig er mit der Katze des Trainers umgehen konnte. Aber wenn der Spitz ehrlich war, dann war das reine Selbstbeherrschung. Dieser leise Gang machte ihn nervös. Hunde hörte man kommen, und er wusste auch genau, was sie wollten, wenn sie mit dem Schwanz wedelten oder ihn anknurrten. Aber Katzen standen ganz plötzlich hinter einem, man wusste nie, ob sie einen anspringen oder kratzen wollten, und dann brachten sie diese merkwürdigen Geräusche hervor, kein wirkliches

Knurren, aber auch kein Bellen, Jaulen oder Fiepen, keine verständlichen Tierlaute, sondern so ein gurrendes, aus dem Bauch kommendes leises Grollen. Seine Menschen fanden das offensichtlich entzückend. Je mehr eine Katze davon machte, umso mehr wurde sie gestreichelt. Seine Menschen hielten das für etwas Gutes, und seine Menschen wussten meistens Bescheid, er hielt sich daran, was sie sagten. Er holte Stöckchen, er balancierte ein Leckerchen auf seiner Nase, bis er es schnappen durfte, er zog nicht an der Leine, er war ein guter Junge. Er griff keine anderen Hunde an. Und eben auch keine Katzen. Es juckte ihm in den Pfoten und in der Schnauze, bellen wollte er, hinrennen, hinter ihnen herjagen, bis ihnen dieser arrogante Gesichtsausdruck verging, aber er beherrschte sich. Leiden konnte er sie trotzdem nicht. Sie lagen überall herum, nicht nur in ihrem Körbchen, sondern auf dem Tisch, in den Töpfen von Pflanzen, in Pfannen, in der frisch gewaschenen Bettwäsche. Er hätte sich das nie getraut, aber Katzen war es völlig egal, ob die Menschen etwas anordneten oder nicht. Sie setzten sich über jede Regel hinweg und wurden trotzdem im Haus geduldet. Das erschien dem Spitz ungerecht. Am schlimmsten waren diese Augen. Sie hatten Schlitze in der Mitte wie Schlangen. Man konnte Katzen nicht trauen. Sie machten merkwürdige, unerklärliche Dinge, sie apportierten niemals ein Bällchen. Diese beiden, die in den Käfig neben seinem gesetzt wurden, sahen allerdings nicht besonders durchtrieben aus, eher verängstigt. Eine von ihnen roch deutlich nach

Pipi. Er hofft doch sehr, dass man sie Gassi führen würde für ihr Geschäft, er wusste, dass Katzen eine Drinnen-Toilette benutzten, das war zu Hause schon eine Zumutung, aber hier standen die Käfige so dicht. Zu Hause hatte jedes Tier ein eigenes Körbchen. Der Spitz jaulte leise, als er an zu Hause dachte. Wie lange musste er noch in dieser kalten dunklen Halle bleiben? Wann kam endlich sein Mensch, um ihn abzuholen?

»Vielleicht haben deine Tiger vor Ratten Angst – hast du zu Hause etwa Ratten?« Patti reichte Trixie eine Tasse mit dampfendem Tee und setzte sich zu ihr auf einen großen Katzenfuttersack, den eine Futtermittelfirma gespendet hatte und den Patti am nächsten Morgen ins Tierheim bringen wollte. Trixie runzelte die Stirn. Sie hatte gar nichts gegen die hübschen weißen Ratten, die manchmal in die Praxis kamen, aber jetzt gerade stellte sie sich vor, wie bibergroße Riesenmutanten mit ellenlangen nackten Schwänzen durch ihr kleines Haus wieselten und alles fraßen, was nicht fest verschraubt war. Kein schöner Gedanke. Und es würde erklären, wieso ihre Kater sich so merkwürdig unentspannt aufführten. Irgendwas war in ihr Revier eingedrungen, und ob es Ratten, Marder, ein Dachs oder ein Stalker war, sie musste es loswerden. Sie sah unschlüssig auf ihr Handy, das sie neben der Teetasse balancierte. »Und wen, bitte, soll ich da anrufen? Pest Fight?«

Patti schüttelte den Kopf.

»Kannste machen, aber neulich hat mir eine Frau, die Streuner aufnimmt, erzählt, dass die wochenlang ausgebucht sind. Außerdem geht da jetzt eh keiner mehr ran, es ist ja schon fast acht.«

Trixie seufzte.

»Dann Kaluppke.«

Sie wählte, und Patti flüsterte ihr zu: »Ist der nicht eher kompetent in Sachen Einbruch, Tresorknacken und so weiter?«

Trixie zuckte mit den Schultern.

»Eben. Er tickt wie'n Einbrecher und weiß wenigstens, wo man reinkommt, wenn man reinwill. Kaluppke hat ungeahnte Talente. Und wir behandeln Trudi immer wieder kostenlos. Da darf er sich ruhig mal revanchieren.«

Und das tat Kaluppke auch. Er sagte sofort zu, vorbeizusehen und zwei Dachsfallen mitzubringen. Egal, was sich bei ihr herumtrieb, diese Fallen wären groß genug für alles. Eine wollte er im Keller aufstellen und eine unter dem Fenster, das die Kater so fürchteten. Aufschließen müsste Trixie ihm nicht, er käme schon rein.

»Zuvorkommend«, sagte Trixie, als sie das Gespräch beendet hatte. »Und irgendwie beunruhigend.«

Patti musste lachen.

»Kaluppke halt. Meinst du, die Geräusche haben etwas mit dem Blumenstrauß zu tun, den du vor der Tür gefunden hast?«

Trixie hatte sich das natürlich auch längst gefragt.

»Zeitlich passt das schon sehr zusammen.«

Sie stand auf und klopfte sich die Jeans ab.

»Wir müssen los, Schätzchen.«

Sie war morgens aufgewacht mit einem unbestimmten Gefühl von Romantik im Bauch und hatte beschlossen, ein letztes Mal zu versuchen, Patti und Finn füreinander zu begeistern. Die Sonne schien strahlend und intensiv, das musste die beiden einfach in Flirtlaune bringen. Außerdem hatte Patti diesen neuen zauberhaften Wintermantel aus lila Federn, in dem sie aussah wie eine violette Wolke, der passte wunderbar zu ihren roten Elfenhaaren. Und Trixie kannte auch genau das richtige Lokal für einen schönen Abend: Das »Ananas und Schirmchen«, benannt nach der Wirtin Anna und ihrem Pudel Schirmchen, das einen verglasten Wintergarten mit einer kleinen Tanzfläche hatte und so schräg war, dass es Patti einfach gefallen musste und Finn gefallen sollte, wenn er mal ein bisschen cooler werden wollte. Sehr berlinerisch, ein bisschen abgeranzt, keinesfalls zu schick, und das Publikum war so gemischt, wie man es nur hier traf. Vintagefans, ältere Herrschaften, Schwule, Transvestiten, Prostituierte, die keinesfalls Kunden treffen wollten, Künstler oder Schlagerfans, alle liebten das ›Ananas und Schirmchen‹, in dem man auch im Winter »gefühlt draußen« tanzen konnte und wo es noch urdeutsche Dinge gab wie Herrengedecke, Königinnenpastetchen und Toast Hawaii mit – natürlich – Papierschirmchen darauf.

Patti war zwar nicht restlos begeistert gewesen, als Trixie einen lustigen Abend zu dritt vorgeschlagen hatte – sie konnte sich denken, dass die ältere Freundin frühzeitig müde werden und sie und Finn auf der Tanzfläche zurücklassen würde –, aber schließlich hatte sie eingewilligt.

Trixie freute sich auf den Abend. Zu Hause ging Kaluppke auf die Jagd nach was immer sich da auch tummelte, und sie konnte alberne Schlager hören, Finn besser kennenlernen, ein Weinchen trinken und ganz nebenbei eine Liebesromanze anzetteln.

Als sie mit Patti, die in ihrem lila Federmantel neben ihr herschwebte wie ein exotischer Vogel, ein komplementärer Bibo, die Praxis betrat, um Finn zu verkünden, er werde heute ausgehen, und zwar mit den beiden liebreizendsten Damen der Stadt, hörte sie das helle Lachen von Mone Windhoff schon im Wartezimmer. Trixie verdrehte die Augen. Was machte die schon wieder hier? Wieso stand sie nicht im OP der Tierklinik und transplantierte einem bentleyteuren Rennpferd eine neue Lunge oder erfand einen Sprechapparat für Delfine oder kreuzte ein Zebra mit Dinosaurier-DNA oder tat sonst etwas Spektakuläres, für das sie ja offenbar glaubte, geschaffen zu sein? Als sie noch in der Praxis arbeitete, hatte Trixie sie nie so perlend und aufgekratzt lachen hören. Da gab es höchstens mal ein gequältes Lächeln für Trudi. Aber jetzt hatte Frau Doktor wohl ihre Liebe zu abgeranzten Praxen entdeckt. Oder, und das befürchtete Trixie, zum unerfahrenen jungen Tierarzt, der sich gegen sie so wenig wehren konnte wie gegen eine tollwütige Klapperschlange.

Trixie bat Patti, ihr einen Schal aus dem Röntgenraum zu holen, den sie angeblich dort vergessen hatte, und ging allein ins Behandlungszimmer. Der Anblick machte sie sprachlos: Finn saß rittlings auf dem Schreibtischstuhl, und Mone stand hinter ihm, verdrehte seinen Arm auf den Rücken und bohrte ihren Ellenbogen zwischen seine Schulterblätter. Beide kicherten, als wären sie angetrunken, während Mone immer wieder Kommandos gab: »Jetzt ausatmen – und lockern.« So wie sie Finn verknotete, konnte es weder angenehm noch orthopädisch gesund sein, aber Finn sah sehr vergnügt aus, er ließ Mone machen und genoss das alles sichtlich. Trixie zog leise die Tür wieder zu. Hier jetzt zu stören würde gar nichts bringen. Finn wäre verärgert, und falls sie ihn überhaupt breitschlagen konnte, mit ins »Ananas« zu kommen, dann würde er seine Enttäuschung, dass die tantrischen Verrenkungen mit Mone ein jähes Ende gefunden hatten, an ihr und vor allem an Patti auslassen.

Trixie überlegte, was sie Patti sagen sollte, und entschied sich dafür, dass Finn noch über der Buchhaltung sitzen müsse und sie beide sich einen schönen Mädelsabend machen sollten, aber als sie sich zum Röntgenraum umdrehte, war Patti schon verschwunden. Offenbar hatte sie doch zu viel mitgekriegt. Unschlüssig stand Trixie im dunklen Flur. Hinter der Tür kicherte Mone besonders schrill, und Finn rief irgendetwas, in dem die Worte »Gnade« und »Erbarmen« vorkamen.

Bei ihr zu Hause war Kaluppke jetzt bestimmt mit seinen Dachsfallen beschäftigt, und so dankbar, wie Trixie ihm dafür war, sie hatte wenig Lust, sich den Rest des Abends die Geschichten all seiner Tattoos und Piercings anzuhören, in schwerstem Berlinerisch. Blieb also nur noch das ›Ananas‹. Dann würde sie das Nachtleben des Berliner Außenbezirks eben ganz allein unsicher machen.

Fast wäre Trixie am Tor des Gartenlokals wieder umgekehrt. Vielleicht lag es an der scheppernden Leierkastenmusik, die zu ihr hinüberwehte. »Am Sonntag will mein Süßer mit mir segeln gehen«, Grundgütiger, wer spielte denn noch diese uralten Schlager? Sie wusste aber, als sie merkte, wie sie im Rhythmus mitwippte, dass die Drehorgelmusik nicht das eigentliche Problem war, das sie zögern ließ.

Das »Ananas und Schirmchen« war ein Lokal, um Freunde zu treffen oder jemanden kennenzulernen. Größere Gruppen saßen draußen am Wasser unter bunten Lichtern, und in der Mitte tanzten auf einer kleinen Tanzfläche eng aneinandergeschmiegt Paare zu altmodischer Musik, manche von ihnen kostümiert mit Schiebermützen oder Fransenkleidchen. Für Finn und Patti wäre das eine perfekte Umgebung gewesen, um sich näherzukommen. Und Trixie hatte jetzt niemanden. Der Gedanke, dass sie nun alleine an der Bar sitzen und ein Glas Wein trinken würde, kam ihr irgendwie lächerlich vor, schlimmer noch: mitleiderregend. Stattdessen könnte sie zu Hause einen besonders üblen Splatterfilm streamen, *Ponyhof der reitenden Leichen* oder *Niemand hört dich 3*, die Kater bürsten und das neue Toffee-Eis probieren, das im Gefrierer wartete. Aber dann sah sie PeFe auf der Sofakante sitzen und sie spöttisch betrachten. »Du bist einfach ein bisschen feige, meine Herzschönste«, würde er sagen, und er hatte recht. Sie musste sich langsam daran gewöhnen, Dinge alleine zu erleben. Ohne Freundinnen oder Verkupplungsfälle. Und vor allem ohne PeFe. So war das jetzt eben.

Trixie öffnete das Gartentor mit Schwung und trat ein. Sie würde hier einen Wein trinken. Er würde ihr gut schmecken. Sie würde sich verdammt noch mal amüsieren und einen schönen Abend haben. Sie sah sich in Gedanken mit wehendem Superheldinnen-Cape die Stufen zur Eingangstür hinaufschreiten. Platz an der Bar, hier kommt die Cat Woman des Solo-Amusements!

Gerade als Trixie wieder die Zeile »Und dann beim Abendrot mach ich das Abendbrot auf unserm Segelboot« eingefallen war, brach die Musik ab. Eine Männerstimme schimpfte. Trixie lugte neugierig um die Hausecke und sah über den Zaun hinweg einen alten Leierkastenmann, auf dessen Orgel ein kleiner Affe im winzigen Strickpullover saß und mit großen Augen umherguckte. Zuerst musste Trixie lächeln, weil das

Äffchen seinen Zylinder vom Kopf nahm und eine Verbeugung andeutete und dabei zu niedlich aussah, aber dann fiel ihr die Kette auf, mit dem das Tier am Instrument fixiert war. Es konnte sich nur auf der Orgel bewegen und zerrte an seiner Fußfessel.

Trixie zog es das Herz zusammen. Sie hasste schon angeleinte Tiere, obwohl das in der Stadt natürlich absolut sinnvoll war. Aber wann immer sie vor einem Supermarkt einen kleinen Mischlingshund entdeckte, blieb sie einen Moment stehen und sagte ein paar freundliche Worte zu ihm. Und wenn es heiß war, achtete sie darauf, ob er im Schatten saß und einen Wassernapf hatte. Einmal hatte sie eine Rentnerin zusammengestaucht, die ihren Mops über eine Stunde lang vor einem Laden angebunden hatte. Trixie war beim Friseur gewesen und hatte dort warten müssen, und als sie mit frisch geschnittenen Spitzen wieder an dem Geschäft vorbeikam, saß der arme Mops immer noch dort. Trixie hatte auf die Besitzerin gewartet und ihr eine Standpauke gehalten, bis die Frau zerknirscht versprochen hatte, das nie wieder zu tun. Ein anderes Mal hatte Trixie erlebt, wie im Hochsommer bei sechsunddreißig Grad ein junges Pärchen die Scheiben eines Autos eingeschlagen hatte, um einen hechelnden Schäferhund zu befreien. Sie kannte die beiden aus der Praxis, sie hatten mehrere Frettchen, mit denen sie regelmäßig kamen. Der Fahrer regte sich furchtbar auf und drohte mit der Polizei, die Trixie dann gleich mal selbst anrief, weil sie wusste, dass das Frettchenpaar richtig gehandelt hatte. Anschließend hatte sie den beiden ein Eis spendiert, um ihre Heldentat zu feiern.

Bei dem Äffchen auf der Drehorgel sträubte sich alles in ihr. War das denn noch erlaubt, Affen auf Leierkästen anzuketten? Quer über das Instrument lief ein schnörkeliger Schriftzug. ›Zirkus Zitrone‹ las sie und suchte in ihrem Gedächtnis, ob es für Zirkustiere besondere Bestimmungen gab. Das Äffchen zerrte an seiner Fußfessel. Die Musik setzte wieder ein, diesmal »Das machen nur die Beine von Dolores«. Trixie beschloss, dass ihr Bestimmungen egal waren, ob Zirkus- oder Haustier, kein Geschöpf sollte angekettet auf einer Drehorgel sitzen müssen. Sie betrat das »Ananas und Schirmchen« und ging, statt sich an die Bar zu setzen, direkt zur Tür, die in den Garten führte. Aber noch bevor sie sich den Leierkastenmann zur Brust nehmen konnte, kam ihr jemand zuvor. Er war groß und schlank und trug einen Hut schräg ins Gesicht gezogen wie ein Karnevals-Mafioso. Seine Bewegungen waren tänzelnd, als würde er gleich mit einer Steppnummer anfangen. Und sein kleiner Schnurrbart glänzte wie ein Kajalstift in seinem Gesicht. Spatzbach. Zuerst lächelte der Leierkastenmann erfreut und nickte ihm zu, weil er eine Spende erwartete, aber dann hielt Spatzbach ihm sein Handy entgegen und tippte darauf. Die Musik leierte langsamer, bis der Mann sich wieder fing und weiterdrehte. Der kleine Affe zog seinen Hut und sah Spatzbach erwartungsvoll an. Zur gleichen Zeit schaltete Wirtin Anna die Musik über Lautsprecher ein, sodass Trixie nicht verstehen konnte, was die beiden Männer besprachen. Das Gesicht des Leierkastenmanns wurde zunehmend verärgerter, Spatzbach guckte finster, hielt ihm immer wieder das Handy entgegen und zeigte auf die Kette des Äffchens. Schließlich wollte der Schausteller den Garten verlassen, aber Spatzbach stellte sich ihm in den Weg und telefonierte. Trixies Herz klopfte ihr bis zum Hals. Ja, Spatzbach strich gelegentlich über diesen lächerlichen kleinen Schnurrbart, was selbstverliebt und einstudiert aussah, und die Art, wie er sich vor dem Leierkastenmann in Pose warf und streng auf ihn herabsah, erinnerte sie auch sehr an übertrieben gespielte Schwarz-Weiß-Filme, in denen der Retter die Geknechteten befreit, aber auf der anderen Seite saßen im »Ananas« Dutzende von Gästen, und niemand hatte sich bis jetzt daran gestört, dass das Äffchen vielleicht schlecht behandelt wurde, geschweige denn etwas unternommen.

In dem Moment bemerkte Spatzbach Trixie, die im Türrahmen lehnte und ihm zusah, und winkte sie herrisch zu sich. Er beendete sein Telefonat und zog sie vor die Drehorgel, sobald er sie in Griffweite hatte.

»Also, guter Mann«, setzte er an, »das ist die Frau Vogelsang aus der Tierarztpraxis im Herzburger Weg. Die nehmen wir mal als Zeugin, wenn gleich der Amtstierarzt kommt.«

Trixie wollte etwas sagen, aber Spatzbach brachte sie mit einer Geste zum Schweigen und blickte weiterhin mit gerunzelten Augenbrauen auf den Leierkastenmann, der sich beleidigt gegen den Zaun lehnte und die Arme vor der Brust verschränkte.

Aus den Lautsprechern schallte nun »Ausgerechnet Bananen«, und Trixie war froh, als endlich zwei Männer in dunkelblauen Jacken auftauchten und sich von Spatzbach die Lage erklären ließen. Sie notierten seine und Trixies Daten und versprachen, den Fall zu prüfen und sich um das Äffchen zu kümmern.

Sie warteten, bis die beiden mit dem Leierkastenmann den Garten verlassen hatten, dann strahlte Spatzbach Trixie an, als hätte sie in der Tombola gewonnen.

»Ich war nicht sicher, ob die kommen. Am Telefon haben die mich behandelt wie einen Scherzbold. Haben dreimal nachgefragt, ob es sich um einen lebenden Affen handelt. Also bitte. Wer würde denn wegen eines ausgestopften Affen die Polizei rufen?«

Er schüttelte den Kopf und hielt Trixie die Hand hin. Als sie einschlagen wollte, fasste er ihre Finger und hob sie zu seinen Lippen und deutete einen Handkuss an. Anschließend zog er sie an sich und brachte sie dazu, sich bei ihm einzuhaken.

»Darauf haben wir uns ein Tröpfchen verdient, was? Immerhin rettet man nicht jeden Tag einen kleinen Schimpansen.«

»Das war kein Schimpanse, sondern ein Kapuziner, die haben diese …«, setzte Trixie an, aber Spatzbach winkte ab: »Sie sind die Fachfrau.«

Er platzierte sie beide an einem Tischchen in der Nähe der von Heizpilzen umsäumten Tanzfläche, auf der sich schon Paare drehten. Ältere Herrschaften in altmodischer Kleidung und ganz junge in neu entdeckter Vintagemode, die noch altmodischer aussah.

Spatzbach bestellte eine Flasche Weißwein, und obwohl Trixie alles andere als einen Abend mit Spatzbach vorgehabt hatte, war sie nun doch froh, hier nicht alleine sitzen zu müssen, denn als sie sich umschaute, entdeckte sie ausschließlich Pärchen. Weiter hinten amüsierte sich eine Frauengruppe beim Junggesellinnenabschied, aber so nah an der Tanzfläche wäre sie sich ohne Begleitung doch unpassend vorgekommen.

Sie stießen an. Der erste Schluck des sehr kalten Weines war köstlich. Trixie genoss das leichte Prickeln. Sie wickelte sich enger in ihren Mantel und sah der Atemwolke vor ihrem Mund nach.

»Wie kommen Sie ins Ananas?«, fragte sie Spatzbach schließlich. Der zuckte mit den Schultern.

»Ich war schon mal hier, Anna und ihren Pudel gibt es ja seit Ewigkeiten. Wenn man nicht in die Innenstadt reinfahren will, sind die Lokalitäten, in denen man sich amüsieren kann, relativ überschaubar.«

Trixie wollte nachfragen, wieso er diesen kleinen versteckten Laden am Rand von Berlin kannte, wo er doch eigentlich in Hamburg wohnte, aber dazu kam sie nicht. Offenbar war heute Abend des Uralt-Schlagers, und als die ersten Takte von »Was machst du mit dem Knie, lieber Hans« aus den Lautsprechern klangen, sprang Spatzbach auf, warf seinen Hut auf den Tisch und hielt Trixie die Hand entgegen, als wollte er sie zum Fechten herausfordern.

»Ich kann eigentlich nicht wirklich …«, fing sie an, doch da hatte Spatzbach sie schon vom Stuhl gezogen und führte sie zur Tanzfläche.

Trixie war das so peinlich, dass ihre Wangen glühten. Sie stolperte vor und zurück, trat ihm auf die Füße und wand sich aus seinem Arm. Es war gefühlte hundert Jahre her, dass sie getanzt hatte, und die plötzliche Nähe versetzte sie so in Aufruhr, dass es sich fast nach Panik anfühlte. Spatzbach ließ sich von ihrem Gezappel nicht beeindrucken. Seine rechte Hand lag fest auf ihrem Rücken, er zog sie noch näher zu sich heran, bis sein Kinn ihr Haar berührte, und dann wiegte er sich einige Male nur vor und zurück, um einen gemeinsamen Rhythmus zu finden. Als er schließlich einen langen Schritt vorwärts machte, ging Trixie automatisch zurück. Er fügte eine halbe Drehung hinzu und trat einen Schritt zur Seite und schloss einen Wiegeschritt an. Trixie spürte schon an der Hüfte, wo die nächste Bewegung sie hinleiten würde, zusätzlich gab Spatzbach mit der linken Hand die Richtung vor. Und bald tanzten sie, als wären sie ein eingespieltes Paar. Trixie zappelte nicht mehr, sondern überließ sich Spatzbachs Führung, genoss die Musik und ihre eigenen Schritte, die genau die richtige Länge hatten. Ihre Wangen glühten schon wieder, aber inzwischen, weil es ihr solchen Spaß machte, und nicht mehr aus Peinlichkeit. Spatzbach hielt sie ganz fest, sie drehten und wiegten sich, und als er zum abschließenden Akkord die Tanzhaltung löste, die linke Hand hob und sie dazu brachte, sich in einer formvollendeten Pirouette zu drehen, lachte Trixie ausgelassen. Spatzbach lachte auch und verbeugte sich leicht. Trixie knickste. »Heut geh'n wir morgen erst ins Bett« fing an, und ohne nachzufragen, zog Spatzbach Trixie wieder in seine Arme und schob sie übers Parkett und drehte sich mit ihr, bis sie beide außer Atem waren.

Schnaufend ließen sie sich auf ihre Stühle fallen. Trixie trank durstig einige Schlucke Wein. Spatzbach entschuldigte sich mit einer knappen Verbeugung, er müsse sich mal die Nase pudern, und ging ins Haus.

Trixie gönnte sich noch ein Glas. Sie fühlte einen Schwips in sich aufsteigen, perlend und kribbelig im Bauch und ein bisschen neblig im Kopf, und sie genoss die Leichtigkeit und Wärme.

Als Spatzbach zurückkam, setzte er sich gar nicht erst hin, sondern zog nur sein Jackett aus, trank sein Glas leer und forderte sie wieder auf. Und diesmal zierte Trixie sich nicht, sondern sprang vom Stuhl, schmiegte sich auf der Tanzfläche in seine Arme und wirbelte mit ihm übers Parkett.

Sie waren fast die letzten Gäste, die das »Ananas und Schirmchen« verließen. Spatzbach fuhr Trixie, die mit dem Taxi gekommen war, nach Hause und brachte sie mit Anekdoten über Tanzstunden, Hausbesitzer und Hamburger Lokalpolitiker zum Lachen. Vor ihrem Haus wartete er gar nicht erst ab, sondern sprang aus dem Wagen, lief um ihn herum und hielt ihr die Autotür auf. Trixie konnte sich nicht erinnern, wann sie jemals so hofiert worden war.

Er brachte sie zur Haustür und bedankte sich mit einem angedeuteten Handkuss für den schönen Abend.

»Ich muss sagen, es ist lang her, dass ich mich so amüsiert habe«, gab er zu. Und Trixie nickte. Er ließ ihre Hand nicht los und kam noch einen Schritt näher. Trixies Herz raste. Sie fühlte sich wie ein Teenager beim ersten Date. Das war beunruhigend und schön und unglaublich aufregend. Ihr Körper war so angespannt, dass sie fühlen konnte, wie eine Gänsehaut über ihren Rücken kroch und ihre Nackenhärchen aufstellte. Aber während sie schon ihr Gesicht seinem entgegenhob und ihre Augen halb schloss, kam ihr plötzlich ein Gedanke. Wieso war Spatzbach, »um sich die Nase zu pudern«, im Lokal verschwunden? Die Toiletten des ›Ananas und Schirmchen‹ befanden sich in einem Blockhäuschen am anderen Ende des Gartens. Das musste Spatzbach wissen, wenn er schon mal dort gewesen war. Sie runzelte die Stirn. Spatzbach strich ihr mit den Fingerspitzen eine Strähne aus dem Gesicht. Trixies Gedanken rasten. Es gab ja nicht nur den einen Eingang zum Garten, sondern auch noch den neben dem besagten Blockhäuschen. Und es war schon sehr zufällig, dass Spatzbach ausgerechnet in diesem Lokal auftauchte, das in keinem Reiseführer stand. War es möglich, dass er ihr hinterhergefahren war? Von der Praxis aus? Konnte es sein, dass er hintenrum das »Ananas« betreten und die Rettung des Äffchens inszeniert hatte, um sie zu beeindrucken? Hatte er den Leierkastenmann extra für die Showeinlage bezahlt? Die beiden Männer vom Ordnungsamt hatten nicht ihre Ausweise gezeigt. Hatte er auch die engagiert? Konnte jemand so berechnend und hintertrieben sein? Und wenn er das war, wozu veranstaltete er dann dieses Schauspiel?

Spatzbach legte einen Finger unter Trixies Kinn, zog sie näher zu sich heran und flüsterte: »Ich bin ganz durcheinander, du bist so … so …«

»Müde!«, ergänzte Trixie schroff, »sehr müde. Gute Nacht!« Sie machte sich von ihm los, verschwand im Haus und warf die Tür hinter sich zu.

Draußen blieb Spatzbach noch einen Moment wie eingefroren stehen und sah ihr ungläubig hinterher.

Kapitel 8

Schwein gehabt

Es war noch dunkel. Nosferatu war unter Trixies Bettdecke gekrochen, um sich schnurrend an sie zu schmiegen. Freddy lag neben ihrem Kopf auf dem Kissen, während ihm Godzilla die Öhrchen leckte. Trixie schnaufte im Schlaf und träumte von PeFe, der in seinem weißen Arztkittel an einer Steilküste vor ihr herging und ihr irgendetwas über Trottellummen erklärte. Sie fand den Namen so lustig, dass sie in ihrem Bett lächelte. Gerade als PeFe sie in einem Strandkorb, in dem sie plötzlich saßen, küssen wollte, fing der Radau an. Ein wildes Getöse klang vom Erdgeschoss bis hoch in Trixis Schlafzimmer, schrilles Grunzen, das ununterbrochene Bimmeln der Glocken, die Kaluppke an den Dachsfallen angebracht hatte, ein Gepolter und Quieken. Nosferatu strampelte erschrocken unter der Decke und hinterließ einen tiefen Kratzer auf Trixies nacktem Bauch. Die beiden anderen Kater fegten wie von der Tarantel gestochen aus dem Bett und rasten zum Catwalk hoch und kauerten sich dort in einer

Ecke zusammen. Trixie, die noch gar nicht wusste, wo sie war, und sich wunderte, dass die kreisenden Trottellummen über dem Strandkorb so einen infernalischen Lärm machen konnten, saß senkrecht im Bett. Verwirrt zupfte sie an ihrer Schlafbrille, kam zu sich, sprang dann aber aus dem Bett, sobald ihr klar war, dass eine von Kaluppkes Fallen zugeschlagen hatte.

»Bitte bitte keine mutierte Riesenratte!«

Sie schlüpfte in ihre Hausschuhe und hätte fast vergessen, sich etwas überzuwerfen, aber PeFe, der unter dem Catwalk stand und mit einer Hand versuchte, die Kater zu beruhigen, erinnerte sie.

»Nackt kannst du nicht raus, meine Schöne. Nicht dass es die Nachbarn nicht freuen würde, aber es schneit.«

Sie warf einen Blick aus dem Fenster. Flocken schwebten vor der Glasscheibe.

Trixie schlüpfte in eine Jogginghose und PeFes alten Frotteebademantel und stieg die Stufen hinunter. Sie hatte keine Ahnung, was sie machen würde, wenn die Falle wirklich eine schäferhundgroße Ratte enthielt. Ihr letzter Rattenhorrorfilm, *Nager des Grauens – lebendig schmeckt's am besten*, saß ihr noch in den Knochen. Vorsichtig öffnete sie die Haustür. Eine kalte Wolke drängte sich ihr entgegen. Sie fing augenblicklich an zu zittern. Aber entschlossen schlappte sie zu Kaluppkes hin und her wackelnder Kiste. Mit einigem Sicherheitsabstand blieb sie davor stehen, nahm sich zusammen, bückte sich und sah hinein.

Es dauerte eine Weile, bis sie realisierte, was für ein rosafarbenes Tier in der Kiste randalierte. Zuerst war sie einfach nur froh, dass es kein graues oder schwarzes Fell hatte. Und keinen langen nackten Schwanz. Dann sah sie die runde Steckdosenschnauze und hätte fast gelacht. Ein Schweinchen. Kaluppkes Dachsfalle hatte ein Schwein gefangen. In den Zeitungen standen ja immer mal wieder Artikel über Wildschweine, die in Berlins Außenbezirken nach Nahrung suchten, aber dieses kleine proppere Rüsseltier war kein wildes aus einem Brandenburger Wald, sondern ein zivilisiertes Hipster-Haustier. Ein Minischwein. Und wenn Trixie das richtig erkannte, war sein Hinterlauf verletzt. Sie überlegte kurz. Die drei Kater hatten schon Anfälle bekommen, wenn das Schwein – und Trixie vermutete, dass es genau dieses Schwein gewesen war – ums Haus herumgestrichen war. Was würden sie erst anstellen, wenn sie es hineinbrachte. Immerhin war das ja auch ihr Haus, beziehungsweise ... Trixie musste froh und dankbar sein, dass Godzilla, Nosferatu und Freddy sie bei ihnen wohnen ließ, die drei waren ganz sicher, dass das erstens ihr Schloss war und zweitens nur eine Station auf dem Weg zur Weltherrschaft darstellte. Katzen halt. Aber es war wirklich eiskalt hier draußen, das Schweinchen humpelte, und dass es panisch in der engen Kiste herumrannte und sich dabei immer wieder überschlug, würde die Verletzung nur schlimmer machen.

»Jungs, da müsst ihr jetzt durch«, murmelte Trixie und eilte ins Haus zurück. Sie hastete in die erste Etage, wo die drei Kater zusammengeknäult saßen wie ein einziger dreiköpfiger und äußerst übellauniger

Plüschball, und verschloss die Tür. Dann lief sie zurück nach draußen, redete beruhigend auf das zappelnde und nach wie vor quiekende Schwein ein und trug die Kiste mit beiden Händen ins Haus, es mussten gut zehn Kilo sein, und Kaluppkes Falle war außerdem noch ziemlich schwer. Sie wuchtete sie auf den Küchentisch, machte, wie sie hoffte, beruhigende Geräusche und holte alte Decken und das Telefon.

»Finn, guten Morgen, ich weiß, es ist Sonntag, aber ich hätte hier eine Schweinerei, bei der ich dich bräuchte.«

Finn klang genauso aus dem Traum gerissen, wie Trixie es vor einer Viertelstunde auch noch gewesen war, versprach aber zu kommen, nachdem Trixie ihm kurz erklärt hatte, worum es ging. Sie setzte eine Kanne Kaffee auf und schnitt eine Zucchini klein, damit sie sie durch das Drahtgeflecht von Kaluppkes Falle schieben konnte. Das Schweinchen fraß zwar nicht, beruhigte sich aber etwas. Es saß schwer atmend da, blinzelte mit seinen blonden Wimpern und atmete manchmal, als würde es seufzen.

»So eine niedliche Schukosteckernase, bist ein gutes Grunzelchen, na, wo kommst du her, du Schlappöhrchen, hm, da rüsselst du, du kleine Sau«, gurrte Trixie, und das Schwein hörte sich den Unsinn an und fand wohl, dass Menschen, die einem eine Zucchini klein schneiden und mit so freundlicher Stimme dummes Zeugs reden, nicht wirklich gefährlich sein konnten.

Finn stand ratlos in Trixies Küche, hatte seine dicke Jacke noch nicht ausgezogen und betrachtete das neue Haustier.

»Ich kenne niemanden, dem jemals ein Schwein zugelaufen ist«, sagte er schließlich.

Trixie stellte zwei große Becher Kaffee auf die Anrichte und warf gefrorene Brötchen in den Ofen.

»Ich mach das nicht mit Absicht.«

Finn öffnete vorsichtig die Kiste und holte das Schwein heraus. Es grunzte leise.

»Hast du diesen Minirüssel gesehen?« Trixies Stimme geriet vor Begeisterung eine Oktave höher.

Finn sah sie an, als sei sie endgültig übergeschnappt.

»Es ist ein Schwein, die haben gewöhnlich Rüssel. Wenn du jetzt mal ein bisschen professionell zupacken könntest, bitte.«

Trixie fasste das Schwein so fest, dass Finn es untersuchen konnte. »Ich glaube, dass es eine Muskelzerrung am Hinterlauf hat.«

Mit den Daumen streichelte sie die weichen rosigen Speckfältchen.

»Du hast eine süße Rüsselnase, egal was dieser schlecht gelaunte Doc sagt.«

»Der schlecht gelaunte Doc läge jetzt sehr gern noch in seinem Bett, aber er ist in der Eiseskälte hergefahren, weil seiner Mitarbeiterin ein Schwein zugelaufen ist, und das Mindeste, was er dafür erwartet, ist, dass er nicht noch angemault wird.«

Er tastete die Beine ab. Hinten links quiekte das Schwein.

»Gebrochen ist nichts. Mit der Muskelzerrung hast du wohl recht. Ein paar Tage Ruhe, dann müsste es gehen. Wir können es in der Praxis zur Sicherheit röntgen, aber es würde mich wundern, wenn es da wirklich ein Problem gäbe. Allerdings stinkt es.«

Trixie wickelte das Schwein, das schon vertrauensvoll seinen Kopf auf ihre Schulter legte, in eine der Decken und trug es Richtung Gästebad.

»Dann waschen wir mal Herrn Wohlgemut«, sagte sie, und Finn verdrehte die Augen.

»Ach, einen Namen hat es auch schon!«

Bald darauf saßen sie zu dritt beim Frühstück. Herr Wohlgemut war in eine bunte Decke gewickelt, seine rosigen Ohren wackelten zufrieden, während er schmatzend nicht nur die Zucchini, sondern auch noch einen Apfel verspeiste.

»An seinen Tischmanieren solltest du arbeiten«, sagte Finn, musste aber schmunzeln und bestrich sein Brötchen dick mit Schokocreme.

Trixie nutzte die gemütliche Situation, um sich möglichst unauffällig nach Mone zu erkundigen, und Finn erzählte bereitwillig, er sei gestern Abend noch in der Praxis gewesen und von ihrem Besuch überrascht worden. Angeblich hatte sie neulich etwas dort vergessen. Finn sah Trixie verwirrt an.

»Ich weiß aber gar nicht, was, ich hab nicht gefragt.«

Trixie grinste.

»Du warst wahrscheinlich mit deinen Gedanken woanders.«

Finn kaute abwesend, versonnen, und Trixie bemerkte wieder diesen Glanz in seinen Augen. Nein, nein, nicht die, lauf!, hätte sie ihm gerne zugerufen.

»Hat sie dich irgendwas gefragt?«, sagte sie stattdessen ins Blaue hinein.

Finn sah sie erstaunt an.

»Ja, tatsächlich. Sie wollte wissen, ob bei uns eine Renovierung ansteht und ob in diesem Fall du den Auftrag vergeben würdest oder ich. Dann hat sie noch gefragt, ob ich nicht gern Eigentümer der Praxis wäre.«

Trixie sah ihn aufmerksam an.

»Wärst du?«

Finn schmierte länger als nötig an der zweiten Brötchenhälfte herum und malte mit dem Messer Schlangenlinien in die Schokocreme.

»Irgendwann. Vielleicht. Weiß ich nicht. Also …«

Trixie legte ihm mütterlich die Hand auf den Arm.

»Das ist keine Fangfrage, Finn. Du weißt, dass ich mir was Langfristiges wünsche. Und dass du mal in deiner eigenen Praxis arbeiten willst, ist doch klar. Ich hab gar nichts dagegen, wenn es gut läuft.«

»Genau das ist der Punkt.«

Er schob seinen Teller ein Stück weg. Herr Wohlgemut folgte dem Schokobrötchen mit gierigen blondbewimperten Augen.

»Ich weiß nicht, ob es gut läuft. Mone hat viel von der Arbeit in der Klinik erzählt. Sie sagt, sie sieht wochenlang nur Tiere, aber nie die Besitzer. Das käme mir schon sehr entgegen. Auf der anderen Seite ist es auch nicht gerade mein Traum, zehn Kastrationen an einem Tag zu machen.«

Er nahm sich die Brötchenhälfte, sehr zum Bedauern des Minischweins, das sich wohl schon dabei gesehen hatte, wie es seinen Rüssel in die süße, klebrige Creme versenkte. Trixie ahnte, was in ihm vorging, und strich ihm über die Ohren.

»Gib dir doch ein paar Wochen Zeit. Mein Mann PeFe hatte auch Kunden, die er anstrengend fand. Du lernst das. Denk einfach, die kommen zu einem Nervigkeits-Casting, gib ihnen heimlich Punkte, und dann kürst du abends den Quälgeist des Tages. PeFe hat das so gemacht. Oder du machst es wie früher beim Stottern und stellst dir alle als Tiere vor.«

Sie tauchte ihren Löffel in das Glas mit der Schokocreme und leckte ihn genüsslich ab.

»Manche sind auch nur so anstrengend, weil sie sich Sorgen um ihre Lieblinge machen. Ich hatte mal eine, die hat während der ganzen Untersuchung ihres Meerschweinchens hysterisch gekichert. Ich dachte immer, die hat sie nicht mehr alle. Irgendwann hab ich sie mal auf einem Fest von einer Freundin getroffen, und da war sie eine ganz nette, ruhige, vernünftige Person. Sie hat mir erzählt, dass diese Tierarztbesuche sie so unter Stress setzen, dass sie vorher immer einen Piccolo trinkt und hinterher einen Riesendöner wegfuttert, nur aus Anspannung.«

Finn lächelte Trixie an.

»Ohne dich hätte ich das schon wieder aufgegeben.«

»Na, ich heiße Sprechstundenhilfe, weil ich dir stundenweise beim Sprechen helfe«, dozierte sie im Oberlehrerton, und Finn stand grinsend auf, um sich auf den Heimweg zu machen.

»Was tust du mit der Sauerei?«

Er zeigte auf Herrn Wohlgemut, der sich für ein Nickerchen auf die Seite gelegt hatte.

Trixie überlegte.

»Raus kann er nicht. Er wohnt erst mal im Gästebad. Und ich rufe Maximilia an. Sie soll dem Katzvolk beibringen, dass eine Übergangs-WG mit einem Schwein keine Katastrophe ist. Ich hoffe, sie kann's den dreien verklickern.«

Außer Maximilia, die im ersten Stock mit den Katern arbeitete, kam noch jemand vorbei, und dieser Besuch war fast so überraschend wie das Minischwein. Trixie hatte sich gerade angezogen und die Reste des Frühstücks beseitigt, da stand Spatzbach vor der Tür, halb verborgen von einem riesigen Blumenstrauß. Irgendetwas an diesem Strauß, der aus einem ganzen Busch von Ranunkeln und Fresien bestand, irritierte Trixie. Dann wusste sie es: Genau so einen hatte sie neulich vor ihrer Tür gefunden.

»Ich wollte das nur klarstellen.« Spatzbach stand unschlüssig auf dem Fußabtreter, sah zwar wie gewohnt aus, als wäre er gerade einer Operette entsprungen, machte aber keine seiner üblichen ausladenden Gesten. Er erschien Trixie eher kleinlaut, was sie wunderte. Wenn sie sich an den Abend erinnerte, wo sie ihn einfach vor der Tür hatte stehen lassen, hätte sie eher gedacht, er sei heute böse auf sie. Er konnte ja nicht wissen, dass sie vermutete, er habe den Orgelspieler samt Kapuzineräffchen angeheuert, um sich als Held aufzuspielen und an sie ranzukommen.

»Sie haben ja neulich einen Blumenstrauß gefunden«, fing er an, »und mir ist erst jetzt klar geworden, dass Sie das vielleicht missverstanden haben.«

»Ich habe einen Stalker vermutet«, gab Trixie zu.

Spatzbach lächelte und hielt ihr den Strauß hin.

»Der Stalker bin ich. Ich hab mich bei den Jansons, als wir uns dort zufällig trafen, so ruppig verhalten und wollte mich mit den Blumen dafür entschuldigen. Das hatte gar nichts mit Ihnen zu tun, ich war nur so überrascht, Sie dort zu sehen. Und dann war das ein sehr stressiger Tag, und vielleicht war ich abweisender, als ich das gewollt hätte.«

»Ein Kärtchen wäre äußerst hilfreich gewesen«, sagte Trixie und nahm den Strauß.

Spatzbach zuckte mit den Schultern.

»Manchmal bin ich da etwas ungeschickt. Aber ich wollte ganz sicher nicht, dass Sie glauben, Sie werden von einem Irren verfolgt.«

In diesem Moment quiekte Herr Wohlgemut in der Küche, grunzte auch, und Spatzbach sah Trixie überrascht an.

»Planen Sie ein Live-Barbecue?«

Trixie musste lachen, obwohl sie das eigentlich nicht wollte.

Sie fasste für Spatzbach kurz zusammen, wie sie zu ihrem neuen Haustier gekommen war und dass sie keine Ahnung hatte, wo sie mit ihm hinsollte.

»Wenn irgendjemand die Tür zum Gästebad aufmacht, rennt Herr Wohlgemut raus, und die Kater kriegen eine Krise.«

Spatzbach überlegte.

»Ich hab noch Latten im Auto. Wenn Sie wollen, zimmere ich Ihrem Schwein schnell einen Verschlag und eine Art Zaun, sodass Sie die Tür öffnen und nach ihm sehen können, ohne dass es ausbüxt.«

Nosferatu, der Maximilia offenbar entkommen war, rannte fauchend mit gesträubtem Fell an ihnen vorbei auf den Catwalk und guckte von dort herab wie eine dämonische Steinfigur an einer mittelalterlichen Kathedrale.

»Falls es kein Riesenaufwand ist, würde ich mich freuen, wenn Sie den Heimwerker machen könnten.«

Sie ließ Spatzbach ins Haus, er zeichnete schnell eine kleine Hütte ohne Dach, eine Art Kindersicherung für die Tür und eine Rampe, mit der Herr Wohlgemut in die Badewanne laufen konnte. Dann holte er das Baumaterial aus dem Auto und begann zu zimmern.

PeFe saß am Tisch, als Trixie zurück in die Küche kam, und grinste breit:

»Du magst es, wenn Männer dir Holz bringen und anfangen zu sägen und zu hämmern.«

Trixie warf ein Küchentuch nach ihm.

»Das Jenseits macht dich weder weiser noch witziger.«

Spatzbachs Aktion dauerte bis zum späten Mittag. Maximilia hatte sich längst verabschiedet. Trixie wurde es allmählich peinlich, wie viel Arbeit Spatzbach damit hatte – vor allem, weil sie nicht wusste, was er sich davon versprach, und sie nicht gewillt war, ihm für seine Zimmermannsdienste entgegenzukommen.

PeFe lachte sie wieder mal aus.

»Schatzmaus, entspann dich, du musst dich nicht gleich willenlos hingeben, nur weil ein Mann ein Brett für dich sägt. Es reicht, wenn du zugibst, dass das gerade sehr nett von ihm ist.«

»Es ist sehr nett von ihm«, äffte Trixie PeFes Tonfall nach, »ich kann ihn trotzdem nicht leiden.«

Als sie nach Spatzbach sah, stand dem das Sägemehl bis zu den Knöcheln. Er sagte, er brauche nur noch zehn Minuten. Trixie kündigte an, zum Dank eine Pizza zu holen, und verschwand in der Kälte.

Bei ihrer Rückkehr war das Bad schweinsicher und artgerecht möbliert und das Sägemehl zusammengefegt. Nur Spatzbach und Herr Wohlgemut fehlten. Trixie suchte die beiden und fand sie schließlich im Wohnzimmer. Spatzbach hatte es sich im Ohrensessel gemütlich gemacht und war eingeschlafen. In seinem

Arm lag, in die bunte Decke gewickelt, das ebenfalls schlummernde und leise schnarchende Schweinchen. Seine kleine feuchte Nase bebte an Spatzbachs Hals. Trixie hielt sich eine Hand vor den Mund, um nicht laut zu lachen. Spatzbach mit seinem teuren Hemd und der gelb bepuderten Nadelstreifenhose, und Herr Wohlgemut wie ein Baby eingewickelt. Trixie stellte die Pizzakartons leise ab und ging auf Zehenspitzen zum Sessel. Vorsichtig, um die beiden nicht zu wecken, trat sie zu ihnen und wollte eigentlich nur dem Schwein über den Kopf streicheln. Aber in dem Moment schmatzte es im Schlaf leise, und wie verabredet schmatzte auch Spatzbach. Da konnte Trixie nicht anders. Sie lächelte, beugte sich vor und küsste Spatzbach ganz leicht auf die Schläfe. Sein dichtes, dunkles Haar roch nach Pomade. Trixie sah auf das ungleiche Paar.

»Fatzke«, flüsterte sie leise.

Sie ließ die beiden schlafen, stellte Spatzbachs Pizza im Ofen warm und setzte sich mit dem anderen Karton an den Küchentisch. Sie blätterte den Stapel Post vom Vortag durch und sortierte die unbezahlten Rechnungen auf einen Stapel. Morgen in der Praxis würde sie mit Finn darüber sprechen müssen, wie sie wirtschaftlicher arbeiten konnten. Ein Brief mit einem Umschlag aus dickem Papier blieb übrig. Sie öffnete ihn, überflog das Anschreiben und blieb ungläubig an der Summe hängen. Eine Anwaltsfirma bekundete Interesse, das Haus mit der Praxis zu kaufen – wieder einmal. Dieselbe Firma hatte ihr vor wenigen Wochen schon ein Angebot gemacht, aber ein viel niedrigeres.

Die neue Zahl ganz unten auf dem Briefbogen war diesmal absurd, geradezu obszön. Wenn sie sich innerhalb von zehn Tagen entscheide, so der Anwalt, würden sie sogar einen Bonus drauflegen. Trixie saß fassungslos da. Es waren in letzter Zeit immer mal wieder Angebote gekommen, auch durchaus lächerlich überhöhte, aber noch nie hatte es ein derartig bizarres gegeben. Was war denn nur los? Sie und PeFe besaßen dieses Haus schon seit zwei Jahrzehnten, und es sah nicht so aus, als würde ihr Viertel plötzlich hip. Wenn man ehrlich war, musste man die Gegend ähnlich abgeranzt nennen wie ihre Praxis. Was also sollte das? Sie würde niemals verkaufen, die Praxis war alles, was ihr von PeFe geblieben war, Trixie würde sich als Verräterin fühlen. Aber wissen, was hier vor sich ging, wollte sie schon. Das war nicht einfaches Kaufinteresse, dahinter steckte etwas viel Größeres. Während sie gedankenverloren an ihrer Pizza kaute, fiel ihr noch etwas auf.

Ganz unten waren winzig und hellgrau gedruckt, also kaum sichtbar, die Partner der Kanzlei aufgelistet. Und einen der Namen kannte Trixie sehr gut: Windhoff. Natürlich hießen noch mehr Menschen Windhoff außer Mone, aber es war schon ein merkwürdiges Zusammentreffen, dass sie plötzlich so oft aufkreuzte und Fragen zu Renovierung und Besitzverhältnissen stellte und dass dann ein Angebot kam von einer Kanzlei, deren einer Partner hieß wie sie. Trixie faltete den Brief wieder zusammen und stopfte ihn zurück in den Umschlag.

»Ein Schweinchen vor der Haustür, das kann schon mal passieren«, murmelte sie, »aber derselbe Nachname auf einem Brief mit den gleichen Interessen ist kein Zufall mehr.«

Kapitel 9

Fahrerflucht mit Hase

Überall war Blut.

Trixie wischte schon mit der zweiten Küchenpapierrolle den Boden auf, bevor sie den Untersuchungstisch desinfizierte und Finn half, einen neuen Kittel auf dem Rücken zuzuknoten. Das Schlimmste war nicht das Chaos oder der Geruch nach Blut und Urin, das Schlimmste waren die Geräusche. Fast alle Tiere, die verletzt in ihren Käfigen lagen und darauf warteten, versorgt zu werden, bellten, fiepten, miauten oder wimmerten so laut, dass Trixie es kaum ertrug. Sie versuchte das Elend auszublenden und sachlich zu bleiben, und Finns verschlossenem Gesichtsausdruck mit den zusammengepressten Lippen konnte sie ansehen, dass es ihm ähnlich ging.

Niemals hätte sie heute Morgen, als sie aufwachte, sich rekelte, einen Milchkaffee im Bett trank, mit PeFe plauderte und ihren drei Katern kuschelte, gedacht, dass ihr so ein filmreifer Horrortag bevorstehen würde.

Es hatte harmlos angefangen. Trudi war zum morgendlichen Horoskop am Fenster erschienen. Trixie hatte ihren Joghurt gelöffelt und Finn aufgezogen, der abgehetzt in die Praxis kam. In seinem roten Haarwust hatten Schneekristalle gehangen, Trixie hatte gelacht, er sehe aus wie der Grinch, und während sie das Untersuchungszimmer vorbereiteten und die Karteikarten der ersten Termin-Patienten zurechtlegten, hatte es draußen einen dumpfen Knall gegeben und eine Art Prasseln. Und das Kreischen durchdrehender Reifen. Gleich war vorn im Wartebereich Tumult entstanden. Trixie hörte nur ein paarmal die Worte »Unfall« und »Fahrerflucht« und griff instinktiv nach dem Verbandszeug. Nie wäre sie auf die Idee gekommen, was dann passieren würde.

Eilige Schritte näherten sich dem Untersuchungszimmer, in dem kleinen Gang davor drängelten sich drei Nachbarn, die Trixie vom Sehen kannte, und alle hielten mindestens einen Käfig in den Händen. Ein Mann balancierte sogar drei übereinander. Darin Hunde, Katzen, Kaninchen, blutend und schreiend. Dann weitere aufgeregte Stimmen, eine Frau weinte, ein Mann schimpfte, und noch mehr Tiere wurden gebracht. Trixie griff sofort zum Telefon und rief Patti an, damit die zum Helfen vorbeikam und auch Maximilia mitbrachte. Finn gab kurz angebunden die Anweisung, seinen Onkel zu verständigen, und er klang dabei so besorgt, dass Trixie nicht nachfragte, sondern einfach die Nummer wählte, die in schnörkeliger Schrift auf einem Post-it über der Kasse klebte.

Mit einem Ohr hörte sie zu, wie Finn versuchte, aus den Nachbarn herauszukriegen, was eigentlich passiert war. Alle redeten durcheinander, aber schließlich klärte sich für Trixie und Finn das Bild.

An der Kreuzung hatte es einen Unfall mit Fahrerflucht gegeben. Ein weißer Kastenwagen hatte heftig, viel zu schnell zurückgesetzt und einen parkenden Lastwagen gerammt, mit den Hintertüren gegen die spitze Ecke der heruntergeklappten Ladekante. Der Lastwagenfahrer hatte gerade Getränke ausliefern wollen. Er war der Mann, der drei Hundekäfige übereinandergestapelt hereinbrachte. Bei dem scharfkantigen Aufprall waren die Flügeltüren des Kastenwagens aufgesprungen. »Schloss gebrochen«, kommentierte der Getränkelieferant fachmännisch. Der Fahrer stieg aber nicht aus, sondern gab mit quietschenden Reifen Gas und raste davon »wie ein Irrer, ohne sich um irgendwas zu kümmern«, erzählte die weinende Frau, die sich nur mühsam beruhigen konnte. Beim Beschleunigen waren aus dem Kastenwagen jede Menge offenbar ungesicherte Käfige mit Tieren gerutscht und auf den Asphalt geschlagen. Ein nachkommendes Fahrzeug konnte auf dem Schneematsch nicht mehr rechtzeitig bremsen und fuhr in die Käfige hinein, wodurch einige durch die Luft geschleudert wurden.

»Die ganze Kreuzung voller Tiere«, schluchzte die Frau und hielt Trixie eine jämmerlich schreiende Katze entgegen. Finn bedankte sich knapp bei allen, versprach, sich zu kümmern, und schickte die Nachbarn weg. Dann ordnete er »Ausnahmezustand!« an.

Die wartenden Patienten, die wegen einer Impfung oder einer Kastration gekommen waren, wurden weggeschickt, der Röntgenraum blieb frei, das Zimmer hinter dem großen Untersuchungsraum wurde für die Tiere vorbereitet, die warten konnten. Die ernsten Fälle sollte Trixie vom Wartezimmer bis in den kleinen Flur hinein nach Dringlichkeit sortieren. Finn gab Trixie einen Stapel Post-its. Wer sich nur erschrocken hatte, bekam einen grünen Aufkleber an die Käfigtür, eine gebrochene Pfote oder eine Schnittwunde wurde gelb gekennzeichnet, die schlimmeren Verletzungen rot. Der Getränkelieferant brachte noch weitere Käfige und sagte, die Kreuzung sei seiner Meinung nach jetzt leer. Es sei Polizei vor Ort, die suchten auch noch mal alles ab. Trixie und Finn rannten herum, sahen in die Käfige und klebten Zettel. Meistens rote. Patti und Maximilia, die inzwischen eingetroffen waren, machten sich daran, die Käfige in die entsprechenden Räume zu bringen.

Als Spatzbach kam, wie immer im schicken Anzug, hielt er sich keinen Moment mit seinen üblichen Begrüßungssprüchen auf, sondern machte sich nach einer kurzen Einweisung von Finn direkt auf den Weg zur Kreuzung, um zu sehen, ob sie jetzt alle Patienten in der Praxis hatten. Danach sollte er zur Apotheke fahren. Finn diktierte Trixie alles, was er vielleicht noch benötigen würde, damit sie Spatzbach die Liste mailen konnte.

Die ersten beiden Hunde verlor Finn. Einer war schon im Käfig verstorben, offenbar war seine Wirbelsäule bei dem Aufprall gebrochen worden, der zweite hatte zu schwere innere Verletzungen und verblutete Finn auf dem Tisch. Trixie hatte sich die Hände desinfiziert und assistierte. Patti, die Wundhaken halten konnte, aber ansonsten keine OP-Erfahrung hatte, reichte ihnen Instrumente, sterile Tücher, Tupfer und Medikamente an. Maximilia versuchte herauszufinden, ob sie den verletzten Tieren Menschen zuordnen konnte. Einige trugen Halsbänder mit Namen und Adressen, andere waren gechipt. Nach und nach kamen die ersten Besitzer. Zwei Hunde und zwei Katzen, die Knochenbrüche hatten, konnte Finn ihnen mitgeben, damit sie sie in der Klinik behandeln ließen. Nebenher vervollständigte Maximilia die Patientenakten und wischte auch mal eine Pfütze auf, wenn sich ein Tier übergeben hatte.

Spatzbach traf ein, stellte die Einkäufe aus der Apotheke ab und berichtete, dass die Kreuzung geräumt sei. Er zog ohne ein Wort sein Sakko aus, krempelte die Ärmel hoch und schnappte sich einen Mopp. Trixie wunderte sich wieder einmal, dass er gar nicht so etepetete war, wie er aussah, und dass es ihn offenbar überhaupt nicht kümmerte, mit seinen teuren, sicherlich maßgefertigten Schuhen durch die Lachen aus Blut und Erbrochenem zu laufen. Langsam bekamen sie das Chaos in den Griff. Trixie und Finn arbeiteten so eingespielt, als wären sie seit Jahren zusammen in der Notaufnahme. Sie röntgten, wogen, verbanden und bereiteten die OPs vor. Patti und Maximilia wischten hinter ihnen her und beobachteten die Tiere im Nebenraum. Patti brachte schniefend ein Meerschweinchen, das erst gut ausgesehen hatte, dann aber doch verstorben war. Auch ein Kaninchen musste Finn noch einschläfern. Bei einer Katze war es zweifelhaft, ob sie durchkommen würde. Die anderen waren Knochenbrüche oder Schnittwunden. Trixie säuberte die Wunden, ließ sie von Finn abnicken, vernähte sie so, wie sie es bei PeFe gelernt hatte, bevor Spatzbach das jeweilige Tier zum Ausruhen in den Nebenraum brachte. Er kümmerte sich auch um die Tierheimmitarbeiter, die Patti angerufen hatte und die die versorgten Fälle nun mitnahmen.

Nach mehreren Stunden, in denen keiner von ihnen auch nur ein einziges Mal gesessen oder durchgeatmet hatte, dachten sie, sie hätten es fast bewältigt. Nebenan schliefen die frisch operierten Patienten. Spatzbach hatte freiwillig die, die es nicht geschafft hatten, in den Hof gelegt, um sie später zum Krematorium zu fahren. Er machte Fotos von allen Vierbeinern, falls sie sie später noch identifizieren mussten. Finn und Trixie standen ein letztes Mal im OP über den großen Kater gebeugt, dessen Wunden immer weiterbluteten. Finn tupfte, suchte den Ursprung der Blutung, nähte und verödete. Und als er es gerade geschafft hatte, hörte das Herz des Katers einfach auf zu schlagen.

»Bei zwanzig Prozent Blutverlust wird es kritisch«, erklärte Finn Trixie, als wüsste sie das nicht, und als sei ihr nicht klar gewesen, dass ihre Mühe umsonst sein würde. Trixie, die völlig erledigt war, stand im OP-Kittel am Tisch, die Handschuhe blutverschmiert, während Finn aus dem Raum stürmte und sich frustriert die Maske vom Gesicht riss. Sie hörte ihn draußen im Hof gegen eine Mülltonne treten, immer und immer wieder.

»Tapferer großer Kater.«

Sie streichelte den flauschigen Kopf mit der Tigerzeichnung und schrak zusammen, als Spatzbach plötzlich neben ihr stand. Sie machte eine abwehrende Handbewegung. Sie wollte jetzt keine aufmunternden Worte, keinen Kaffee und keine Beschwichtigung, dass sie alles getan habe. Aber Spatzbach sagte gar nichts. Er legte ihr den Arm um die Schulter und zog sie an sich, obwohl sie über und über mit Blut befleckt war und sein Hemd sicher genauso maßgeschneidert war wie seine Schuhe. Erst wollte sie sich wehren, aber er hielt sie einfach so fest an sich gedrückt, dass sie sich nicht mehr rühren konnte, und stand wortlos mit ihr da.

Schließlich fing sie an zu weinen und tropfte dicke Tränen in sein Hemd. Er wartete, bis sie aufhörte zu schluchzen. Dann ließ er sie los, legte den Kater vorsichtig in einen Käfig und ging einfach mit ihm aus dem Raum. Wortlos. Trixie war ihm dankbar dafür. Was hätte man auch sagen sollen. Obwohl sie so fest an seine Brust gedrückt fast keine Luft bekommen hatte, vermisste sie die Nähe nun und fühlte, wie Kälte und Erschöpfung in ihre Knochen krochen. Sie zog sich müde den OP-Kittel aus und stopfte ihn in einen Müllsack. Sie schloss die Augen. Jetzt, wo zum ersten Mal seit Stunden nichts zu tun war, kam die Wut wieder in ihr hoch.

Welcher Wahnsinnige transportierte Dutzende Tiere ungesichert in einem Kastenwagen? Was war das für ein bescheuertes Manöver gewesen, bei diesen glatten Straßen rückwärts zu beschleunigen, und die drängendste Frage: Warum war er einfach abgehauen, ohne sich um die Tiere zu kümmern? Das Chaos hinter ihm musste er mitbekommen haben. So verhielt sich nur ein Krimineller.

»Verrotte in der Hölle«, murmelte Trixie und meinte es.

Maximilia und Patti sahen genauso fertig aus wie Trixie. Sie schaffte es nicht, sich bei den beiden zu bedanken, und drückte sie nur kurz. Maximilia gab ihr eine Liste mit allen Patienten. Glücklicherweise hatten einige Besitzer ausfindig gemacht werden können. Das Tierheim würde weiterforschen. Aber Trixie war sich ohnehin sicher: Sämtliche Opfer aus diesem Kastenwagen gehörten zu den Vermissten. Die frisch Operierten behielten Trixie und Finn erst einmal in der Praxis. Die beiden Freundinnen verabschiedeten sich, und Trixie machte sich auf die Suche nach Finn.

Sie fand ihn im Untersuchungszimmer, wo er mit einem älteren Mann sprach. Er hatte weiße Haare, gebunden zu einem zotteligen Pferdeschwanz, dazu einen großen, geradezu wuchernden weißen Vollbart, und trug einen grauen, schlabberigen Trenchcoat, fast wie einen Malerkittel. In seinen Händen hielt er einen Käfig mit einem Stallhasen darin. Der Hase rührte sich nicht.

»Ich habe dieses Tier gefunden. An der Ecke.«

Er hielt Finn den Käfig entgegen.

Finn hob den Hasen vorsichtig heraus. Er war warm und atmete, lag aber bewegungslos auf der Seite.

»Da ist doch dieser Unfall passiert«, setzte der Mann nach, »eine Nachbarin hat's mir erzählt. Vielleicht wurde der Hase übersehen.«

Das hielt Trixie für unwahrscheinlich. Nicht nur die Polizei, auch Patti, Maximilia und Finns Onkel hatten die Umgebung gründlich abgesucht. Zwei Meerschweinchen waren noch gefunden worden, sonst nichts. Außerdem fühlte der Hase sich warm an, und draußen herrschten knapp null Grad.

»Vielleicht eine Gehirnerschütterung?« Der Mann knetete seine auffallend gepflegten Hände, und Trixie dachte noch, dass diese Hände gar nicht zu der unordentlichen Frisur passten, war dann aber abgelenkt von einer Patientenakte, bei der sie nicht wusste, zu welchem Tier sie gehörte.

»Es ist nicht Ihr Hase?«

Finn horchte den Brustkorb mit einem Stethoskop ab und besah sich die Augen.

»Und welche Nachbarin hat es Ihnen erzählt? Wir kennen hier fast jeden im Kiez.«

Der Mann zuckte mit den Schultern. Eine lange weiße Strähne rutschte aus seinem Pferdeschwanz.

»Ich weiß nicht, wie die heißt.«

Finn wollte ihn eigentlich noch weiter aushorchen, aber da zuckte der Hase, schüttelte sich und krauste die Nase. Er versuchte sich auf die Füße zu stellen, fiel wieder um, versuchte es noch mal und stand schließlich, ein bisschen wacklig, aber offenbar war nichts gebrochen.

Finn streckte vorsichtig die vier Beine und tastete den Körper ab. Alles normal. Das Tier schien eher schläfrig als verletzt zu sein. Nachdem Finn es mit dem Stethoskop abgehört hatte, trug er den zappelnden Hasen vorsichtig in den Käfig.

»Danke, dass Sie ihn gebracht haben. Wir beobachten ihn über Nacht und versuchen morgen die Besitzer zu finden.«

»War es ein schwerer Unfall? Weiß man, wer gefahren ist? Und wieso er die ganzen Tiere dabeihatte?«

Finn runzelte die Stirn, und auch Trixie hätte fast laut geseufzt. Sie hatten heute so viel Leid gesehen, und Finn hatte offensichtlich überhaupt keine Lust, die Neugier irgendeines Unbeteiligten zu befriedigen.

»Weiß ich nicht. Kann ich Ihnen nicht sagen.«

Finn schob den Mann zum Ausgang und beachtete ihn nicht weiter. Trixie hatte endlich das Deckblatt zu der Patientenakte gefunden, sortierte es ein und sah sich nach Spatzbach um. Die verstorbenen Tiere im Hof waren verschwunden, also war Spatzbach mit ihnen ins Krematorium gefahren. Trixie war sehr dankbar, dass er das übernommen hatte. Zum Tierkrematorium war es ein weiter Weg mitten durch die Stadt, außerdem konnte sie sich keinen deprimierenderen Ort vorstellen, und sie war nicht sicher, ob sie das jetzt geschafft hätte. Sie dachte in der kalten Winterluft einen Moment daran, wie Spatzbach sie im OP festgehalten hatte. Es war lange her, dass sie einem Mann so nah gewesen war. Sie schämte sich für diesen Gedanken angesichts des Elends um sie herum. Außerdem wollte sie sich nicht damit auseinandersetzen, ob und was diese Nähe in ihr ausgelöst hatte, nicht jetzt. Sie sah nach den schlafenden Patienten und sagte Finn, der völlig erschöpft auf seinem Drehstuhl saß und einen ihrer Joghurts löffelte, dass sie kurz zu Hause duschen und nach den Katern und Herrn Wohlgemut sehen wollte und mit etwas zu essen wiederkommen und über Nacht bleiben würde. Dann stolperte sie mehr als zu gehen aus der Praxis.

»Gute Nacht, Dackel.«

Trixie strich dem leise schnarchenden Welpen über die Ohren und kontrollierte noch einmal seinen Verband.

»Gute Nacht, Hase.«

Der Hase knabberte an seiner Möhre und schien noch gar nicht müde zu sein.

»Du musst dich ausruhen, du hattest einen schweren Tag, also nur noch diese Möhre und dann Licht aus«, kommandierte Trixie und legte ihm den Zeigefinger auf die große runde Fellnase.

»Gute Nacht, ihr Pompom-Katzen.«

Auch die beiden Perserinnen, die zusammengerollt ausgesehen hätten wie große weiße Plüschbälle, wären da nicht die rasierten Flanken mit den frischen, wulstigen Operationsnarben gewesen, bekamen noch einen letzten Streichler. Sie dachte an ihre eigenen drei Kater, die sie zu Hause bestimmt vermissten.

Finn hatte die Couch im Nebenraum ausgezogen und eine Decke darüber gebreitet. Trixie schluckte. Sie war seit zwei Jahren nicht mehr nachts in diesem Raum gewesen, in dem sie und PeFe manchmal geschlafen hatten, wenn sie einen Notfall beobachten mussten. Trotz aller Sorge um die vierbeinigen Patienten waren das immer schöne, besondere Nächte gewesen, fast wie Camping.

Finn sah sich unschlüssig um.

»Nimm die Couch, ich schlaf dann im Sessel.«

Aber Trixie winkte ab.

»Finn, das ist Quatsch. Ich könnte deine Mutter sein, na gut, deine Teenie-Mom wenigstens, und keiner von uns beiden hat lüsterne Gedanken, also teilen wir uns die Couch. Wir müssen eh immer wieder hoch und nach den Käfigen sehen.«

Sie legte sich zurecht und hoffte, dass sie bald das Licht ausschalten würden, damit sie ins Dunkle starren und über den Tag nachdenken konnte. Und über Spatzbachs Umarmung.

Finn nickte und machte es sich umständlich zwischen den dicken Sofakissen bequem.

»Funktioniert der Fernseher?«

Den hatte Trixie fast vergessen. Es war ein uraltes Schwarzweißgerät, so dick wie breit, und stammte von PeFes Vorgänger.

»Bei der Krönung der Queen lief er noch tadellos.«

Sie schaltete ihn an. Es rauschte, flimmerte, und ein

dichtes Schneetreiben mit einem hellen Fleck in der Mitte breitete sich über den Bildschirm aus.

Finn starrte hinein, als hätte er den Weg in eine andere Dimension entdeckt.

»Psychodelisch. Aber irgendwie beruhigend.«

»Gib ihm ein paar Minuten, bis er sich aufgewärmt hat.« Trixie wickelte die Decke um ihre Füße.

»Muss man da hinten irgendwo Kohlen durch eine Klappe schaufeln?«

Trixie schlug im Spaß nach ihm, als sich erste Umrisse in dem Schneetreiben abzeichneten.

Der Ton setzte ein und kurz darauf auch das Bild, flimmerig, unscharf und schwarzweiß.

Finn seufzte.

»Lokalfernsehen … Jetzt können wir gucken, wie irgendwer auf seinem Balkon Schnee schippt, und zehn Leute werden interviewt und jammern, dass es ganz schön kalt ist.«

Trixie wäre *Tentakel 2 – die Rückkehr der Monsterkrake* oder *Lebendig begraben. Stumme Schreie im Moor* auch lieber gewesen. Die Kamera schwenkte über ein elegantes, weites Grundstück, das zu einem Ufer abfiel. Eine Wannseevilla vielleicht. Um es genau zu erkennen, war das Bild zu schlecht. Riesige Scheinwerfer erhellten den Rasen und die alten Bäume und einen riesigen Wintergarten. *LIVE*, blinkte unten am Bildschirmrand. Offenbar ging es zunächst nur um einen luxuriösen Rundumblick am Abend mit Seepanorama, denn schon wurde jetzt durch die Scheiben des Wintergartens hindurchgefilmt, in dem eine Veranstaltung stattfand. Dutzende Leute in guten Anzügen und eleganten Kleidern warteten an Stehtischen darauf, dass ihnen jemand erklärte, was es mit dem großen Bild auf sich hatte, das den halben Wintergarten füllte. Schnitt nach innen. Eine Reporterin stellte sich im Abendkleid vor das Großformat. Es war allerdings kein Gemälde, sondern ein aufgespanntes XXL-Poster, denn niemand würde ein echtes Kunstwerk dem grellen Scheinwerferlicht aussetzen wie einen polierten Rennwagen in einem Autosalon. Trixie verstand nicht viel von Kunst, aber dass man Ölgemälde gut temperiert ohne direkte Einstrahlung aufhing, wusste sie.

Auf dem Bild war eine Giraffe zu sehen, die von Fledermäusen und Schmetterlingen umschwirrt wurde.

Finn schwang sich von der Couch und drehte den Ton an dem vorsintflutlichen Apparat lauter.

»… trifft jetzt gerade der Mann der Stunde ein, dem wir dieses wunderbare Fest zu verdanken haben: Professor Kastner, meine Damen und Herren!«

Die Leute klatschten und rückten näher an das große Bild, um dem weißhaarigen, glatt rasierten Mann und der Reporterin zuzuhören.

»Professor Kastner, Sie besitzen die weltgrößte Sammlung Vladimir Manussens. Hinter uns sehen wir eine Reproduktion seines Werkes ›Schwirr in die Weite, Giraffentraum‹. Es gab in den letzten Jahren ja immer wieder internationale Ausstellungen dieses weltberühmten Künstlers, ich selbst bin ein Fan, aber ich habe dieses Bild noch nie gesehen. Wie kommt das?«

Kastner strich sich durch seine bis auf die Schultern wallende weiße Mähne.

»Das liegt daran, junge Dame, dass niemand dieses Bild je wieder gesehen hat. Es existiert nur noch ein Foto, eben welches wir hier hinter uns betrachten dürfen. Ich habe es nachkolorieren lassen, aber natürlich würden diese künstlichen Farben nicht annähernd den Reichtum des Originals treffen. Es ist verschollen wie so viele von Manussens Werken.«

Die Reporterin riss übertrieben die Augen auf und fragte den Kunstexperten mit atemloser Stimme, als sei sie eine Darstellerin in einem Vorabendkrimi.

»Was heißt genau verschollen? Meinen Sie, auf irgendwelchen Dachböden liegen noch Manussens, von denen die Welt nichts weiß?«

Der Professor lachte.

»Auf Dachböden eher nicht. Sehen Sie hier am Rand, ganz unten, da erkennen Sie die Ecke eines Farbeimers, das zeigt uns, dass die Giraffe ein sehr großformatiges Werk war. Ist. Das wäre sicher aufgefallen. Aber Sie haben recht: Die Fachkollegen und ich vermuten, dass es noch eine ganze Reihe unentdeckter Manussens gibt. Er hat sich ja während des Krieges 1944 in Berlin versteckt gehalten, und auf dem Negativstreifen, auf dem wir auch die Giraffe entdeckt haben, sind noch weitere Werke zu sehen. Prächtige, wundersame Tierwesen, ein ganzes verschollenes Œuvre, vermutlich in einem fieberhaften Schwung gemalt. Wir wissen aber weder, wo Manussen sein geheimes Atelier hatte, noch was mit den Originalen passiert ist.«

Trixie und Finn hatten gebannt zugehört.

»Ich fass es nicht …«, murmelte Finn schließlich.

Trixie nickte und griff in die Chipstüte, die er inzwischen geöffnet hatte.

»Ja, ein echter Kunstkrimi. Jetzt werden Hunderte Leute ihre Keller durchforsten, weil sie glauben, dass hinter Ommas ollem Geraffel irgendwo Millionen lagern. In unserem Keller haben wir beim Schippen und Wischen jedenfalls nichts gefunden.«

Finn schüttelte so energisch den Kopf, dass die Chipstüte auf seiner Brust raschelte.

»Nein, das meinte ich nicht. Guck dir den Professor doch mal an.«

Trixie kniff die Augen zusammen.

»Na ja, das Bild ist so körnig, wie bei Fahndungsfotos, ich erkenne nicht wirklich was.«

Finn richtete sich auf, die Chips verteilten sich auf dem Sofa.

»Schau genau hin. Die Art, wie er die Hände knetet. Und die Schultern, die eine hängt viel tiefer als die andere.«

»Finn, er ist ein älterer Herr, da hängt orthopädisch schon mal einiges.« Trixie begriff einfach nicht, was ihn so aufregte.

»Mensch, bist du begriffsstutzig. Stell ihn dir mit einem angeklebten weißen Weihnachtsmannbart vor. Und die Haare zurückgebunden zu einem Pferdeschwanz. Den hatten wir heute in der Praxis.«

Trixie durchforschte ihr Gedächtnis, obwohl sie diesen Tag lieber vergessen hätte. Der schreckliche

Unfall, die vielen blutenden und verletzten Tiere. Das Gewinsel und Gefiepe, die verängstigten Augen, und die Schätzchen, die es nicht geschafft hatten. Ihr schossen die Tränen in die Augen, sie blinzelte sie schnell weg. An den Besuch des Kunstprofessors konnte sie sich jedenfalls nicht erinnern.

Finn drehte sich zu ihr und redete lauter, um die Reporterin zu übertönen.

»Das war der, der mit dem bewusstlosen Hasen reinkam. Du warst nicht während der ganzen Zeit im Behandlungszimmer, aber du hast doch direkt neben mir gestanden, als der Hase plötzlich wieder wach war und fast vom Tisch gehoppelt wäre.«

Trixie überlegte.

»Da war ich mit einer Akte beschäftigt und hab mir den Mann nicht richtig angeguckt. Finn, warum sollte Professor Kastner uns einen Hasen bringen? Und dazu noch verkleidet?«

Finn zuckte mit den Schultern.

»Keine Ahnung, was dieser merkwürdige Auftritt sollte. Ich fand auch das Tier sehr seltsam. Einen Moment lang lag es da wie tot, und dann war es plötzlich ganz okay. Ich hatte das Gefühl, der Hase war gar nicht verletzt, sondern eher bewusstlos. Durch eine leichte Narkose vielleicht. Außerdem wurde die Unfallstelle doch gründlich abgesucht. Hätte man da wirklich einen Käfig übersehen? Zumindest bin ich ganz sicher, dass es dieser Mann war.«

Er zeigte auf den Bildschirm, auf dem sich jetzt zwei Frauen neben Professor Kastner und die Reporterin gestellt hatten: »Nein, ich fass es nicht …« Auch Trixie stöhnte. Ob es derselbe Mann war wie heute in der Praxis, wusste sie nicht, aber die eine Frau neben ihm, die erkannte sie sofort.

»Mone!«, riefen beide synchron aus.

Sie beugten sich vor, als könnten sie so in dem verwaschenen schwarzweißen Bild mehr erkennen. Es gab ohnehin keinen Zweifel. Den großen, dunkel geschminkten Mund, die Haare, die Figur: Alle nötigen Details übertrug auch ein Methusalem-Fernseher gut genug. Trixie drehte sich zu Finn, ihr Gesicht war halb erstaunt und halb ratlos. Offenbar wusste sie ebenso wenig, was sie davon halten sollte. Und Mone Windhoff blieb nicht nur neben Kastner stehen, sondern hakte sich bei dem Professor ein und strahlte ihn an.

Kapitel 10

Die Rückkehr der Kraniche

Trixie wusste, dass Spatzbach sie gleich küssen würde. Sie fühlte, wie der Boden unter ihr schwankte, und ihr war klar, dass jeden Moment eine große Welle das Schiff treffen musste. Aber sie konnte ihre Augen nicht von ihm wenden. Sie fühlte die Welle heranrollen, dunkel grollend, erste Gischtspritzer platzten auf ihrer Haut. Das Schiff selbst bewegte sich keinen Millimeter. Der Wind zerrte an ihren Haaren, die ihr offen bis über den Hintern fielen. Seine Hände umfassten ihre Hüften, und ihr ging durch den Kopf: »Ich hätte nie gedacht, dass es ein Pirat sein würde.« Sein Mund näherte sich ihrem, sie legte den Kopf zurück. Die drei Kater saßen trotz des Seegangs völlig bewegungslos auf der Reling und miauten gemeinsam: »Sie dürfen die Braut jetzt kippen.« Und während neben ihnen eine Wand aus Wasser hochschoss und auf sie hinabzustürzen drohte, fühlte sie sein Herz durch den Brustkorb schlagen, ihre Knie wurden weich, und Spatzbach sagte: »Der Kahn hier müsste dringend mal renoviert werden.«

Da erwachte sie schweißgebadet.

Nosferatu, Godzilla und Freddy saßen aufgereiht neben ihrem Kopfkissen, die Schwänze ordentlich um die Vorderpfoten geschwungen, und sahen sie vorwurfsvoll an. Noch halb im Traum gefangen, suchte Trixie mit einer Hand nach dem Wecker und öffnete ein Auge gerade weit genug, um die Uhrzeit abzulesen. Schon fast elf. Kein Wunder, dass das Katzvolk gleich den Aufstand proben würde, sie waren auch am Wochenende ihr Frühstück gegen neun gewohnt. Aber nach dem Horrortag gestern hatte sie viel Schlaf gebraucht. Auf der klapprigen, durchgelegenen Couch der Praxis waren sie und Finn kaum zur Ruhe gekommen. Als sie es gegen fünf schließlich aufgaben, hatte Finn sie nach Hause geschickt. Den operierten Tieren ging es gut, und die Praxis war am Wochenende geschlossen. Außerdem wollte er später Mone anrufen und sie bitten, vorbeizukommen und sich zwei Hunde anzusehen, ob sie sie vielleicht aus der Tierklinik kannte. Der eine hatte ein künstliches Hüftgelenk und der andere eine auffällige Narbe unter dem Schlappohr, vielleicht waren sie ihr mal in der Klinik aufgefallen.

»Dabei werde ich sie unauffällig nach Kastner fragen. Ob sie ihn wirklich kennt und ob er außer Kunst vielleicht auch Hasen sammelt. Mone erzählt bestimmt mehr, wenn du nicht da bist.«

Das sah Trixie ein. Sie ließ die Tiere zwar nur ungern allein, aber Finn steckte die schlimme Nacht deutlich besser weg als sie, und sie wusste ja, dass er sich gut um die Fellnasen kümmern würde. Also ging sie durch die dunklen, verschneiten Straßen nach Hause, strich dort kurz den Katern über die Köpfe und fiel ins Bett, wo sie sofort einschlief, bis dieser Piratentraum sie weckte. Spatzbach küssen, das war ja lächerlich. Sie erinnerte sich, wie sich das gestern angefühlt hatte, als er sie an sich gedrückt und gehalten hatte, und wie gut ihr die Wärme seines Körpers getan hatte, aber das war eine kollegiale Unterstützung in einer schwierigen beruflichen Situation gewesen, nichts weiter.

»Gib's zu«, sagte sie und streckte sich, »das findest du genauso lächerlich.« Sie öffnete die Augen, als PeFe, der sonst morgens immer an ihrem Bett saß, ihr nicht antwortete. Der Korbstuhl neben dem Nachttisch war leer.

Trixie verbrachte den freien Mittag mit Herrn Wohlgemut und Klickern. Langsam gewöhnten sich die Kater an das Minischwein, sodass sie es unter Aufsicht aus seinem Verschlag lassen konnte. Nosferatu und Godzilla saßen zwar mit klobürstenbuschigen Schwänzen ganz oben auf dem Kratzbaum und fanden den neuen, grunzenden WG-Mitbewohner offensichtlich inakzeptabel, aber Freddy ließ sich schon nicht mehr aus der Ruhe bringen und fauchte nur einmal kurz und energisch, als sich Herr Wohlgemut seinem Napf näherte. Das Schweinchen kapierte die Rangordnung und zog sich zurück.

Gerade als Trixie überlegte, ob sie sich schon nachmittags einen Horrorfilm ansehen sollte und ob es *Invasion der Gehirnfresser. Sie kommen aus dem All* sein sollte oder lieber *Schleimiges Inferno. Monsterschnecken hält niemand auf*, klingelte es an der Haustür.

Fast hätte Trixie nicht geöffnet, aber das Licht war ja an, also konnte sie schlecht vorgeben, sie sei nicht da. Draußen wartete in sanftem Schneegestöber, als stünde er in einer Schneekugel, Spatzbach. Trixie seufzte innerlich. Sie hatte ihn nach der Begegnung im OP nicht mehr gesehen und überlegte nun, ob sie peinlich berührt oder verärgert sein sollte. Eine leise Stimme in ihrem Kopf flüsterte aber auch, dass sie ihre Haare zu einem unordentlichen Knäuel auf dem Kopf zusammengebunden hatte, nicht geschminkt war und in ihren Schlabberklamotten keine besonders schicke Erscheinung bot. Allerdings schien Spatzbach ihre Aufmachung gar nicht zu bemerken. Er trug diesmal keinen seiner teuren Anzüge, sondern eine Schneejacke, und strahlte.

»Zieh dich an, wir machen einen Ausflug. Nach dem Tag gestern haben wir ein bisschen Spaß verdient.«

Missbilligend bemerkte Trixie, dass er sie plötzlich duzte. Das fing ja gut an. Wenn er dachte, er könnte sich jetzt bei ihr Freiheiten herausnehmen, nur weil sie einen Moment der Schwäche gehabt hatte, dann irrte er sich gewaltig.

»Ich habe eine Überraschung für dich. Los los, rein in die Klamotten, und das Abenteuer beginnt.«

Trixie wusste auch nicht recht, wieso sie nachgab, aber sie drehte sich wortlos um und ging die Treppe hoch zum Schlafzimmer, um sich anzuziehen. Spatzbach war ja wirklich sehr hilfreich bei dem Unfall gewesen, er hatte gut mitgearbeitet und sich nicht blöd angestellt, hatte sogar wissentlich seine schicken Schuhe ruiniert. Und er war freiwillig zum Krematorium gefahren, das rechnete sie ihm besonders hoch an. Außerdem wären Spaß und Abenteuer jetzt tatsächlich genau das Richtige. Sie streifte also nicht nur wetterfeste Kleidung über, sondern flocht sich auch die Haare zu einem dicken Zopf und legte sogar etwas Rouge und einen Eyeliner auf.

Spatzbach wartete geduldig, bis sie wieder unten war. Er hatte Freddy auf dem Arm und zeigte ihm durchs Fenster die Schneeflocken.

Sie waren schon eine Weile im Auto unterwegs und hatten während der Fahrt aus einem Picknickkorb gefrühstückt. Als die Häuser immer spärlicher wurden und sich ein Acker an den nächsten reihte und sie durch Waldstücke und Dörfer fuhren, fragte Trixie endlich, wohin es eigentlich gehen sollte, aber Spatzbach stellte das Radio an, suchte plätschernden Smooth Jazz und sagte, wenn er es verriete, wäre es ja keine Überraschung mehr.

Er hielt schließlich mitten im Nirgendwo vor einer Anhöhe, stieg aus, ging um den Wagen herum und öffnete Trixies Tür. Sie rechnete inzwischen mit einem Schneespaziergang, aber als sie über den kleinen Hügel gegangen waren, sah Trixie die beiden Männer und das Feuer. Und die riesige bunte Hülle, die sich langsam aufplusterte. Ein Heißluftballon. Sie war wie vom Blitz getroffen, starrte Spatzbach mit offenem Mund an und wäre fast gehüpft vor Freude. Schon ewig hatte sie mit einem Ballon fahren wollen, PeFe und sie hatten das immer mal wieder überlegt, aber es war nie etwas daraus geworden. Spatzbach lachte erleichtert.

»Ach, gut, du hast keine Höhenangst! Ich war mir nicht sicher, ob es nicht eine ganz doofe Idee ist, so ohne vorher zu fragen.«

»Das ist eine tolle Idee!« Trixie zog ihn am Ärmel, damit er schneller ging und sie sich das Spektakel, wie sich der Ballon füllte, aus der Nähe ansehen konnte.

Das Feuer zischte und rauschte, die Ballonhülle erhob sich, und der Korb kippte in die Senkrechte. Einer der beiden Männer stellte sich als Kapitän vor, gab ihnen eine Sicherheitseinweisung und ließ sie schließlich einsteigen. Der andere Mann blieb am Boden zurück und würde sie später nach der Landung mit dem Auto abholen.

Trixie klammerte sich an den Korb, als er leicht ruckte und sich in die Luft erhob. Sie lachte und klatschte. Ihre Augen glänzten, und ihre Wangen waren ganz rot, halb vor Kälte und halb, weil sie sich so freute. Spatzbach stand neben ihr und sah ein bisschen blass um die Nase aus.

»Jetzt sag nicht, du selbst bist nicht flugtauglich.«

Sie hatte ihn zum ersten Mal geduzt und biss sich kurz auf die Lippen, aber dann entschied sie, dass das okay war. Er räusperte sich, und seine Stimme klang ein bisschen gepresst, als er sich an die Korbwand lehnte und vorsichtig über den Rand lugte.

»Ich muss mich nur eingewöhnen. Wird schon.«

Trixie fand es rührend, dass er so etwas für sie organisiert hatte, obwohl er selbst offensichtlich kein Fan von großen Höhen war.

Der Ballon glitt sanft und ruhig dahin, sie schwebten, und unter ihnen zogen ein von Schnee eingezuckerter Wald und raureifweiße Felder vorbei. Und dann kamen die Kraniche. Trixie hatte eine Pferdeherde beobachtet , die über einen Acker stürmte, als Spatzbach leicht ihren Arm drückte und in den Himmel über sich wies. Sie blickte seiner Hand nach und erkannte in einiger Entfernung eine pfeilförmige Formation. Die Vögel kamen zurück.

»Sie bringen Glück«, sagte Spatzbach, »also wenigstens, wenn man tausend von ihnen aus Papier faltet.«

Trixie sah dem Schwarm hinterher. Weiß wie der Himmel zogen sie kraftvoll und gleichzeitig schwerelos durch die Wolken, und ihre Zielstrebigkeit berührte Trixie tief. Offenbar wussten diese Kraniche genau, wohin sie wollten und wie sie das schaffen konnten. Sie hinterfragten nichts, schauten nicht zurück, bildeten einen Pfeil, und los ging's. Ihre Lippen bewegten sich leicht, als sie ihnen den Wunsch mitschickte, auch einmal wieder so sicher und in ihrem Element zu sein wie diese Vögel.

»Ganz in Gedanken?«

Spatzbach hatte leise gesprochen, sodass der Ballonführer, der ihnen meist den Rücken zudrehte, sie nicht hörte. Bei jeder Windböe regelte er mit kritischem Blick das Feuer und kontrollierte die Seile. Ansonsten beschäftigte er sich mit seinem Handy und ließ seinen Passagieren ihre Privatsphäre.

»Mein Mann und ich wollten immer mal eine Ballonfahrt machen, aber dann wurde nichts draus.«

Das Gas über ihnen rauschte, und der Ballon stieg etwas höher. Trixie war selbst überrascht, dass sie das gesagt hatte. Wieso erzählte sie Spatzbach von PeFe, und warum ausgerechnet jetzt?

»Du vermisst ihn.«

Sie nickte. Die Gondel schwankte kaum merklich, schaukelte kaum. Wie das starre Schiff aus dem Piratentraum. Wenn sie nicht hinuntersahen auf das Liniennetz aus Straßen, Äckern und Waldstücken, die von oben wie Moos wirkten, merkten sie kaum, dass sich der Ballon bewegte. Es war ein ganz friedliches, fast schwereloses Dahingleiten, als würden sie von einer Wolke gezogen.

»Es ist ja schon zwei Jahre her, aber es ist schwierig, abzuschließen mit der Trauer und …«, sie stockte einen Moment, »… und der Schuld.«

Spatzbach drehte sie zu sich herum.

»Mit der Trauer musst du nicht abschließen. Und mit den Erinnerungen auch nicht, die können dich begleiten. Das ist doch ein Haus mit vielen Zimmern. Eins ist immer für deinen Mann reserviert. Und du besuchst ihn, wann immer du willst.«

Trixie fühlte, wie ihre Augen feucht wurden, sie blinzelte einige Male.

»Ein schöner Gedanke. Aber der Rest ist schwierig.«

Er sah sie aufmerksam an.

»Finn hat mal erwähnt, dass es da einen Unfall gab. Der ist nicht deine Schuld.«

Trixie drehte sich ganz zu ihm und sah fast trotzig aus.

»Doch. Es war glatt auf den Straßen, und ich habe ihn zum Baumarkt geschickt. Wir hatten einen Streit, weil in der Praxis wieder mal irgendwo der Putz von den Wänden kam. Eine Deckenlampe im Wartezimmer hatte sich gelöst, nur durch Zufall wurde niemand getroffen. PeFe meinte, das ginge schon, und wir hätten dringendere Baustellen. Der Leuchtkasten für die Röntgenbilder war nämlich auch kaputt. Aber ich habe darauf bestanden, dass er diese verdammte neue Deckenlampe besorgt.«

Spatzbach nahm ihre Hand. Sie lag eiskalt in seiner. Er steckte seine und Trixies zusammen in die große Tasche seines Mantels. Trixie ließ es zu, umfasste sie aber nicht.

»Warst du dabei?«

Sie schüttelte den Kopf.

»Ich saß gemütlich zu Hause. Und er schlitterte auf einer vereisten Bundesstraße in den Gegenverkehr. Ein Laster. Der andere Fahrer hatte Glück, er stellte sich nur quer, aber PeFes Auto prallte danach zusätzlich auch noch gegen einen Brückenpfeiler. Und natürlich hatten wir ein uraltes Auto ohne Airbag. Er war sofort tot.«

Spatzbach sagte eine Weile nichts.

Dann nahm er Trixies Gesicht zwischen seine Hände und zwang sie, ihn anzusehen.

»Du. Bist. Nicht. Schuld. Nicht an der Deckenlampe. Nicht am Wetter. Nicht am Auto. Nicht am Airbag. Nicht am Glatteis. An rein gar nichts. Du bist nicht schuld.«

Trixie nickte langsam, und eine Weile standen sie da, in dem gemächlich schaukelnden Korb, der leise knirschte, und sahen sich einfach an. Dann runzelte sie die Stirn.

»Du wirst ein bisschen grün um die Nase.«

Spatzbach nickte.

»Diese Wellenbewegungen geben mir den Rest. Tut mir leid, ich wäre gerne der Typ aus ›In achtzig Tagen um die Welt‹, aber ich bin definitiv kein Held, wenn es um Höhen geht.«

Er bat den Kapitän, möglichst bald zu landen, und zeigte auf ein großes Feld unweit einer Schnellstraße: »Da geht's doch, oder?«

Der Korb sank sanft tiefer, schwankte einige Male, wobei Spatzbach jedesmal scharf die Luft einzog. Der Schatten auf dem Feld unter ihnen wurde größer, dann streiften sie ein paar Büsche, die Gondel schaukelte, Spatzbach krallte sich am Rand fest, es ruckte leicht, sie wurden einige Meter über den Boden geschleift, der Korb kam zum Stehen, und der Ballon neigte sich neben ihnen, verlor immer mehr Volumen, und während der Kapitän ihn an den Seilen tiefer zog, um die warme Luft herauszulassen, wurde er immer schlaffer, und schließlich schwebte die Seide mit eleganten Schwüngen und leisem Rascheln neben ihnen herab auf den gefrorenen Boden.

Trixie stützte Spatzbach beim Aussteigen. Und er, der inzwischen so quittegrün war, dass es selbst dem Ballonführer auffiel, atmete ein paarmal tief, lachte zwischendurch und ging einige Schritte vor und zurück, bis er schließlich wieder eine normale Farbe annahm.

Trixie strich ihm über den Rücken.

»Alles okay?«

Als er nickte und kläglich lächelte, hüpfte sie auf und ab und klatschte in die Hände wie ein kleines Mädchen.

»Ich fand es wunderbar. Wun-der-bar. Eine tolle Idee. Das hat so Spaß gemacht. Und das Grün im Gesicht steht dir, das kann nicht jeder tragen.«

Spatzbach lachte und nahm dankbar das Glas Sekt entgegen, das der Ballonführer ihnen zur gelungenen ersten Luftfahrt reichte. Am Rande des Feldes erschien bereits der Wagen, der sie zum Startpunkt zurückbringen würde. Spatzbach stieß mit Trixie an: »Auf die großen und kleinen Abenteuer.«

Was der Spitz nicht wusste: Seine Menschen hatten ihn nicht vergessen. Sie suchten seit Tagen nach ihm, sie hatten Zettel im ganzen Kiez verteilt und gepinnt und geklebt, auf denen sie sogar eine Belohnung zusicherten. Als sich der Unfall mit Fahrerflucht herumsprach und auch eine Notiz auf den Lokalseiten der Zeitung erschien, gingen sie sofort zu Finns Praxis, um nachzufragen, ob der Spitz unter den gefundenen Tieren war. Finn sah in den Listen nach, die Maximilia erstellt hatte, aber ein Spitz war nicht dabei. Weder bei den verstorbenen Tieren, glücklicherweise, aber eben auch nicht bei denen, die im Tierheim warteten oder die sich noch in der Praxis von ihrer OP erholten. Der Spitz kaute auf dem Futter herum, das so gar nicht nach Zuhause schmeckte, und dachte an seine Menschen. Und an die gekochten Möhrchen.

Möhren waren so ziemlich das Einzige, das Spatzbach nicht auftischen ließ. Er hatte die Heizung im Auto hochgedreht, bis Trixie sich in ihrer Schneejacke fühlte wie in einem Umluftherd, aber ihre Füße blieben trotzdem kalt. Spatzbach versprach ihr, der zweite Teil des Ausflugs spiele sich drinnen ab und würde sie garantiert aufwärmen. Trixie fand sich in einem gemütlichen kleinen Restaurant ganz in der Nähe ihres Hauses wieder, wo eine italienische Familie in der Küche und im Gastraum herumschwirrte und rot-weiß karierte Decken auf den Tischen lagen. Statt die Karte zu bringen, fingen die Töchter des Hauses sofort nach dem Aperitif an zu servieren. Sie stellten viele kleine Schälchen auf den Tisch, in denen sich, wie Trixie entzückt bemerkte, lauter Lieblingsgerichte von ihr befanden. Jedesmal, wenn eine der hübschen dunkelhaarigen Mädchen einen der kleinen Tondeckel abnahm und Trixie neugierig durch den aufsteigenden

Dampf spähte, seufzte sie begeistert: Rote-Bete-Carpaccio, Vitello Tonnato mit extra großen Kapern, Tagliata alla siciliana, dessen Rinderfiletscheiben so zart waren, dass sie auf Trixies Zunge schmolzen, Bandnudeln mit Scampi, Gnocchi, die in einer köstlichen Trüffelsauce schwammen, Ochsenbäckchen mit Marsalacreme, als Dessert frische Feigen, die mit grünem Pfeffer bestäubt waren, und Tiramisu mit beschwipsten Kirschen.

Sie und Spatzbach pickten in den Schälchen herum, teilten sich die Köstlichkeiten, und Trixie hatte wieder ganz rote Wangen bekommen, was an der Begeisterung liegen konnte oder am hervorragenden Rotwein, der so schwer war, dass er sich fast ölig im Rachen anfühlte.

»Das ist doch kein Zufall«, jubelte Trixie, als sie die gepfefferten Feigen entdeckte, und Spatzbach lächelte von einem Ohr zum anderen.

Er machte eine seiner Zauberergesten, aber Trixie ließ nicht locker, und schließlich erzählte Spatzbach, wie er das Menu zusammengestellt hatte.

»Ich wollte dich schon länger zum Essen einladen, aber unser Start war ja, hm, ein bisschen holprig. Ich bin nicht so geschickt darin, neue Leute kennenzulernen, schöne Frauen schon gar nicht. Und wenn ich unsicher werde, mache ich Faxen und rede viel Quatsch, und dann passiert genau das, was bei dir auch passiert ist.«

Er lutschte genüsslich eine der Feigen.

»Man hält mich für einen Blödmann und denkt, ich kann nur herumzappeln und komisches Zeug reden.«

Trixie holte Luft, um etwas Beschwichtigendes zu sagen, aber Spatzbach winkte ab.

»Schon in Ordnung. Ich brock mir das ja selbst ein. In dem Moment denke ich wirklich, ich wäre charmant, aber kurz darauf würde ich mich am liebsten treten, weil ich es wieder vermurxt habe.«

Trixie deutete mit dem Zeigefinger auf die einzelnen Schälchen.

»Dieses Menu hast du jedenfalls nicht vermurkst.«

»Ich habe dein Kochbuch gestalked.«

»Was?«

»Als ich bei dir in der Küche das Fenster repariert habe, ist mir das handgeschriebene Kochbuch aufgefallen. Während du mit Maximilia Klickern geübt hast, hab ich es durchgeblättert und mir die Seiten gemerkt, die du offenbar besonders gern hast.«

»Du kannst meine Handschrift lesen?«

Trixie sah ihn ungläubig an.

»Schlecht, aber Fettflecken haben geholfen. Je mehr Flecken eine Rezeptseite hat, umso lieber kocht man das, das ist in meinen eigenen Kochbüchern auch nicht anders. Deine Handschrift ist schlimm, extremst krakelig, ich habe keine Ahnung, wie du damit in der Praxis klarkommst.«

Trixie lachte.

»Finn stellt alles um auf Digitalerfassung.«

»Cleverer Neffe.«

»Das hat er vielleicht von seinem Onkel.«

Die beiden prosteten sich zu, und Trixie wandte den Blick nicht ab, auch als Spatzbach sein Glas schon längst wieder auf dem karierten Tischtuch abgesetzt hatte und sie immer noch unverwandt ansah.

»Du hast da diese kleinen Fältchen um die Augen«, sagte sie später, als sie zusammen vor ihrer Haustür standen. Der Spaziergang durch die Kälte hatte sie kaum nüchterner werden lassen.

»Was erwartest du, ich bin ein alter Sack«, raunte Spatzbach ihr ins Ohr und zog sie an sich.

Trixie überlegte, ob ihr ein Scherz mit Jutesack und dem edlen Zwirn einfiel, den Spatzbach normalerweise trug, aber dann waren ihr Anzugstoffe, Sackstoffe und überhaupt Materialien aller Art völlig egal, und sie fühlte nur noch seinen Körper durch die dicken Jacken hindurch. In der Kehle schmeckte sie den schweren Rotwein. Er beugte sich zu ihr, ihr schoss kurz das Wort »Pirat« durch den Kopf, aber keine Wasserwand türmte sich neben ihnen auf, und dass der Boden schwankte, lag sicher nur am Wein. Als er sie endlich küsste, drehte sich in ihrem Kopf alles. Sie legte ihm die Arme um den Hals, schmiegte sich an ihn und genoss die Berührung seiner leicht geöffneten Lippen, seinen Atem auf ihrer Haut, seinen Duft nach Schnee und einem Parfum, das sie nicht kannte, und wie von selbst tastete sie in der Manteltasche nach ihrem Haustürschlüssel, löste sich kurz kichernd von ihm, schloss die Tür auf, griff seine Hand und zog ihn ins Haus, wo Herr Wohlgemut leise zur

Begrüßung grunzte. Das Schweinchen würde warten müssen.

Trixie wurde wach, weil Godzilla sich neben sie aufs Kopfkissen kuschelte. Sie hörte Spatzbach tief und gleichmäßig neben ihr atmen. Beim Ausatmen pfiff er leise wie ein Wispern. Trixie drehte sich vorsichtig um und versuchte sein Gesicht zu erkennen. Von der Straßenlaterne draußen fiel ein bisschen Licht durchs Fenster aufs Bett, der Rest des Schlafzimmers lag im Dunkeln.

Seine markante Nase sah in dieser Beleuchtung etwas spitz aus, Trixie musste an eine Skisprungschanze denken und wischte den Einfall schnell beiseite, sie war wirklich besessen von Nasen und Vergleichen dazu. Seine hohe Stirn, auf der sich beim Sprechen Querrillen abzeichneten, weil er eine starke Mimik hatte und oft die Augenbrauen hob oder zusammenzog, lag jetzt ganz glatt da. Überhaupt sah er viel jünger aus, und Trixie konnte sich vorstellen, wie er als Jugendlicher gewesen sein musste. Er hatte fast etwas Kindliches, sein schön geschwungener Mund, der, wie sie jetzt wusste, gut küssen konnte, war leicht geöffnet, und manchmal hatte sie den Eindruck, er lächelte im Schlaf leicht.

Trixie rekelte sich vorsichtig und befreite ein Bein unter der Decke. Sie war es nicht mehr gewohnt, zu zweit in diesem Bett zu liegen, und ihr war wärmer als sonst. Während sie Spatzbachs nackte, haarlose Brust betrachtete, musste sie an die vergangene Nacht denken, und diesmal war sie froh, dass PeFe nicht frühmorgens am Fußende saß.

Beim Kuss vor der Haustür war es Trixie vorgekommen, als sei in ihrem Körper eine Kettenreaktion ausgelöst worden. Ein Kribbeln explodierte irgendwie in ihrem Bauch und strömte durch den ganzen Körper. Sie hatte sich schon lange nicht mehr so jung und so lebendig gefühlt, fast schwebend, ihr eigener Ballon. Sie hatten mit dem Küssen gar nicht mehr aufgehört und waren nur langsam auf der Treppe vorangekommen. Unterbrochen von Kichern und »Ach, Trixie«-Seufzern hatten sie schließlich das Schlafzimmer erreicht, und da war Trixie plötzlich schüchtern geworden.

Spatzbach merkte es sofort und fragte, ob es ihr zu schnell gehe, aber das war es nicht. Sie wollte ihm nah sein, sie wollte seine Haut fühlen, sie wollte gestreichelt und berührt werden und seinen Körper anfassen, sie wollte den Duft seiner Haut einatmen und vor allem weiter so zärtlich und leidenschaftlich geküsst werden. Aber sie hatte sich seit zwei Jahren nicht mehr vor einem Mann ausgezogen, und davor war sie Jahrzehnte eigentlich nur mit PeFe nackt gewesen, und in ihrem Kopf meldete sich diese leise Stimme, die ihr sagte, dass sie keine zwanzig mehr war und dass sie gar nicht wusste, ob sich inzwischen etwas geändert hatte beim Sex.

In den Zeitschriften stand lauter kurioses Zeug. Work-outs für den perfekten Body, quietschbuntes Elektrospielzeug, das ganz anders aussah als Trixies altmodischer Vibrator, den sie unten in der Wäscheschublade aufbewahrte. War man heute viel freier und experimentierfreudiger? Würde ihr Körper Spatzbach gefallen? Würde er mögen, was sie tat? Würde sie mögen, was sie tat? Würde er irgendetwas von ihr erwarten, zu dem sie nicht bereit war oder bei dem sie schlicht nicht wusste, wie sie es anstellen sollte? Durch ihren Kopf schossen eine Menge Gedanken, die sie vom Küssen abhielten und sie, die sie bisher weich und anschmiegsam gewesen war, verkrampfen ließen.

»Ich bin ein bisschen aus der Übung.« Sie lächelte verlegen.

Spatzbach nickte.

»Bei mir ist es auch schon eine Weile her. Tinder und Internetdating ist nicht meine Welt, und im realen Leben treffe ich selten Frauen, die ich gleichzeitig schön und interessant finde.«

Er strich ihr eine Haarsträhne hinters Ohr, überlegte es sich dann aber und begann ihren Zopf aufzuflechten.

»Und sexy.«

Trixie sah verlegen an ihm vorbei. Er fasste sie am Kinn und brachte sie dazu, ihm in die Augen zu schauen.

»Lass uns altmodisch beginnen. Ohne Performance und Artistik. Wir fangen einfach mal an und gucken, ob es sich gut anfühlt. Wenn ja, gehen wir weiter. Wenn nicht, erzähle ich dir Storys von sämtlichen Haustieren, die ich als Kind hatte. Eine Schildkröte zum Beispiel. Sie hieß Suse Sonnenschein.«

Trixie lachte »bitte nicht«, und verschloss seinen Mund mit einem Kuss.

Und dann fühlte sich alles ganz einfach und selbstverständlich an. Spatzbach überließ ihr die Führung. Er zog ihr erst den Pullover aus, nachdem sie sein Hemd aufgeknöpft hatte. Dann zog sie ihn Richtung Bett, und er folgte ihr. Die Berührungen seiner Hände weckten nach und nach ihren Körper auf, der anscheinend die letzten beiden Jahre geschlafen hatte, zumindest fühlte es sich für Trixie so an. Ein Prickeln, Kribbeln und eine völlig vergessene Wärme breiteten sich in ihr aus, und als er schließlich in sie eindrang und sie die Lust in sich aufsteigen fühlte wie eine Flamme, die immer größer und verzehrender wurde, verblasste alles um sie herum, sie hörte auf zu denken und gab sich ganz diesem überwältigenden Gefühl von Freude hin.

Schnaufend und ineinander verschlungen lagen sie da, keuchten und lachten sich an.

»Für zwei Untrainierte gar nicht übel«, japste Trixie.

Spatzbach zog ihre Hand an seine Lippen und küsste sie.

»Das war genauso wunderbar, wie ich es mir vorgestellt hatte.«

Trixie schaltete die Nachttischlampe aus und küsste ihn lange.

»Absolut wunderbar.«

Sie legte sich mit dem Rücken zu ihm, kuschelte sich an ihn und träumte schon bald in seinen Armen.

Nachdem Godzilla sie jetzt geweckt hatte, konnte Trixie nicht mehr einschlafen. Das war bei ihr schon immer so gewesen: Unmittelbar nach einem Orgasmus war sie schläfrig, aber bald wachte sie dann auf und war so energiegeladen, dass sie am liebsten aus dem Bett gesprungen wäre. Und getanzt hätte. Sie wollte gerade wirklich absolut tanzen. Sie überlegte, wann sie zuletzt so glücklich gewesen war, konnte sich aber nicht erinnern.

Ausgerechnet Spatzbach! Fast hätte sie aufgelacht. Der Fatzke in seinen Maßanzügen, der Stummfilmpirat mit den Zauberergesten, des Doktors nerviger Onkel. Und jetzt? Sie fühlte in sich hinein. Konnte es wirklich sein, dass sie sich verliebt hatte? Verliebte man sich mit dreiundvierzig noch so schnell? Aber was sollte dieses Brausepulvergefühl, das ihren gesamten Körper und Kopf ausfüllte, sonst sein. Tausend kleine Bläschen prickelten in ihr herum. Spatzbach. Sie sagte seinen Namen und Gedanken ganz langsam. Und dann ihren eigenen, Vogelsang. Trixie Vogelsang und Spatzbach. Wie lautete eigentlich sein Vorname? Herrje, sie hatte tatsächlich mit einem Mann geschlafen, dessen Vornamen sie nicht mal wusste.

Trixie kam sich für einen Moment sehr verwegen vor. Sie war schrecklich neugierig, nicht nur auf seine Personalien, sondern auf alles, sie wollte wissen, was er bisher erlebt hatte, und sie konnte es kaum abwarten, ihm ihr Leben zu erzählen. Sie freute sich so, dass sie ganz vorsichtig mit den Füßen strampelte. Sie würden tage- und nächtelang quatschen, dazwischen gut essen gehen, tanzen auch gern wieder, und sicher hatte er noch mehr Überraschungen und Abenteuer auf Lager, nicht nur diesen tollen Ballonflug. Sie fühlte das leise Schaukeln des Korbs, als wäre sie ein bisschen betrunken. Aber sie müsste ihn ja auch mal überraschen. Während sie überlegte, was sie ihm von Berlin zeigen konnte, das garantiert in keinem Reiseführer stand, blinkte plötzlich etwas auf seinem Nachttisch.

Trixie wollte ihn nicht wecken und langte umständlich über ihn hinweg, um sein Handy auszuschalten. Und vielleicht war es Zufall, vielleicht die neue Intimität oder einfach Neugier, jedenfalls las Trixie die angekommene SMS und war schlagartig nüchtern.

Hast du sie schon rumgekriegt? Haben wir das Haus? Mach hinne!

Die drei Sätze trafen sie, als hätte jemand einen Kübel Eiswasser über ihr ausgekippt.

Sie sprang aus dem Bett, warf sein Handy zu seinen Klamotten und schrie den aufgeschreckten Spatzbach so laut an, dass Godzillas Fell sich sträubte und er den nächsten Kratzbaum hochfegte.

»Mach, dass du rauskommst, du Scheißkerl!«

Sie warf seinen Pullover aufs Bett und stürmte zur Tür.

»Sofort! Du verlässt sofort mein Haus. Keine Sekunde will ich dich hier noch sehen. Zieh dich an und raus. Raus!«

Das letzte »Raus!« kam so schrill, dass sie ihre eigene Stimme nicht erkannte. Sie stürmte aus dem Zimmer und schloss sich im Bad ein. Da rutschte sie nackt an der Tür auf den Boden und schämte sich. Was! Für! Eine! Jämmerliche! Dumme! Pute! Sie schlug die Hände vors

Gesicht und wäre am liebsten unter der Badematte verschwunden. Draußen klopfte Spatzbach gegen die Tür und stammelte irgendetwas von reden wollen und verstehen, aber Trixie schrie immer nur »Raus! Oder ich rufe die Polizei!«, und schließlich gab Spatzbach auf und verließ das Haus.

Trixie presste die Hände gegen ihr Gesicht, das heiß vor Scham und Wut war, und schluchzte so laut, dass es klang, als heule ein verwundeter Wolf in einem Käfig.

Kapitel 11

Jagdsaison

»Es ist ganz furchtbar!«

Finn klang am Telefon aufgeregt, empört, auch ein bisschen traurig, aber vor allem fassungslos. Trixie war ganz seiner Meinung. Es wunderte sie zwar, dass sein Onkel ihm offenbar die Nacht mit ihr gleich in aller Herrgottsfrühe weitergetratscht hatte, und sie fand es auch merkwürdig, dass Finn deswegen morgens um sieben bei ihr anrief und so heftig für sie Partei ergriff, aber gut, dann lagen die Karten eben auf dem Tisch, alle wussten Bescheid, sehr peinlich, aber eigentlich war es ja Spatzbach, der sich schämen sollte.

Finn rang nach Worten.

»Ich weiß gar nicht, was ich sagen soll. Wer macht solche Sachen?«

Trixie schnaubte, als sie an die vergangene Nacht und ihren hässlichen Ausgang dachte.

»Dass dein werter Onkel ein hinterhältiger Fatzke ist, wusste ich von Anfang an, aber ich hätte nie gedacht, dass er so weit gehen würde.«

»Was hat er denn mit der Praxis zu tun?«

Trixie lachte bitter.

»Er war ja wohl dabei, bei der Planung. Ich weiß schon, dass ich eine Mitschuld trage, ich war zu naiv und zu leicht zu beeindrucken, aber er hat die ganze Schweinerei eingefädelt.«

»Spatzbach??«

Finns Stimme rutschte noch etwas höher.

Trixie merkte, dass sie hier völlig aneinander vorbeiredeten.

»Finn? Warum rufst du an?«

Hörbar trommelte der junge Tierarzt vor Ungeduld mit den Fingern auf die Tischplatte. Und so wie sie ihn kannte, würde er gerade seine Unterlippe zerbeißen und mit den Augen rollen.

»Es wurde eingebrochen! In der Praxis! Den Tieren geht's gut, aber die teuren Medikamente sind weg, auch ein paar Instrumente und Spritzen, vor allem ist das alte Ultraschallgerät zerstört, und überall im Behandlungsraum hat jemand deinen Aloe-Vera-Joghurt ausgekippt, und sämtliche Kartons mit Verbandszeug liegen bis ins Wartezimmer verstreut!«

Er war immer lauter geworden, am Ende schrie er fast. Schließlich begriff Trixie, dass er gar keine Ahnung von ihr und Spatzbach hatte. Aber ihr Privatleben war angesichts der neuen Katastrophe auch zweitrangig.

Sie atmete tief durch. Sie wollte die Frage nicht stellen und zögerte einen Moment, aber es ging ja nicht anders.

»Müssen wir dichtmachen?«

Finn schrie immer noch fast.

»Komm her, und sag du's mir!«

Der Anblick des Untersuchungszimmers zerriss sie fast innerlich. Die Praxis war ihr und PeFes Lebensmittelpunkt gewesen und das Einzige, was ihr von ihm geblieben war – seine Besuche im Halbschlaf mal ausgenommen. Wie konnte jemand so brutal und rücksichtslos sein, so voller Hass und Aggression, und eine heruntergekommene Tierpraxis verwüsten, in der offensichtlich fast nichts zu holen war?

Vor der Praxis hatte sie Kaluppke und Trudi bei ihrer Morgenrunde getroffen. Sie bat ihn, das Fenster des Untersuchungszimmers von außen zu überprüfen und einzuschätzen, ob da Profis am Werk gewesen waren.

»Ach, und noch was: Würden Sie mir einen Gefallen tun?«

Der tätowierte kleine Mann lächelte, und sein zerknittertes Gesicht legte sich in noch mehr Runzeln.

»Icke? Für Sie imma, Frau Trixie.«

Sie schrieb ihm Spatzbachs Namen auf einen Zettel und den Slogan seines Architekturbüros, den sie auf dem Umschlag bei den Jansons gesehen hatte, *Architektur gibt dem Leben ein Zuhause.* An die Straße erinnerte sie sich nicht mehr. Nur, dass das Büro in Hamburg war.

»Können Sie außer Schlössern auch Biografien knacken? Oder vielleicht kennen Sie andere Fachleute von

Ihrem Schlag? Schwer tätowierte Nerds? Ich wüsste zu gern mehr über diesen Mann.«

Sie gab Kaluppke den Zettel. Er warf einen Blick darauf.

»Is dit 'n Galan? Mach ick jerne für Sie, Frollein. Dauert aber een paar Tage.«

Trixie nickte ihm dankbar zu und strich Trudi über den Kopf.

Galant war Spatzbach zwar, aber ein Kavalier ganz sicher nicht. Vielleicht sogar ein Krimineller. Sie wollte endlich wissen, was es mit ihm und seinem Interesse an der Praxis und ihr auf sich hatte. Und keinesfalls würde sie ihm die vergangene Nacht durchgehen lassen. Er würde büßen dafür, dass er sie so verletzt, ausgenutzt und gedemütigt hatte.

Noch bevor Trixie sich das Untersuchungszimmer ansah, stürmte sie zu den kleinen Patienten, aber die Käfige waren alle intakt, und die Tiere schliefen schon wieder. Glücklicherweise hatte der Einbrecher es nicht auf sie abgesehen. Finn hatte ja von verschwundenen Spritzen erzählt, also vermutete Trixie, dass ein Junkie nach Wertsachen gesucht hatte. Aber würde sich jemand, der dringend Geld für den nächsten Schuss brauchte, damit aufhalten, Joghurt zu verschmieren und ein Ultraschallgerät zu demolieren? Dieser Einbruch kam ihr sehr merkwürdig vor.

»Dieser Einbruch kommt mir sehr merkwürdig vor«, sagte eine Stimme hinter ihr, und Trixie erschrak und drehte sich so schnell um, dass sie gegen die Wand taumelte.

Ein junger Mann mit langen Haaren stand in der Tür und zeigte auf die Trümmer des Ultraschallgeräts.

»Haben Sie großen Sachschaden?«

»Weiß ich noch nicht. Wer sind Sie?«

Trixie sah ihn misstrauisch an. Für ihren Geschmack liefen neuerdings zu viele fremde Männer in ihrem Leben herum und stellten zu viele Fragen.

Der Langhaarige zeigte ihr seinen Presseausweis.

»Kai Beere. Wie Pflaume. Ich bin das Presse-Obst. Berliner Tageblatt, Lokalteil.«

»Hat der Doktor Sie angerufen?«

Das konnte sich Trixie nun wirklich nicht vorstellen.

Er schüttelte den Kopf.

»Wir hatten einen anonymen Tipp.«

Der Einbruch wurde immer seltsamer. Ein Junkie bricht ein, findet nichts Wertvolles, tobt sich aus und ruft anschließend die Presse?

»Werden Sie schließen müssen?«

Trixie schob ihn ohne eine Antwort zur Seite und ging zu Finn ins Behandlungszimmer. Es sah schlimm aus und roch auch schlimm. Der Boden war mit angetrocknetem Joghurt verschmiert, überall lagen Utensilien verstreut. Es war kalt, denn das Fenster, vor dem Trudi morgens immer auf ihr Horoskop wartete, hatte der Täter eingeschlagen. Trixie bemerkte mit einem Seitenblick, dass das neue Kassensystem noch am Platz stand. Die Einnahmen ließen sie zwar nie über Nacht in der Praxis, aber das Gerät an sich war ja auch einiges wert. Handelte es sich also um einen sehr dummen oder um einen unorganisierten Einbrecher? Nein, das

Motiv musste ein anderes und ein persönliches sein.

Sie drehte sich zu dem Reporter um und stemmte die Hände in die Hüften.

»Ach was, wir machen natürlich weiter«, sagte sie mit lauter Stimme, als gäbe sie gerade eine Pressekonferenz.

»Der Kiez braucht eine Tierarztpraxis. Sobald die Polizei hier war und alle Ermittlungen für die Versicherung gemacht sind, räumen wir schnell auf und wischen durch. Patienten, die dringend ein Ultraschallbild brauchen, schicken wir in die Klinik weiter, den Rest können wir leisten. Vor allem aber werden wir feudeln. Wenn Sie investigativ mitmoppen möchten: Das Putzzeug hat der Einbrecher verschont.«

Der Reporter winkte ab und wollte schon gehen, da hatte Trixie eine Idee.

»Wenn Sie ein bisschen Zeit haben, hätte ich noch eine Story für Sie. Aber ich muss erst mit meinem Chef das Gröbste aufräumen. Warten Sie nebenan? Sie können sich einen Kaffee machen, falls die Kaffeemaschine noch da ist.«

Der Reporter schwankte.

»Zeit? Nicht wirklich. Um elf habe ich ein Interview mit Professor Kastner, wissen Sie, der Kunstmäzen.«

Er machte eine Pause, als erwartete er an der Stelle Applaus oder zumindest beeindruckte Ahs und Ohs. Beides blieb aus, Trixie und Finn wechselten nur schnell einen Blick, und Trixie schüttelte dabei leicht den Kopf. Nicht, dass Finn jetzt mit dem narkotisierten Stallhasen anfing.

»Kastner … Kastner?«, fragte Trixie, um etwas Zeit zu gewinnen.

»Den haben Sie bestimmt schon im Lokalfernsehen gesehen. Der Kunstexperte. Kastner will in Berlin die verschollenen Gemälde von Vladimir Manussen aufspüren. Unsere Zeitung sucht mit. Und der Manussen – wahrscheinlich kennen Sie sein Spätwerk, richtig berühmt wurde der erst in den Siebzigern, mit diesen schreienden bunten Tieren – jedenfalls, Manussen war ja während des Krieges in Berlin und hat sich hier versteckt. Es gibt Fotos von mehreren großen Gemälden, aber die Originale sind nicht wiederaufgetaucht. Einige Experten glauben, dass sein Versteck ausgebombt oder abgebrannt ist, aber Kastner bleibt dran. Er hat Manussens verborgene Bilder mit dem Bernsteinzimmer verglichen.«

Trixie nickte verständnisvoll und sammelte währenddessen das Verbandszeug ein. Finn wischte den Boden und sah immer wieder ungeduldig auf die Uhr, ob sie bis zur Praxisöffnung fertig werden würden.

»Das ist sehr interessant. Aber ich habe etwas für Sie, das Ihre Leserschaft emotional interessieren wird. Hier im Kiez verschwinden seit Wochen Haustiere. Und neulich gab es einen Unfall an der Kreuzung, in dem Wagen befanden sich eine Reihe eben dieser verschwundenen Tiere.«

Der Reporter überlegte.

»War das diese Fahrerfluchtsache? Sorry, das ist abgefrühstückt. Wir haben mit der Polizei gesprochen und ein kleines Mädchen interviewt, die ihren Welpen wiedergefunden hat. Mehr kann man da nicht rauspressen.«

»Aber wir wissen vielleicht, wer der Fahrer war!«

Der Journalist wehrte mit einer energischen Handbewegung Finns Einwand ab.

»Wissen Sie es, oder haben Sie nur eine Vermutung?«

Finn wurde kleinlaut.

»Eine Vermutung. Also, eigentlich nur eine Idee.«

Der Reporter schüttelte den Kopf und verließ das Behandlungszimmer.

Finn winkte ab.

»Wegen Kastner kann ich Mone fragen. Ich treffe sie heute Abend sowieso.«

Trixie sah ihn überrascht an.

»Habt ihr etwa ein Date?«

Er grinste verlegen.

»Nicht wirklich. Ich lade sie und Patti und Maximilia ins Ananas und Schirmchen ein – na ja, um mich für die Hilfe am Unfalltag zu bedanken. Dir wollte ich heute Bescheid sagen. Und dann kam dieser Scheiß hier dazwischen.«

Er sah sich unglücklich um.

Bis auf den immer noch leicht säuerlichen Geruch und die Kälte, die durchs kaputte Fenster eindrang, sah es eigentlich nicht weniger abgerockt aus als sonst.

Trixie ließ die scheppernden Rollläden hinunter. Sie klemmten wie immer in der Mitte.

»Jetzt wird es gleich wärmer.«

Finn nickte dankbar, war mit Kastner aber noch nicht fertig.

»Mone kennt ihn tatsächlich sogar relativ gut. Er ist ein Freund der Familie. Mone kommt ja aus …«, er zögerte, »… aus gehobenen Verhältnissen. Sagt man das so? Schon ihre reichen Eltern haben Kunst gesammelt. Sie hat Kastner auf einer Wohltätigkeitsveranstaltung vor Jahren kennengelernt und trifft ihn hier und da auf Partys. Aber da ist noch was.«

Trixie hob erwartungsvoll die Augenbrauen.

»Als ich gestern hier war, um nach den Tieren zu sehen, kam eine Nachbarin vorbei, die den Unfall miterlebt hat. Und die hat erzählt, der Fahrer des weißen Lieferwagens sei ein älterer Mann mit langem weißem Haar gewesen.«

Trixie seufzte.

»Finn, nicht dass wir uns da in was verrennen. Die Hälfte der Senioren, die Tiere zu uns bringen, sind Freaks. Das ist der Berlin-Style. Ein bisschen wie Catweazle, so sieht man hier aus, wenn man ein paar Jahre in Rente ist.«

Sie wurden unterbrochen, weil die ersten Patienten kamen, und arbeiteten konzentriert und ohne viele Pausen bis zum Nachmittag. Zwischendurch sah Trixie immer wieder nach den Tieren, die ihre Operationen gut verkraftet hatten und nach und nach von Pattis Notfallkontakten abgeholt wurden.

Als das Telefon klingelte und Finn ihr den Hörer reichte, war sie so in Gedanken, dass sie erst gar nicht begriff, wer am Apparat war. Fast hätte sie die knorrige, von Hustern unterbrochene Stimme nicht erkannt. Es war Kaluppke.

»Frau Trixie, et jing nun doch janz fix mit der Recherche. Ick hab nen Kollejen in Hamburg zu dem Büro jeschickt. Keene Sorge, der sieht schnieke aus, der is da jar nich uffjefallen. Allerdings jeht ihr Verehrer dort schon länger nicht mehr uff Arbeit. Von wejen Urlaub.«

Trixie wusste nicht, was sie sagen sollte. Der Fatzke.

»Sind Sie sicher?«

»Kolleje sacht, er hat mit'm Scheffe jesprochen. Dieser Spatzbach is vor drei Monaten ausjeschieden. Pasönliche Diffarenzen, sachte der Scheffe. Er wusste ooch nich, wat der Mann jetze treibt. Aber et jibt ne andre Spur.«

Trixie drückte den Hörer fest an ihr Ohr und fixierte eine der herabrollenden Tapeten in einer Zimmerecke.

»Jede Post, die in dit Architekturbüro für Spatzbach rintrudelt, wird weiterjeschickt anne Anwaltskanzlei. ›Trautmann und Töchter‹ – sacht Ihnen dit wat?«

Und ob Trixie das was sagte. Trautmann und Töchter waren die, die ihr vor wenigen Tagen das unsittlich hohe Angebot für das Praxishaus gemacht hatten. Und bei denen ein Partner namens Windhoff arbeitete. Spatzbach wollte also keinen Architekturauftrag, er wollte nur das Haus kaufen, in dem ihre Praxis lag.

»Kommst du?«

Finn zog sich die Jacke über, im Wartezimmer hörte Trixie Mone, Maximilia und Patti reden und lachen. Sie freuten sich auf einen schönen Abend, aber Trixie war so gar nicht zum Feiern zumute.

»Geht ihr jungen Leute mal ohne mich. Ich hab nachzudenken«, winkte sie ab. »Danke, Herr Kaluppke, Trudi kriegt einen Extrasack Futter.« Er kicherte hustend. Sie legte auf. Finn verließ mit den drei Grazien die Praxis, und Trixie stellte sich kurz vor, wie er mit allen dreien im »Ananas und Schirmchen« tanzte. Mal sehen, welche am Ende des Tanzes in seinen Armen lag. Tanzen. Sie musste wieder an den schönen Leierkasten-Abend mit Spatzbach denken. Inzwischen war sie absolut sicher, dass er den Vorfall mit dem Affen inszeniert hatte, um sie zu beeindrucken. Und das hatte ja auch sehr gut geklappt. Der große Retter und die dumme, liebeshungrige Dusselkuh. Sie schüttelte den Kopf und schämte sich.

Dann riss sie sich zusammen und beschloss, sich mit ihrem Katzvolk und dem Minischwein abzulenken und zwar unterstützt von einer großen Packung Cheesecake-Eis und einem extra grausigen Horrorfilm. *Gehäutet heißt nicht tot. Verschleppt zum Kannibalenstamm* – diesen Film würde sie Spatzbach widmen.

Kapitel 12

Zwei sind einer zu wenig

Herr Wohlgemut fühlte, dass etwas nicht stimmte. Sein rosa Rüssel roch so was. Bis zum Frühstück war alles wie immer gewesen. Trixie hatte ihm gekochte Kartoffeln serviert, der Duft nach Kaffee und Brötchen zog durch die Wohnung, das Radio lief leise, und die Kater tigerten auf den Catwalks entlang oder jagten Stoffmäuse über den Boden. Aber jetzt schritt der Vormittag voran, und Trixie war immer noch zu Hause, und sie verhielt sich ganz anders als an ihren freien Tagen, an denen sie im Schlafanzug im Wohnzimmer saß und sich die Fußnägel lackierte oder singend über die Böden moppte. Sie telefonierte die ganze Zeit. Sie ging alle Viertelstunde vor die Haustür oder öffnete die Glastür im Wohnzimmer und rief nach Godzilla. Ihr »Godzi, Godzi, Godzi!« schallte durch die Wohnung und die kalte Märzluft. Freddy und Nosferatu saßen zusammengekauert in der geöffneten großen Sockenschublade, in der sie sich sonst nur verkrochen, wenn zu Silvester das Feuerwerk draußen tobte. Und

Trixie weinte. Ihre Kaffeetasse fiel ihr aus der Hand und zerbrach in der Spüle, und sie weinte. Sie stieß sich den Zeh an Herrn Wohlgemuts Gatter und weinte. Das Telefon klingelte, sie weinte. Eigentlich waren ihre Kater Knastkatzen, Stubentiger, Salonlöwen. Sie schätzten die freie Natur nicht, Wind und Regen schon gar nicht, und außerdem hatten sie Trixie gern im Blick und verfolgten mit ihren großen grüngelben Augen jeden ihrer Schritte. Aber heute Morgen hatte Godzilla nach dem Frühstück an der Verandatür gekratzt. Trixie ermahnte ihn, nur kurz durch den frisch gefallenen Schnee zu laufen und bald wieder drinnen zu sein, weil sie losmusste, in die Praxis.

»Ich will früh da sein, Monsterbär. Vielleicht bringt Trudi Kaluppke mit, und vielleicht hat der Neuigkeiten für mich, also mach hinne, kleiner Spaziergang, keine große Jagdrunde!«

Godzilla kratzte weiter an der Glasscheibe, bis Trixie die Tür öffnete. Sie sah ihm einen Moment hinterher, aber dann ging sie doch nach oben, um zu duschen und sich anzuziehen. Summend kam sie kurz darauf die Treppe wieder hinunter, begutachtete die Sauerei, die Herr Wohlgemut mit den gekochten Kartoffeln veranstaltet hatte, strich ihm über die Schlappohren und murmelte: »Auf die Dauer ist das Gästebad keine Lösung. Wir müssen ein richtiges Zuhause für dich finden, du kleines dickes Glücksschwein.«

Kurz darauf war von Glück keine Rede mehr. Denn Godzilla stand nicht wie sonst vor der Glastür und guckte beleidigt, weil ihm noch niemand geöffnet hatte. Auch draußen war er nicht zu entdecken. Trixie rief, erst lockend, dann ärgerlich, dann ängstlich. Godzilla ging auf seinen seltenen Spaziergängen nie weit weg, und die Aussicht, zu Hause einen vollen Napf vorzufinden, war immer verlockender, als draußen einer Maus nachzujagen. Trixie rappelte mit der Trockenfutterpackung. Sie ließ die Öse einer Konservendose mehrfach schnalzen. Sie rief vom Wohnzimmer aus nach ihm. Und in der Haustür stehend. Schließlich wählte sie die Nummer der Praxis und sagte Finn, dass sie sich verspäten würde.

»Ich mach mir solche Sorgen, Finn. Was ist, wenn der Irre ihn geschnappt hat?«

»Der Kater ist bestimmt noch unterwegs. Warte auf ihn, und komm dann in die Praxis. Übrigens hat mein Onkel schon zweimal nachgefragt, ob er vorbeischauen kann. Und er hat mich gebeten, dir zu sagen, dass alles ganz anders ist und dass er dir dringend was erklären will.«

Trixie schnaubte.

»Dringend ist jetzt überhaupt nur Godzilla. Ich werd wahnsinnig bei dem Gedanken, was der Typ mit ihm macht.«

Sie fing wieder an zu weinen.

»Ich muss ihn unbedingt finden. Ich hab ihn, seit er ein Baby ist, er ist jetzt schon ein alter Herr, und er kommt doch draußen überhaupt nicht klar. Und in der Kälte!«

»Den siehst du bald wieder, der weiß, wo sein Napf steht. Und der Tierfänger wird nach dem Unfall sehr vorsichtig sein, der ist bestimmt nicht aktiv. Was soll ich Sander sagen?«

»Wem?«

»Onkel Spatzbach.«

»Der heißt Sander? Welche Eltern nennen ihren Sohn denn bitte Sander?«

»Ihr habt euch so gestritten, dass er sich nicht in die Praxis traut, und du kennst nicht mal seinen Vornamen?«

»Sag ihm, er ist ein Riesenarsch und kann mich kreuzweise.«

»Darf ich das umformulieren?«

»Ist mir völlig wurscht. Ich ruf jetzt noch mal Godzilla.«

Aber obwohl Trixie wieder ihr »Godzi, komm, mein Süßer, hier gibt's Futter, komm, Plüschbärmonster« in den Schnee rief, tauchte Godzilla nicht auf, und Trixie wurde immer verzweifelter. Es schnürte ihr die Brust zu. Sie hatte Godzilla zusammen mit PeFe ausgesucht, aber eigentlich hatte Godzilla sie ausgesucht. Sie waren zusammen ins Tierheim gegangen und hatten sich in einem großen Katzenzimmer, in dem ein Dutzend dicht bevölkerter Kratzbäume standen, auf den Boden gesetzt. PeFe sah sich um und zeigte auf die, die er besonders niedlich fand, aber Trixie winkte ab. »Die suchen uns aus«, erklärte sie ihm, »das müsstest du als Tierarzt eigentlich wissen«, und PeFe hatte genickt und sie machen lassen. Irgendwann war von ganz hinten schüchtern und tief über den Boden geduckt ein dreifarbiger, scheckiger Kater mit Piratenzeichnung über einem Auge auf sie zugeschlichen. Er setzte sich vor Trixie und PeFe hin, rollte den Schwanz ordentlich um die Vorderpfoten und starrte sie an. Trixie und PeFe starrten zurück. Manchmal zwinkerten sie langsam: das Katzenlächeln. Irgendwann streckte sich der Dreifarbige, machte einen hohen Buckel, gähnte herzhaft, sodass seine kleinen Vampirzähne sichtbar wurden. Trixie hatte längst ihr Herz an ihn verloren und bemühte sich, nicht zu lachen oder die Hand nach ihm auszustrecken, um ihn nicht zu verschrecken. Sie warteten weiter ab. Und schließlich kam der Kater näher, stiefelte über ihre Beine und rollte sich in ihrem Schoß zusammen.

Trixie ließ ihn an ihrer Hand schnuppern.

»Ich werd dich jetzt kuscheln, mein kleines Fellmonster«, gurrte sie und berührte ihn vorsichtig mit den Fingerspitzen. Als er sich das gefallen ließ, streichelte sie ihn beherzter, und der Kater drehte sich schließlich auf den Rücken, hielt ihr seinen gepunkteten Bauch entgegen und schnurrte so durchdringend, dass Trixie doch ein bisschen lachen musste.

»Du bist mein Mieztier«, schmeichelte sie mit ihrer leisen, singenden Katzenstimme, »der Typ neben mir ist auch nett, der lässt dich ins Bett. Und ich werde dafür sorgen, dass es dir immer gut geht.«

Trixie schluchzte wieder, als sie an diesen Tag im Tierheim dachte. Sie hatte eben nicht dafür gesorgt, dass es ihm immer gut ging. Sie hatte ihn draußen alleine gelassen, und entweder hatte er sich verlaufen, oder er lag irgendwo verletzt und würde erfrieren, oder dieser entsetzliche Perverse hatte ihn gefangen und würde ihm Angst machen und wehtun.

Einen Moment lang wünschte Trixie sich den gestrigen Tag zurück, wo ihre Wut auf Spatzbach ihr größtes Problem gewesen war.

Wie aufs Stichwort klingelte ihr Handy, aber Trixie kannte die Nummer nicht und nahm nicht ab. Und als sie die Sprachnachricht dann abhörte und feststellte, dass es Spatzbach war, der gehetzt und mit viel Nachdruck verlangte, das blöde Missverständnis aufzuklären, löschte sie die Ansage, ohne sie zu Ende zu hören.

Herr Wohlgemut hatte ein feines Gespür dafür, was vorging, und war unruhiger als sonst in seinem Verschlag. Irgendwann schaffte er es, den großen Holzriegel mit seiner Steckdosennase zu öffnen, und lief grunzend durch die Wohnung. Trixie ließ ihn, bis sie bemerkte, dass er nicht nur die Reste seines Futters auf den Fliesen verschmierte, sondern auch hier und da gelbe Pfützen hinterließ. Seufzend wischte sie alles auf und war fast froh, dass sie etwas zu tun hatte, während sie auf Godzillas Klopfen an der Wohnzimmerscheibe wartete. Aber der Kater blieb verschwunden.

Gegen Mittag kam Maximilia vorbei. Ohne ein Wort drückte sie Trixie so lange, bis die sich etwas beruhigte.

»Was meinst du: Ich bleibe hier und rufe Godzilla alle Viertelstunde. Und ich gehe auch regelmäßig ums Haus. Ich verspreche es. Sobald er sich blicken lässt, rufe ich dich direkt an. Und du gehst jetzt zu Finn in die Praxis. Er braucht dich da.«

Trixie sah sie ratlos an, und Maximilia erzählte ihr, dass Finn sie gebeten hatte, Trixie abzulösen.

»Einer von Jansons Katern hat sich schwer verletzt. Er ist an irgendwas Spitzem hängen geblieben. Erst dachte Finn, er könnte die Wunde nähen, aber wenn ich das richtig verstanden habe, ist die Milz gerissen und muss entfernt werden. Das schafft er nicht ohne Assistenz. Frau Janson ist bei ihm, aber sie kann nicht mal Haken halten, weil sie die ganze Zeit schluchzt.«

»Du rufst sofort an, wenn du Godzilla siehst? Selbe Minute?«

Maximilia nickte, gab Trixie die Winterjacke und schob sie aus der Tür.

Vor der Praxis wartete Spatzbach in seinem Auto wie ein Detektiv auf Lauer und sprang heraus, als Trixie eintraf.

Sie wehrte ihn ab und ließ ihn erst gar nicht zu Wort kommen.

»Verschwinde! Du bist heute der Letzte, den ich brauche, ich mein's ernst, mach dich weg, und lass mich in Ruhe. Wir operieren, ich hab keine Zeit, mir deine Lügen anzuhören.«

Sie schob ihn beiseite, ließ ihn einfach im Schneegestöber stehen und verschloss die Tür zum Wartezimmer hinter sich.

Finn hatte Jansons Kater schon narkotisiert und alles für den Eingriff vorbereitet. Die Lampe war ausgerichtet, und das Tablett mit Operationsbesteck stand bereit. Trixie reichte der verheulten Frau Janson eine Küchenrolle, schlüpfte in ihren Kittel und wusch sich die Hände.

»Glücklicherweise waren heute früh kaum Patienten da«, murmelte Finn hinter seinem Mundschutz.

»Der Artikel über den Einbruch kam bei der Kundschaft gar nicht gut an. Zwei Impftermine und eine Sterilisation wurden abgesagt, sogar eine Frau, die zum Krallenschneiden kommen wollte, hat mich versetzt. Also, ich meine, Krallenschneiden – dafür braucht man weder ein Ultraschallgerät noch überhaupt eine Praxis.«

Finn klang verärgert, aber Trixie wusste, dass er sich Sorgen um seine Zukunft machte.

Sie legte ihr Handy auf die Fensterbank neben dem OP-Tisch.

»Gibt's was Neues zu Hause?«

Trixie schüttelte den Kopf.

»Ich habe Zettel ausgedruckt. Godzilla hat ja diese deutliche Piratenzeichnung, wie eine Augenklappe. Sollte ihn jemand sehen, erkennt man ihn sofort.«

Sie knotete ihren Kittel zu und konzentrierte sich auf den Eingriff.

»Was haben wir?«

»Jansons haben den Kater im Freigehege gefunden, er hat sich den Bauch am Zaun aufgerissen. Sie glauben, dass er entweder vor etwas weggelaufen ist oder dass jemand versucht hat, ihn drüberzuheben. Freiwillig, sagen sie, bewegt er sich nicht mehr als nötig, schon gar keinen Zaun hoch.«

Trixie nickte und runzelte die Stirn so stark, dass zwischen ihren Augen eine tiefe senkrechte Falte erschien.

»So viel zu deiner Meinung, der Perverse ist vorsichtig nach dem Unfall.«

»Die gute Nachricht: Wenn er heute Morgen versucht hat, Jansons Kater zu stehlen, kann er nicht gleichzeitig bei Godzilla gewesen sein.«

Trixie fühlte, wie ihre Augen wieder schwammen.

»Willst du anfangen?«

Finn seufzte.

»Skalpell bitte.«

Umsichtig erweiterte er die Wunde, bis er sehen konnte, welche Stelle genau verletzt war. Trixie hatte mit PeFe noch nie eine Milzextraktion durchgeführt.

»Kann man das so einfach? Brauchen Katzen etwa keine Milz?«

Finn arbeitete tief über den Kater gebeugt, der mit sterilen blauen Tüchern abgedeckt war. Er konzentrierte sich so, dass seine Stirn glänzte.

»Das geht schon. An sich ist die Milz heutzutage nicht mehr lebensnotwendig. Bei einigen Bluterkrankungen oder Tumoren würden wir das auch machen, und die Heilungschancen sind gut. Allerdings …«

Er legte das entfernte Organ in eine stählerne Schale, die Trixie ihm hinhielt. Sorgfältig suchte er das Operationsfeld nach weiteren Blutungen ab.

»Faden bitte.«

»Allerdings …?«

Er begann die Wunde zu verschließen, zuletzt mit sehr sorgfältigen, kleinstmöglichen Stichen für die Hautnaht. Trixie wusste, dass der Kater ein mehrfach ausgezeichneter Champion war und dass die Jansons ihn mit dieser Narbe, die bleiben würde, auf Katzenschauen wahrscheinlich nicht mehr zeigen konnten. Außerdem hatte Finn den Bauch für die OP rasieren müssen, und manchmal wuchsen die Haare in einem etwas anderen Farbton nach. Auch das würden die Richter im Wettbewerb nicht durchgehen lassen. Es gab andere Züchter, die schminkten oder färbten ihre Lieblinge stellenweise.

»Allerdings was, Finn?«

Hauptsache, der Kater würde überleben. Jansons konnten nervig sein, und ihre Welt, die aus Pokalen, Wimpeln und Punkten bestand, war Trixie eher fremd, aber eigentlich, so gut kannte Trixie das Züchterpaar, liebten sie ihre Katzen einfach und taten alles für sie. Selbst wenn der Kater keine Punkte mehr holen würde, selbst wenn er für die künftige Zucht ungeeignet wäre, er hätte bei Jansons immer ein liebevolles Zuhause und würde es sich als Kastrat vor dem Kamin gemütlich machen dürfen.

»Wir müssen aufpassen, dass sich die Blutwerte in den nächsten Wochen nicht verändern, das kann Komplikationen geben. Der Kater darf keine Sepsis kriegen. Er bekommt natürlich ein Antibiotikum, aber sie müssen alle Infektionsherde von ihm fernhalten – auch seine alten Kumpels. Jeder Umgang ist hier schlechter Umgang. Er muss separiert werden.«

»Du kriegst ein Einzelzimmer mit Roomservice, mein Schatz«, erklärte Trixie dem schlafenden Kater und kontrollierte nebenbei seine Atmung, während sie ihm über den Kopf strich.

»Wär schon toll, wenn wir für die OP ein Ultraschall gehabt hätten«, sagte Finn, trat vom Tisch zurück und nahm die Maske ab.

Trixie knüllte die sterilen Tücher zusammen und warf alles zusammmen mit den blutigen Tupfern in den Mülleimer.

»Wobei man ja fairerweise sagen muss, dass unser Uralt-Schall bei drei von vier Malen eher nicht optimal funktioniert hat. Also, der Einbrecher hat sich schon gezielt das Gerät ausgesucht, das wir am wenigsten vermissen würden.«

Finn, der gerade seinen Kittel ausziehen und in den Müll werfen wollte, stockte in der Bewegung und sah Trixie streng an.

»Was meinst du damit?«

Sie trat auf das Fußpedal des Mülleimerdeckels, der wie ein großes Froschmaul hochschwang.

»Dass sich der Einbrecher vielleicht ganz gut auskannte, in der Praxis und bei uns.«

Finn machte eine Geste, damit sie weiterredete. Trixie vermied es, ihn anzusehen.

»Es würde mich nicht wundern, wenn es jemand war, den wir kennen und der die Schweinerei mit dem Joghurt nur zur Ablenkung inszeniert hat. Jemand, der ein großes Interesse an dieser Praxis hat. Jemand, der uns beiden auf die Nerven geht mit seiner Fragerei, wem das Haus gehört und wann hier zuletzt renoviert wurde.«

Finn starrte sie mit offenem Mund an.

»Du denkst im Ernst, dass Onkel Spatzbach hier eingestiegen ist, um meine berufliche Zukunft zu versauen?«

»Dein Onkel«, Trixies Stimme war schneidend wie ein Skalpell, »geht viel weiter, als du ahnst, um seine Ziele zu erreichen.«

Finn bettete den Kater vorsichtig in eine Aufwachbox und schrieb die Instruktionen für die Nachsorge auf das kleine Schild an der Käfigtür.

»Trixie, ich weiß nicht, was zwischen dir und ihm vorgefallen ist, und ich glaube sofort, dass du im Recht bist, Spatzbach kann eine Nervensäge sein – wobei ich ihn als Kind immer lustig fand –, keine Frage, er hat dich schwer verärgert, und du darfst ihn hassen. Aber ich glaube nicht, dass er hier eingebrochen ist.«

Trixie zuckte mit den Schultern und zog ein Gesicht. Für sie passte das alles sehr gut zusammen.

Frau Janson war so erleichtert, dass ihr Kater es geschafft hatte, sie fiel Finn um den Hals und wollte ihn gar nicht mehr loslassen. Finn hing wie eine viel zu große Schlenkerpuppe in ihren Armen, wehrte sich aber nicht.

»Zwei oder drei Tage sollten wir ihn hier beobachten, dann können Sie ihn mit nach Hause nehmen und ihn da in Quarantäne halten, bis er sich ganz erholt hat. Wenn irgendetwas ist, erhöhte Temperatur, heißer Bauch, wenn sich die Narbe verfärbt oder er nicht frisst, wenn die Augen trüb sind oder er lethargisch wird, rufen Sie mich sofort an, und ich entscheide dann, ob Sie mit ihm herkommen oder ob Sie direkt in die Klinik fahren.«

Frau Janson nickte und kündigte an, heute Abend mit Strickzeug wiederzukommen und die Nachtwache zu übernehmen, damit Finn in den Feierabend gehen konnte. Und dann hatte sie noch eine Überraschung.

»In der Zeitung stand, dass bei dem Einbruch Ihr Ultraschallgerät zerstört wurde. So eins brauchen Sie doch. Also, mein Mann und ich würden das gern finanzieren, wir haben das besprochen. Wir kümmern uns drum und lassen es Ihnen schnellstmöglich liefern.«

Finns Mund stand offen, so sehr verblüffte ihn das großzügige Angebot. Dann strahlte er dankbar, und jetzt war er es, der Frau Janson drückte, freiwillig.

Trixie lehnte am Türrahmen und freute sich, dass die Stimmung zwischen Finn und der Züchterin zusehends besser wurde.

»Übrigens, Frau Janson, ich hätte da eine Frage.«

Trixie sah Finn scharf an, damit er zuhörte und nicht wegging.

»Sie haben doch neulich, als wir zum Impfen da waren, einen Brief bekommen von Herrn Spatzbach. Worum ging es darin?«

Frau Jansons wischte mit der Hand durch die Luft.

»Den haben wir weggeworfen. Er hat uns eine Provision angeboten, wenn wir Sie dazu überreden, das Haus mit der Praxis zu verkaufen. Er fragte für einen Kunden, mehr wissen wir nicht. Wir haben ihm aber gesagt, dass wir hier im Kiez einen Tierarzt brauchen und dass das nicht in Frage kommt. Er war ziemlich verärgert.«

Trixie drehte sich zu Finn und sah ihn mit hochgezogener Augenbraue durchdringend an. Finn zog ratlos die Schultern hoch.

Bei Trixie zu Hause hatte Maximilia ein einfaches Abendessen vorbereitet. Trixie setzte sich dankbar an den gedeckten Tisch. Sie hatte zuvor noch bei den Nachbarn geklingelt und sie gefragt, ob möglicherweise Keller- oder Schuppentüren offen standen. Dann war Trixie zum hundertsten Mal ums Haus herumgelaufen und hatte Godzilla mit ihrer freundlichsten Stimme gerufen, aber der Kater ließ sich nicht blicken.

Trixie fror schon in ihrer dicken Jacke, wie kalt musste es Godzilla erst sein, der ein warmes Bett und zwei andere Kater zum Kuscheln gewohnt war.

»Finn hat die OP routiniert hingekriegt«, sagte sie zwischen zwei Bissen, um über irgendetwas anderes nachzudenken, »auch die Naht war, wie PeFe gesagt hätte, manierlichster Kreuzstich.«

»Er ist ein guter Arzt«, bestätigte Maximilia.

»Aber du magst ihn nicht?«

Maximilia zuckte mit den Schultern.

»Ich bin nachtragend. Sagen wir mal, er ist mir anfangs nicht so positiv aufgefallen.«

Trixie goss ihr Wein nach.

»Gib ihm eine Chance. Er hat direkt bemerkt, dass du eine sehr schöne Frau bist.«

Maximilia wurde zwar etwas rot um die Nase, aber das konnte auch am Wein liegen, den sie mit hastigen Schlucken trank, denn ihre Miene blieb verschlossen.

Trixie wollte gerade ansetzen, um Finns gute Eigenschaften aufzuzählen, als das Telefon klingelte. Es war Kaluppke.

»Frollein, ick dachte mir, Sie wollen's direktemang hör'n, wenn et wat Neuet jibt. Also, da ham wer doch diese Anwälte.«

»An die Spatzbachs Post geht?«

»Jenau. Ick hab da nen Kumpel, der kennt sich aus mit Internet, ick meine, die dunkle Seite. Und der hat sich ma die Kunden anjekiekt. Er sacht, da sind Prominente bei, allet zwischen Rotlicht und etepetete, eena vonner Reeperbahn, der viele Klubs hat, und 'n Prinz aus Bayern.«

»Kaluppke, mit Prinzen hab ich es nicht so.«

»Warten Se mal, Frollein. Da is ne Dame auffer Liste, die Sie kennen, und icke und Trudi kennen die ooch.«

»Mone Windhoff.«

Trixie hatte geraten, aber Kaluppke bestätigte es ihr. Mones Onkel war der Partner Windhoff in der Kanzlei. Trixie hatte eine weitere Idee.

»Könnten Sie mal gucken, ob auch ein Professor auf der Klientenliste steht?«

Kaluppke suchte eine Weile und rief dann »Hah!« in den Hörer.

»Also Kastner.«

Trudi bellte im Hintergrund.

»Jenau, Frollein, der Perfesser. Hammse mit dem wat zu tun?«

Trixie dachte an die Nachbarin, die erzählt hatte, ein weißhaariger Mann habe den Unfallwagen gefahren, sie dachte an Finn, zu dem ein ähnlicher Mann mit einem vielleicht bewusstlosen, vielleicht narkotisierten Stallhasen in die Sprechstunde gekommen war, und vor allem dachte sie an Godzilla und ob er jetzt in irgendeinem Kastenwagen verängstigt vor sich hinmaunzte, und das Herz zerriss ihr fast bei diesem Gedanken.

»Vielleicht ja, Kaluppke. Wenn wir großes Pech haben, haben wir mit Kastner was zu tun.«

Kapitel 13

Gefangen

Diese neue dreifarbige Katze mit der schwarzen Zeichnung über einem Auge war dem Spitz unheimlich. Der Mann hatte sie in ihrem Käfig auf das Regal schräg über dem Spitz geschoben. Zumindest war er jetzt nicht mehr allein. Einige Käfige in der großen Halle waren seit ein paar Tagen weg. Auch die beiden Katzen, die nebenan gesessen hatten, waren fort. Der Mann hatte sie in den Wagen geladen, der Spitz wusste nicht, wohin er sie gebracht hatte. Vielleicht in ihr Zuhause, wo es Kuscheldecken mit dem richtigen Geruch und gekochte Möhrchen zum Futter gab. Der Spitz kaute lustlos auf einem quietschenden Ball herum, etwas anderes gab es hier nicht, aber als er merkte, dass sich bei der neuen Katze das Fell sträubte, wann immer der Ball quietschte, ließ er es. Er robbte näher an die Käfigwand und schnupperte. Eigentlich roch sie ganz freundlich. Und wie er hatte sie Angst. Die Tür stand immer noch offen, der Mann kam wieder. Diesmal brachte er keine neuen Tiere, sondern schob einen großen Kasten hinein. In der Mitte des Raumes schaltete er eine grelle Lampe ein. Der Spitz verkroch sich in die hinterste Ecke seines Käfigs und versteckte das Gesicht unter den Pfoten, bis das Licht ihn nicht mehr blendete. Der Mann klappte den Kasten auf. Silbern glänzende Instrumente erschienen. Scharfe Dinge, die aussahen wie Sägen und Messer, auch große Spritzen, wie die kleinen, die der Spitz vom Tierarzt kannte. Er winselte, und die dreifarbige Katze fauchte, als sie sah, wie unruhig er wurde. Unter dem Spitz breitete sich eine Pfütze aus, aber er hatte solche Angst, dass es ihm nicht einmal peinlich war. Er wusste nicht, was genau das war, das der Mann da auspackte, aber eines war es ganz sicher nicht: Spielzeug.

Trixie wusste genau, wie das Eichhörnchen sich fühlte. Es zappelte, hatte Angst und fand seine Lage unerträglich. Drei Jugendliche mit dick geschminkten Augen, bunten Haaren und gestrickten Ponchos hatten es in die Praxis gebracht beziehungsweise hereingeschleppt. Denn das Eichhörnchen steckte mit dem Kopf in einem der Löcher eines gusseisernen Kanaldeckels. Und der war fast einen Meter groß und wog über siebzig Kilo.

»Jungs, da ist jetzt aber nicht irgendwo eine lebensgefährliche Stolperfalle mitten in der Straße?«

Finn sah das beinahe karnevalistisch gleich gestylte Trio streng an, während er eine Spritze aufzog, um das Tier erst einmal zu beruhigen.

Einer der Jungen machte eine abwehrende Handbewegung.

»Peace, Doc, da war schon 'n Bulle, der hat die Stelle abgesperrt mit Flatterband.«

Das Eichhörnchen zappelte bald weniger und schlief ein. Finn drehte ganz vorsichtig seinen Kopf nach links und rechts, aber es half nichts. Der kleine Kerl steckte fest.

»Du bist ein sehr dummes Hörnchen. Im Gulli sind doch keine Nüsse. Wie bist du da nur reingekommen?«, sagte Trixie, bevor sie Kaluppke anrief, dessen Nummer sie inzwischen auswendig kannte.

Ein anderer Poncho-Punk zog die Nase geräuschvoll hoch. Seine Stimme klang schleppend und verschlafen.

»Man gerät schon mal in Situationen, da gibt's Wichtigeres als Nüsse.«

Trixie unterdrückte ein Grinsen. Ein Philosoph.

»Also, im Leben eines Eichhörnchens, ehrlich gesagt, nicht viele.«

Auch Finns Mundwinkel zuckten. Er schmierte das dreckige braune Metall mit Vaseline ein und versuchte wieder, den pelzigen Körper zu drehen, aber es half nicht.

»Kaluppke kommt gleich. Er bringt die Flex mit.«

Finn hörte die Herztöne des Hörnchens ab und beschloss, dass es stabil sei und im Nebenraum warten könnte. Trixie stützte den Patienten mit beiden Händen, und die drei Jungs schleppten den Kanaldeckel stöhnend rüber.

Während sie den Behandlungstisch desinfizierte, beobachtete Finn Trixie kritisch.

»Alles okay mit dir?«

Trixie seufzte.

»Ich hab solche Angst um Godzilla. Ich darf gar nicht daran denken, wie es ihm gerade geht. Auch die beiden anderen sind unruhig. Und das Schwein macht mich irre. Es ist schon wieder ausgebrochen, hat den Vorratsschrank geknackt und sämtliche Packungen aufgerissen und auf dem Küchenboden verteilt. Was macht Jansons Kater?«

Finn merkte, dass Trixie das Thema wechseln wollte.

»Erholt sich gut und kommt morgen nach Hause. Die Jansons haben ihm eine Quarantänestation eingerichtet und das Ultraschallgerät bestellt. Alles auf dem Weg.«

Er räusperte sich.

»Spatzbach fragt dauernd nach dir.«

»Bleib mir weg mit dem. Lieber steche ich den ganzen Tag eitrige Abszesse auf.«

Finn seufzte und kam doch noch mal auf Godzilla zurück.

»Ich habe Patti und Maximilia für heute in der Mittagspause hergebeten. Vielleicht wäre es gut, wenn wir eine private Suchaktion organisieren.«

Trixies Augen glänzten, und sie drückte Finn dankbar den Arm.

»Wenn wirklich ein Einzelner all die Tiere gestohlen hat, muss er sie ja irgendwo unterbringen. Und da der

Unfall hier im Kiez passiert ist, wo auch die meisten weggekommen sind, nehme ich an, er hat keinen sehr großen Radius.«

Finn zog einen Stadtplan aus der Hosentasche und breitete ihn auf dem Untersuchungstisch aus.

»Wir werden die Gegend einteilen und systematisch absuchen und Leute befragen. Das heißt aber auch, dass wir uns jetzt beeilen müssen, damit die Mittagspause wirklich frei ist.«

Trixie salutierte, schlug die Hacken zusammen und stürmte aus dem Untersuchungszimmer, bat den nächsten Patienten herein. Wenn sie eins konnte, dann schnell arbeiten, Hektik war ihr Element, und die Aussicht, dass sie nun aktiv etwas tun würden, um Godzilla zu finden, gab ihr zusätzlichen Antrieb. »Wir sind auf dem Weg, Fellnasenbär, halt noch ein bisschen aus«, schickte sie in Gedanken zu ihrem Kater.

Die nächsten beiden Kunden verteilte sie auf das Untersuchungszimmer und den Röntgenraum. Ein Mann, der auch während des Winters in seiner Kleingartendatscha lebte, brachte einen fast kahl gerupften Wellensittich. Eine alte Dame hatte zwei Landschildkröten dabei, die waren ein Weihnachtsgeschenk für ihren Enkel, der bereits drei Monate nach dem Fest die Lust an den Tieren verloren und ihr die beiden Schildkröten zurückgegeben hatte.

Finn untersuchte den Wellensittich, während Trixie Kaluppke mit seiner Akku-Flex, diesem alten Einbrecherwerkzeug, zu dem eingeklemmten Eichhörnchen brachte.

»Köpfen Sie es nicht!«, wimmerte der schläfrige Jugendliche, aber Kaluppke winkte ab.

»Ick schneid höher, und denn hebeln wir den Stahl 'n winzijet Stück auf, keene Sorje. Ick hab schon mal 'n Baby aussem Maschendrahtzaun freijeflext.«

Trixie wollte sich das lieber nicht vorstellen und ließ die vier allein heimwerkern. Finn war inzwischen bei den Schildkröten gewesen und brachte Trixie im Flur auf den neuesten Stand.

»Den Schildkröten geht's gut, abgesehen vom zu kleinen Terrarium. Die Frau weiß nicht, was sie mit ihnen machen soll. Der Vogel ist in der Mauser und singt praktisch nicht, und was viel schlimmer ist, er ist allein, der braucht unbedingt einen Kumpel, aber der Besitzer sagt, ihm geht das Gepiepe auf den Nerv.«

An seinem Ton erkannte Trixie, dass Finn die beiden Halter auf den Nerv gingen. Er wollte medizinische Probleme lösen und keine Lebensberatung für Zweibeiner anbieten.

Trixie überlegte.

»Wenn die Tiere so weit okay sind und du das Fachliche besprochen hast, überlass mir den Rest, und fang doch schon mal mit den anderen Patienten an.«

Sie warf einen Blick in die Krankenakten.

»Zweimal röntgen, dreimal impfen, einmal Staupe. Ich verarzte die beiden Halter und helf dir dann.«

Finn nickte und machte sich an die Arbeit.

Trixie führte den Datschenbewohner zu der älteren Dame.

Also. Wenn Sie das Gepiepe stört und Sie keinen Bezug zu Reptilien haben – tauschen Sie doch einfach. Sie bauen den Schildkröten in Ihrem Gartenhäuschen ein schönes großes Terrarium, und im Sommer können sie auf der Parzelle rumkriechen. Und Sie«, sie wandte sich der alten Dame zu, »Sie besorgen umgehend einen Kumpel für den Sittich, damit er nicht mehr allein ist. Dann haben Sie jeder zwei Tiere um sich, die Ihnen eher entsprechen.«

Die beiden überlegten, schlugen aber ein. Trixie lachte und klatschte in die Hände.

»Diese Weltrettung dauerte drei Minuten, neuer Rekord«, sagte sie zu sich und sah noch kurz nach Jansons Kater, der schon wieder schnurrte und seine Halskrause erstaunlich gelassen hinnahm.

»Bist halt ein Champion, du tapferes Monster, im Showbusiness muss man diszipliniert sein. Dein Frauchen wird so froh sein, wenn sie dich wiederhat.«

Sie dachte an Godzilla, streichelte den Kater ein letztes Mal und ging hinüber, um Finn zu helfen, der gerade das endlich befreite Eichhörnchen in einen gepolsterten Schuhkarton bettete und die drei Jungs mit Anweisungen, wann und wie sie es wieder aussetzen sollten, nach Hause schickte. Der kleine, hagere Kaluppke hatte den Gullideckel aufgerichtet und rollte ihn weg, als wäre das gusseiserne Ding ein Kinderspielreifen.

Die Einsatztruppe *WIR HOLEN UNSER TIER ZURÜCK* bestand aus einem guten Dutzend Freiwilligen. Patti, Maximilia, Finn und Trixie standen über den Stadtplan gebeugt im Untersuchungszimmer, teilten die Häuserblöcke und Straßenzüge ein, sprachen die Gruppen ab und gaben eine Liste mit Telefonnummern herum. Freunde, Nachbarn und auch Spatzbach, wie Finn immer wieder betonte, warteten in einem nahe gelegenen Café auf Anweisungen.

Trixie sah den Helfern tief in die Augen.

»Ich weiß, dass es um alle verschwundenen Tiere geht und nicht nur um meinen Kater. Aber ich bin euch so dankbar, dass ihr ihn jetzt systematisch sucht. Ihr seid toll. Heute Abend gibt es bei mir Lasagne und Rotwein für euch.«

Die anderen klatschten, und Patti machte sich mit Maximilia auf den Weg.

»Spatzbach hat sofort gesagt, dass er mitmacht«, fing Finn an, doch Trixie unterbrach ihn direkt.

»Finn, ich mag dich, aber wenn du noch einmal Spatzbach sagst, lass ich dich die Pfütze von dem inkontinenten Rüden im Wartezimmer selbst aufwischen.«

PeFe sog gierig den Duft der Lasagne ein, die im Ofen vor sich hin blubberte. Trixie zog eine Augenbraue hoch.

»Du bist tot, Schatz, du riechst nichts.«

»Ich erinnere mich. An unsere vielen Lasagnen. Heiß und festlich oder kalt aus dem Kühlschrank, wenn wir nachts nach Hause kamen.«

Trixie seufzte wehmütig.

»Es geht nichts über kalte Lasagne, die man nachts leicht angetrunken direkt aus der Auflaufform löffelt.«

»Ich würde gern mit dir über Spatzbach sprechen, meine Schöne.«

Trixie jaulte auf.

»Du nicht auch noch. Mensch, er hat mich benutzt. Ich bin noch nie so gedemütigt worden. Das kann dir doch nicht gefallen. Magst du das, wenn jemand deine Frau flachlegt, nur um an ihr Haus zu kommen?«

PeFe nickte beschwichtigend und wies hinüber zu den dicken Aktenordnern, die aufgeschlagen auf dem Küchentisch zwischen leeren Tomatendosen, Parmesankäseraspeln und Zwiebelschalen lagen.

»Hast du in den Unterlagen zum Haus irgendwas gefunden, das sein Interesse erklärt?«

Trixie schüttelte den Kopf.

»Es gehört jedenfalls mir, das ist rechtlich wasserdicht. Du hast es gekauft, ich war schon zu deinen Lebzeiten im Grundbuch eingetragen, und ich bin deine Alleinerbin, es ist meins, so wie dieses Haus meins ist. Offenbar ist es mein Schicksal, Häuser zu erben von Menschen, die ich liebe, und allein darin zurückzubleiben.«

»Nicht bitter werden, meine schöne Circe.«

PeFe versuchte, eine Tomate mittels Gedankenkraft über die Tischplatte rollen zu lassen, schaffte es aber nicht, und die Tomate blieb, wo sie war.

Trixie zog eine Augenbraue hoch.

»Wirklich? Jetzt bist du schon tot und hast nicht die kleinsten übersinnlichen Fähigkeiten? Nicht mal Tomaten-Telekinese?«

Sie nahm ihm das Gemüse weg und legte es in einen Korb neben der Spüle.

»Ich habe bei der Stadt nachgefragt, ob irgendein Bauvorhaben geplant ist oder ob hier in der Gegend Erdöl, Gold oder Diamanten vermutet werden: natürlich nicht. Altes Haus, miese Gegend. Nicht mal ein warmer Abriss würde Geld bringen, denn so gut sind wir gar nicht versichert.«

Der Küchenwecker klingelte. Trixie deckte die Lasagne mit Alufolie ab und stellte weitere dreißig Minuten ein.

»Erinnerst du dich an die Geschichte mit dem Dackel und dem Hamster?«

Trixie stöhnte. PeFe setzte sich auf einen Küchenstuhl und wartete, bis auch Trixie Platz genommen hatte und anfing, die Löffelbiskuits für das Tiramisu in kalten Kaffee zu dippen und sie in einer Glasform zu verteilen.

»Zwei Familien wohnen nebeneinander. Die Tochter der einen hat einen Hamster, den sie im Garten frei laufen lässt. Die anderen haben einen Dackel, den die Hamsterfamilie hasst. Eines Tages bringt der Dackel eine Jagdbeute mit und legt seinen Menschen den toten Hamster vor die Füße. Der Hamster ist ganz verdreckt, der Hund hat ihn offensichtlich zu Tode gehetzt. Die Familie überlegt, wie sie aus der Sache rauskommt. Man wäscht den toten Hamster, föhnt ihn trocken und bringt ihn heimlich zurück in seinen Käfig, der auf der Nachbarsterrasse steht. Und was passiert dann?«

Trixie rollte mit den Augen. Sie kannte die Story auswendig, PeFe hatte sie früher in der Praxis immer mal wieder Patienten erzählt. Typischerweise ließ PeFe nicht locker und erzählte die Geschichte zu Ende.

»Die Nachbarsmutter kommt völlig aufgelöst rüber zur Praxis und berichtet, dass am Morgen der Hamster gestorben war. Sie hatten ihn im Garten beerdigt. Und jetzt hat ihn offensichtlich jemand ausgegraben, gewaschen und zurückgebracht in den Käfig. Die kleine Tochter war außer sich, weil sie dachte, dass sie jetzt einen Zombiehamster hätte, und die Eltern dachten, dass ein Geisteskranker sie erschrecken wollte, und hatten die Polizei gerufen.«

PeFe rekelte sich genüsslich auf seinem Stuhl und verschränkte die Hände hinter dem Kopf.

»Ich weiß, du kennst diese Geschichte. Aber warum erzähle ich sie trotzdem?«

»Lass mich raten: Man soll keine toten Hamster föhnen?«

Trixie legte weiterhin verbissen kaffeeduftende Biskuits in die Form. Sie würde nicht sagen, was er hören wollte.

»Spatzbach ist der Dackel. Vielleicht trägt er die Schuld, jedenfalls sieht es danach aus, vielleicht, aber die Möglichkeit besteht, dass alles in Wahrheit ganz anders ist.«

Es klingelte, Trixie drehte sich zur Haustür um, und als sie wieder auf PeFes Stuhl sah, war er verschwunden.

»Deine Gleichnisse werden nicht besser, nur weil du tot bist«, murmelte sie und ging zur Tür, um ihren Gästen zu öffnen.

Trixie hatte Maximilias Blick genau gesehen. Patti, die wie immer etwas verlegen in Finns Gegenwart war, hatte die Salatschüssel herumgereicht und von der Suchaktion berichtet, die bisher erfolglos verlaufen war. Finn kämpfte mit den Käsefäden, die die Lasagne zog, und Trixie schenkte Rotwein in die Gläser. Die Kater saßen hoch oben auf ihrem Catwalk, wo sie das Essen und die fremden Leute aus sicherer Entfernung beäugen konnten. Und da, zwischen dem Salat und dem Rotwein, hatte Maximilia Finn diesen Blick zugeworfen. Ein etwas zu langer und etwas zu intensiver Blick, um desinteressiert zu sein, fand Trixie. Finns roter Haarwust stand heute Abend besonders auf Sturm, und seine großen, schmalen Hände schnitten das Baguettebrot so konzentriert und präzise, als würde er gerade operieren. Er hatte den Blick sicher nicht mitbekommen. Trixie stöhnte innerlich. Wenn Finn mal von seinem Teller aufsehen würde, müsste er doch bemerken, dass er mit zwei reizenden jungen Frauen zusammensaß, eine hübscher und tierlieber als die andere. Und jetzt klingelte auch noch sein Smartphone.

»Finn«, sagte Trixie streng wie eine Herbergsmutter mitten im Tischgebet, »kein Handy beim Essen.«

Finn sah trotzdem kurz aufs Display, bevor er das Gerät wegsteckte.

»Nur Mone«, murmelte er und schob sich eine Gabel Lasagne in den Mund. Es war zum Verzweifeln. Ausgerechnet die oberschicke Mone mit ihrer merkwürdigen Verbindung zu Kastner und dem noch merkwürdigeren Interesse an der Praxis hatte ihm den Kopf verdreht. Manche Männer ziehen das eigene Unglück an, denn Trixie war klar, dass eine Frau wie Mone niemals ernsthaft einen mittellosen jungen Tierarzt erhören würde. Den Chef der Klinik vielleicht oder den Besitzer eines international renommierten Gestüts, aber nicht einen, der in einer Bruchbude praktizierte und auf geschenkte Ultraschallgeräte angewiesen war. Finn vergötterte offenbar lieber eine unerreichbare Eiskönigin, als sich in der Realität umzusehen. Wobei: Eisig war Maximilia auch. Sie unterhielt sich höflich und reichte ihm die Pfeffermühle an, blieb aber auf Abstand. So kannte Trixie die junge, herzliche Frau gar nicht. Also sorgte sie nicht nur fürs Essen, sondern auch für die Unterhaltung. Sie verdrängte jeden Gedanken an Godzilla, den sie gerade nachts so sehr vermisste, und erzählte, wie sie und PeFe bei einem Hausbesuch einmal ein zur Schlachtung vorgesehenes Lamm aus einer Etagenwohnung befreit hatten.

»Die hatten das Lamm auf dem Balkon festgebunden. Von Weihnachtskarpfen in der Badewanne hatte ich ja schon gehört, aber wer, bitte, bindet ein Lamm im dritten Stock fest?«

Sie schenkte wieder Wein nach. Eine polnische Freundin hatte ihr einmal erklärt: »Ein halbes Glas ist ein leeres Glas. Ein Gast soll nur aus vollen trinken!«, und daran hielt sie sich seitdem.

»PeFe hat den Leuten mit dem Amtstierarzt gedroht, obwohl wir gar nicht wussten, wie die Rechtslage aussah. Es kamen immer mehr Cousins und Onkel in das Wohnzimmer, bis wir beide zusammen mit dem Lamm auf dem Balkon standen. Einer hatte einen Kampfhund dabei. PeFe hat so getan, als würde er die Polizei anrufen, aber das half gar nichts. Dann verhandelte er mit dem Familienoberhaupt in der Küche. Er versprach ihm den Wert von zwei Lämmern, wenn wir dieses da mitnehmen dürften. Der Kerl handelte PeFe hoch auf drei, PeFe zahlte, und endlich ließen sie uns das Lamm aus der Wohnung bringen.«

Trixie lachte.

»Das Geld war eigentlich für einen neuen Rollladen bestimmt gewesen, den konnten wir uns dann abschminken.«

Die anderen lachten mit, der Wein zeigte endlich Wirkung. Trixie beschloss, zum Frontalangriff überzugehen, und sprach Maximilia direkt an.

»Was meinst du, würde unser neuer Doc auch heldenhaft Lämmer retten?«

Maximilia sortierte die Bestandteile ihres Salats auf dem Teller nach Größe und Farbe.

»Zu Tieren ist er sicher netter als zu Menschen.«

Jetzt horchte auch Finn endlich auf.

»Wann, bitte, war ich denn mal nicht nett zu dir? Ich war im Ananas und Schirmchen mit dir, und ich hab dich heute Abend zu Hause abgeholt. Und ich grüße immer freundlich.«

Maximilia lachte.

»Er grüßte immer freundlich. Das kommt in jeder Reportage, wenn sie Leute fragen, wie der Serienkiller so als Nachbar war.«

»Jetzt bin ich schon ein Serienkiller?«

Finn zog eine Augenbraue hoch und verschränkte die Arme vor der Brust. Patti rutschte unbehaglich auf ihrem Stuhl herum und kraulte unter dem Tisch den leise grunzenden Herrn Wohlgemut, der wieder mal seinen Verschlag geknackt hatte. Schweine sind schlauer, als sie aussehen.

Er hätte zu Kaluppke gepasst. Trixie beschloss, es sich noch einen Moment anzusehen und dann, bevor die Stimmung endgültig kippte, das Tiramisu zu servieren. Es gab ja so ziemlich nichts, das man mit Tiramisu nicht retten konnte.

»Sicher kein Serienkiller, aber einer, der Briefe ignoriert. Das ist grob unhöflich.«

»Ach? Das passt nicht zu ihm. Welchen Brief hat Finn denn ignoriert?«

Trixie mischte sich nun doch ein, denn die Praxispost zu öffnen war eigentlich ihr Job. Nur in Finns ersten Tagen war alles ein bisschen chaotisch gewesen, und sie hatten auch zwei Rechnungen übersehen und Mahngebühren zahlen müssen.

Maximilia lehnte sich zurück und sah Finn direkt an. Ihr schönes Gesicht war etwas gerötet, und ihre großen dunklen Augen glitzerten.

»Ich habe mich bei dir als Tier-Therapeutin beworben. Ich habe vorgeschlagen, dass wir eines der ungenutzten Zimmer hinter der Abstellkammer für Klickertraining und Verhaltenstherapie nutzen. Es waren Zeugnisse von mir dabei und ein Geschäftsplan, ein Artikel, den ich zu dem Thema veröffentlicht habe, und eine genaue Aufstellung, wie man das hochziehen und finanzieren könnte. Da steckte richtig Arbeit drin.«

Sie nahm einen Schluck Wein und sah jetzt ziemlich schnippisch aus.

»Du musst die Idee ja nicht gut finden, aber ich habe mir viel Mühe mit dem Plan gemacht, und du hättest wenigstens absagen können.«

Trixie wollte Finn schon beistehen und Maximilia versichern, dass das ihre Schuld war, aber Finn hatte sich schon vorgelehnt und Maximilia eine Hand auf den Unterarm gelegt.

Er sah sie fest an, bis sie den Blick nicht mehr abwenden konnte, und sagte mit einer ganz ungewohnt warmen Stimme: »Ich habe diesen Brief nie gelesen. Und ich finde deine Idee auch überhaupt nicht verkehrt. Für die Praxis könnte so ein Konzept genau das Richtige sein. Und ich antworte selbstverständlich auf Bewerbungen oder schicke Unterlagen zurück. Das machen wir sogar bei den Schülerinnen, die sich bei uns um ein Praktikum bewerben. Es tut mir echt leid, wenn dich das gekränkt hat, aber ich habe wirklich nie etwas von dir bekommen.«

»Das stimmt!«, warf Trixie schnell ein, aber die beiden beachteten sie gar nicht.

»Du findest Verhaltenstherapie bei Tieren also nicht lächerlich und denkst, dass du als Schulmediziner etwas Besseres bist?«

»Himmelherrgott«, Finn zerknüllte seine Papierserviette zwischen seinen Händen, »das steht doch in keinem Konkurrenzverhältnis. Bei einem akuten Blinddarm oder Krebs wird Klickern nicht helfen. Und bei einer Katze, die vor Angst die Wohnung vollpieselt, komm ich mit dem Skalpell nicht weiter. Das ergänzt sich doch.«

Maximilia lächelte fast schüchtern. Finn sah sie immer noch mit einem stechenden Blick an, und er nahm auch seine Hand nicht von ihrem Arm.

Patti widmete sich Herrn Wohlgemut, der sich über so viel Aufmerksamkeit freute und sich auf die Seite gedreht hatte, damit sie seinen Bauch rubbeln konnte.

»Tiramisu!«, rief Trixie.

»Holt ihr das mal aus dem Kühlschrank, und ich kümmere mich um die Schälchen?«

Maximilia und Finn verschwanden mit den Resten der Lasagne in der Küche, Trixie suchte im Wohnzimmerschrank das Geschirr zusammen. Es war lange her, seit sie Gäste gehabt hatte. Als sie das Besteck holen ging, erwischte sie Finn und Maximilia, die sich vor dem geöffneten Kühlschrank küssten. Ganz schön heftig für jemanden, der so unbeholfen war wie Finn, fand Trixie. Er hatte sie fest an sich gezogen, und sie hatte ihre Arme um seinen Nacken geschlungen.

Trixie schlich auf Zehenspitzen zurück zum Esstisch.

»Das dauert noch einen Moment«, wisperte sie Patti zu, die inzwischen das Minischwein auf dem Schoß hatte.

Patti lächelte: »Schon klar. Der Mann geht an die andere, für mich bleibt das Schwein.«

»Dein Prinz kommt. Der ruht nur irgendwo sein Pferd aus. Das Schwein könntest du in der Zwischenzeit aber tatsächlich adoptieren, wenn du wollen würdest.«

Trixie nickte in Richtung des Verschlags.

»Die Gästetoilette ist auf Dauer nicht das Richtige. Und ich bin einfach eine Katzenfrau.«

Patti überlegte einen Moment. Dann küsste sie Herrn Wohlgemut auf die feuchte Rüsselschnauze.

»Abgemacht. Ich werde eine Crazy Pig Lady. Erst muss ich ihm den Schuppen einrichten, aber dann komm ich ihn holen.«

»Du bist ein Schatz!«

Sie prosteten sich zu, und das Schweinchen quiekte, als sei es begeistert von den Umzugsplänen.

Während Patti sich die Jacke anzog, weil sie auf den Nachtisch lieber verzichtete, pingte Finns Handy in seiner Jacke. Patti grinste und legte die Hände über die Augen, sie würde nichts verraten.

Trixie fischte, mit einem Seitenblick zur Küche, wo Finn und Maximilia leise kicherten und offenbar noch intensiv ihre neue Freundschaft feierten, das Telefon aus der Tasche und sah die neue SMS. Natürlich von Mone.

Hätte Lust auf einen Abend zu zweit. Wein, Weib und Gesang bei mir? Dahinter drei Kuss-Emojis. Trixie löschte die Nachricht kurzerhand. Nichts sollte heute Abend Maximilias und Finns Kennenlernen stören.

»Das ist illegal«, flüsterte Patti.

»Das ist nötig«, flüsterte Trixie zurück und brachte sie zur Tür.

Trixie hätte fast geschrien vor Schreck, als sie die Tür öffnete, denn draußen stand nur einen Schritt von ihr entfernt ein schwarz gekleideter, vermummter Mann.

Trixie und Patti starrten ihn an, bis er den dicken schwarzen Schal abwickelte, der sein Gesicht fast ganz verdeckt hatte.

Spatzbach.

Trixie wies ihn mit ausgestrecktem Arm und Zeigefinger weg, als würde sie einen Hund erziehen.

»Du. Bist. Un. Er. Wünscht.«

Spatzbach stellte einen Fuß in die Tür, damit Trixie sie ihm nicht vor der Nase zuschlagen konnte. Patti überlegte, ob sie bleiben und Trixie unterstützen sollte, aber die gab ihr einen schnellen Kuss auf die Wange und schob sie aus der Tür.

»Es ist kalt, Süße, sieh zu, dass du nach Hause kommst.«

Dann drehte sie sich zu Spatzbach und stemmte angriffslustig die Hände in die Seiten.

»Willst du jetzt auch hier einbrechen, wie in der Praxis? Soll ich dir die Unterlagen zu meinem Haus vielleicht kopieren, damit du endlich Ruhe gibst?«

Spatzbach stand kleinlaut da, trat von einem Fuß auf den anderen und wusste nicht, wo er hinsehen sollte. Als er schließlich antwortete, war seine Stimme ganz leise.

»Anfangs … da hatte ich Hintergedanken, das stimmt, ja. Aber ich bin nie irgendwo eingebrochen, was denkst du denn. Und spätestens seit unserem Abend in dieser komischen Tanzbar, spätestens dann fand ich dich einfach nur noch hinreißend. Trixie, ich habe mich in dich verliebt, was soll ich machen, damit du mir glaubst?«

Trixie lehnte sich an den Türrahmen. Es hatte wieder begonnen zu schneien, aber das war ihr egal.

»Du könntest endlich die Wahrheit sagen, das würde sehr helfen.«

Spatzbach wand sich.

»Ich weiß selber auch nicht alles. Ich muss erst noch einiges klären, aber dann werde ich dir alles erzählen, ich schwöre. Bis dahin will ich, dass du eines weißt: Ich finde dich so unglaublich, dass ich nicht mehr schlafen kann. Ich muss dauernd an dich denken. Ich möchte nur eine Chance, Trixie. Ich habe dich nicht benutzt! Ich habe mit dir geschlafen, weil ich das so gerne wollte, weil ich mich in dich verliebt habe, nicht weil ich dich benutzen wollte.«

»Du hast mit Trixie geschlafen, um sie zu benutzen?«

Trixie zuckte zusammen, sie hatte nicht bemerkt, dass Finn zur Tür gekommen war.

Sein Gesicht war zornesrot. Er drängte sich an Trixie vorbei, und noch bevor sie ihn aufhalten oder etwas erklären konnte, hatte er mit einer Sportlichkeit, die sie ihm gar nicht zugetraut hätte, ausgeholt und Spatzbach einen so heftigen Kinnhaken verpasst, dass der hinterrücks in den Schnee fiel.

»Du bist das Letzte, Onkel!«, rief Finn außer sich, zog die verdutzte Trixie ins Haus und warf die Tür hinter ihnen zu.

Kapitel 14

Artgerechte Haltung

»Halt still, ich hab das gelernt.«

Spatzbach zuckte trotzdem zusammen, als Trixie seine Kopfwunde mit dem Wattebausch voller Desinfektionslösung berührte. Er war hart auf den dünnen Schnee gefallen, als Finn ihn niedergeschlagen hatte, und jetzt prangte auf seiner Schläfe eine große Schürfwunde, die Trixie säuberte und danach verpflastern würde. Es gefiel ihr nicht, aber sie musste zugeben, dass er durch diese Verletzung noch ein bisschen piratiger aussah, und er tat ihr auch leid, wie er auf dem Küchenstuhl kauerte, ein Coolpack gegen seinen Kiefer hielt und versuchte, möglichst lässig zu wirken, was ihm nicht gelang. Finn und Maximilia hatte Trixie nach Hause geschickt.

»Ich bin ein großes Mädchen, ihr zwei, niemand muss mich beschützen oder mir den Weg freiboxen. Und wenn Spatzbach auch nur daran denkt, Unsinn zu machen oder mich zu verärgern, jage ich ihn zurück in den Schnee, also seht zu, dass ihr nach Hause kommt – in welches Zuhause auch immer.«

Das ließen sich die beiden nicht zweimal sagen. Sie verschwanden küssend und turtelnd hinter der Auffahrt, und Trixie überlegte, ob sie bei dieser

Geschwindigkeit und den ständigen Knutsch-, Kicher- und Schäkerpausen jemals irgendwo ankommen würden.

Spatzbach, der ein bisschen schwankte, setzte sie auf den nächsten Stuhl und begann seine Wunde zu versorgen.

»Wenn du doppelt siehst oder dir schlecht wird, musst du in die Notaufnahme und abklären lassen, dass es keine Gehirnerschütterung ist«, sagte sie mit neutralem Krankenschwesterton. Spatzbach nickte kleinlaut.

Nachdem sie das große Pflaster drübergeklebt hatte, lehnte sie sich auf ihrem Stuhl zurück und sah ihn streng an.

»Du wolltest reden? Rede. Das ist deine einzige Chance, dass ich dich nicht für einen absoluten Arsch halte. Letzte Ausfahrt, Herr Sander Spatzbach. Stimmt wenigstens der Name?«

Er holte tief Luft und streichelte erst mal Nosferatu, der ihm auf den Schoß gesprungen war. Trixie bemerkte es irritiert, normalerweise war dieser Kater nicht so zutraulich. Jetzt ließ er sich von Spatzbach den Latz kraulen, als wäre der sein persönlicher Lieblingsmensch. Eine Weile saßen sie schweigend einander gegenüber, und allein das Schnurren des Katers brummte durch die Küche. Offenbar wusste Spatzbach nicht, wie er anfangen sollte. Noch nie hatte er so erbärmlich ausgesehen. Schließlich stellte Trixie einen Marillenschnaps vor ihn hin. Spatzbach schüttete das Glas in einem Zug hinunter und räusperte sich.

»Ich bin auf deiner Seite«, fing er an und verhaspelte sich direkt wieder. »Ich meine, jetzt. Jetzt bin ich auf deiner Seite. Aber hergekommen bin ich, um euch auszuspionieren, also Finn und dich. Das ist leider wahr. Dann habe ich dich besser kennengelernt, und du hast diese Sommersprossen auf der Nase, und du lachst so, du bist so echt, und wenn du tanzt, machst du diese kleinen hüpfenden Zwischenschritte, du trippelst so.« Er lächelte. »Verstehst du mich?«

Trixie verstand kein Wort.

»Wie wär's, wenn du beim Beginn anfängst und nicht bei meinen Trippelschritten. Ich trippel übrigens nicht. Du bist einfach zu groß, was soll ich denn machen, neben dir herspringen wie eine Gemse am Berg?«

Spatzbach grinste sie von schräg unten an wie ein kleiner Junge, und fast hätte Trixie seinen Arm gestreichelt, aber nur fast. Sie war fest entschlossen, ihn rauszuwerfen, falls er nicht endlich alles gestand. Mit einem tiefen Seufzer setzte Spatzbach noch mal an.

»Es war vor drei Monaten. Ich hatte gerade meinen Job in dem Architekturbüro verloren. Die Auftragslage für meine spezielle Richtung war schlecht, und ich bin nicht besonders gut darin, zahlungskräftige Kunden zu angeln, die Kollegen waren ständig auf Partys und bei Wohltätigkeitsveranstaltungen, mir liegt so was leider nicht, ich seh nur aus, als wär ich der Partylöwe. Jedenfalls kannte ich immerhin einen Mitarbeiter aus dieser Anwaltsfirma. Den habe ich getroffen, weil ich überlegt habe, meinen Chef zu verklagen. Das war aber aussichtslos.«

Trixie wurde ungeduldig.

»Wie hast du dann Mone Windhoff kennengelernt, wenn du nie auf Promi-Events unterwegs bist?«

»Gar nicht.«

Spatzbach drückte das Coolpack vorsichtig gegen seine Stirn.

»Dieser Anwalt hat sie mir vermittelt. Das war ein sehr merkwürdiges Date. Sie kam rein, als würde sie einen Auftragskiller suchen, ganz geheimnisvoll und mysteriös. Sie sagte, sie habe eine Weile in einer alten Tierarztpraxis gearbeitet, und genau diese Immobilie würde einen Freund der Familie sehr interessieren, einen der Klienten ihres Onkels in der Kanzlei. Und ich sollte mich da einschleichen, weil doch mein Neffe jetzt dort arbeitete, und dafür sorgen, dass die Anwaltsfirma das Haus kaufen kann.«

Trixie sah ihn misstrauisch an.

»Und du hast das als Gefallen gemacht, weil sie so charmant und sexy ist?«

Spatzbach schüttelte den Kopf.

»Das war ja so seltsam. Sie hat mir bei Erfolg einen fetten Auftrag versprochen: Ich würde den Bau einer neuen Tierklinik hier in Berlin übernehmen, als leitender Architekt. Wenn du denen dein Haus verkaufst.«

»Und du hast dich kein bisschen gewundert, dass diese Entlohnung, sagen wir mal, extremst großzügig ist für einen Gefallen?«

Spatzbach stürzte noch ein Glas Marillenschnaps hinunter und hustete.

»Doch. Aber ich war verzweifelt genug. Finn ist ein schlauer Junge, der findet überall was. Und wem da irgendein Haus irgendwo in Berlin gehört, das war mir erst mal egal. Der Kaufpreis würde ja auch üppig sein, das sagte Mone extra. Niemand kommt zu Schaden, ich habe wieder einen Job, alle sind zufrieden.«

»Ich bin nicht zufrieden«, sagte Trixie leise. »Und ich kam zu Schaden. Du hast mich angelogen, benutzt und gedemütigt. Weißt du, wie schwer es für mich war, mich nach dem Tod meines Mannes wieder auf jemanden einzulassen? Und du schleppst mich ins Bett, als … als«, ihr fiel kein Vergleich ein, weil ihr innerlich heiß wurde, wenn sie an diese Nacht dachte.

Spatzbach nahm ihre Hände, sie wollte sie wegziehen, aber er hielt sie ganz fest.

»Ich habe dich nicht ins Bett geschleppt. Schon gar nicht, um irgendwas zu erreichen. Seit unserem Tanzabend war ich so bezaubert von dir, dass ich an den Auftrag nicht mehr gedacht habe.«

»Die Sache mit dem Orgel-Äffchen, die war ein Fake.«

Spatzbach nickte.

»Ich bin nicht stolz drauf. Ich hatte ja mitbekommen, dass du Tiere über alles liebst und Ungerechtigkeit nicht erträgst, also dachte ich, ich mach den Retter in schimmernder Rüstung, aber dann wurde dieser Abend so schön, du warst so witzig, und diese Trippelschritte!«

»Hör auf mit den Trippelschritten.«

Eine Weile saßen sie schweigend da. Auch Freddy war jetzt dazugekommen, und am Grunzen hörte

Trixie, dass Herr Wohlgemut wieder mal herumwanderte. Sie würde seine Pfützen später wegwischen. Glücklicherweise war das bald Pattis Aufgabe. Sie hatte genug Probleme, auch ohne Minischwein.

»Was will Mone mit dem Haus? Sie kommt aus einer so reichen Familie, sie kann sich eine Villa kaufen, wo immer sie will.«

Spatzbach hielt sich wieder das Coolpack gegen die Stirn, ließ Trixies Hand aber nicht los.

»Ich weiß es nicht. Wirklich nicht, ich schwöre. Ich hab sie mal telefonieren hören, da hat sie angedeutet, sie hätte während ihrer Zeit in deiner Praxis irgendwas Wertvolles entdeckt. Und es scheint so zu sein, dass sie in der Klinik, die ich bauen sollte, Chefärztin würde.«

»Klinik-Chefärztin mit Mitte dreißig? Das ist absurd.«

Trixie ging in Gedanken die Räume durch. Das Wartezimmer, das Untersuchungszimmer, den Raum zum Röntgen, die beiden angrenzenden kleinen Räume, dahinter noch einen winzigen, den sie nur als Abstellkammer nutzten, das Übernachtungszimmer, der Keller. Und da hatte sie eine Idee.

»Im Keller«, hörte sie sich murmeln, »gibt's einen Wandschrank, der so klemmt, dass wir ihn nie geöffnet haben. Der Rest der Praxis ist marode, da steht unmöglich Wertvolles rum, aber was, wenn in diesem Schrank irgendetwas lagert?«

»Goldbarren?«

»Oder der Eingang zum Bernsteinzimmer.«

Sie sprang auf.

»Das erfahren wir nur, wenn wir nachsehen.«

Sie warf Spatzbach seinen Mantel entgegen und suchte in der Küchenschublade nach der großen Taschenlampe.

Im Keller der Praxis roch es immer noch leicht brackig. Der Klempner hatte zwar inzwischen alle sichtbaren Spuren des Rohrbruchs beseitigt, aber richtig frisch würde es hier nie werden. Das Licht funktionierte seit diesem Tag nicht mehr, für einen Elektriker war kein Geld übrig gewesen. Trixie leuchtete mit der Taschenlampe auf den alten, dunkelgrün gestrichenen Metallschrank.

»Wir hätten Kaluppke fragen sollen, ob er seine Flex vorbeibringt.«

Spatzbach warf sich mit der Brechstange, die er schnell aus dem Kofferraum seines Autos geholt hatte, in Heldenpose.

»Ich werde doch wohl noch einen Schrank aus Vorkriegszeiten knacken können.«

Er suchte einen Spalt, um den Kuhfuß anzusetzen. Sein Gesicht sah in dem LED-Schein fast weiß aus, und Trixie fragte sich, ob er nicht vielleicht doch eine Gehirnerschütterung hatte und das hier eine ganz dumme Idee war.

Spatzbach hatte eine Vertiefung oberhalb des verrosteten Schlosses gefunden und setzte das Brecheisen an. Die Tür bewegte sich keinen Millimeter.

»Kaluppke weiß bestimmt auch, wo man Sprengstoff herkriegt«, kicherte Trixie, stellte sich aber dicht zu Spatzbach, als der sagte: »Hilf mal lieber«. Gemeinsam drückten sie mit ihrem ganzen Körpergewicht gegen die Stange. Es gab ein lautes Knirschen, und dann, mit einem gewaltigen Knall, brachen sie die Tür auf und fielen durch ihren eigenen Schwung übereinander. Die Taschenlampe flog in eine Ecke und schien dort ein Spinnennetz an.

Trixie musste sich im Dunkeln erst wieder orientieren. Sie fühlte Spatzbachs Anzugstoff und roch sein Rasierwasser, das ihr immer gut gefallen hatte. Ihr wurde bewusst, dass sie auf ihm lag und er leise unter ihr japste. Peinlich berührt, versuchte sie sich von ihm runterzurollen, er jaulte, weil sie sich auf seinem Schultergelenk abgestützt hatte. Die plötzliche Nähe seines Körpers, der ihr ganz fremd und zugleich sehr vertraut war, machte Trixie verlegen, und sie strampelte mit Armen und Beinen, um von ihm runterzurollen, traf ihn dabei mit dem Arm im ohnehin lädierten Gesicht und lag schließlich keuchend neben ihm. Er berappelte sich, kam schwer atmend auf die Füße und hielt ihr die Hand hin, wollte ihr hochhelfen.

Trixie klopfte sich die Kleidung ab, um irgendetwas zu tun, während er die Taschenlampe aus der Ecke holte. Gespannt stellten sich beide vor den Schrank, und Trixie fragte sich, was sie nun eigentlich erwartete. Doch nicht wirklich Goldbarren? Spatzbach leuchtete mit einem Ruck in den Schrank.

Ganz unten lagen einige kleine Gipskartonplatten, grob zurechtgesägte Reststücke, jetzt durch den Rohrbruch eingeweicht, dazu zwei Tapetenrollen mit einem uralten braungrünen Blumenmuster, das Trixie gleich als das erkannte, was sich in der Praxis teilweise von den Wänden ablöste, und eine altertümlich aussehende Papierschachtel, mit einem streng riechenden verfleckten Lappen darin. Trixie schnupperte. »Benzin vielleicht, jedenfalls irgendwann einmal«, riet sie achselzuckend. Darunter entdeckte sie noch ein flaches Bündel alter Scheine. Sie hielt es Spatzbach hin: »Fünfzig Reichsmark insgesamt, nicht wirklich ein Schatz.« Ansonsten war der Schrank leer. Enttäuschend.

Zu Hause stellte Trixie einen Topf mit Kakao auf den Herd und holte die Reste der Lasagne aus dem Kühlschrank. Spatzbach nahm sich eine Gabel und fing kommentarlos an, Nudeln zu picken, als wäre es völlig normal, nachts kalte Lasagne zu essen.

»Mone hat da einen guten Bekannten, einen Freund der Familie, Professor Kastner. Der Kunstexperte, du hast wahrscheinlich von ihm gehört. Er ist auch ein Klient der Anwaltskanzlei.«

Spatzbach brummte, schob sich ein großes Stück Nudelmasse in den Mund und zerteilte auf dem Teller die zäh gewordene Käseschicht.

»Wir vermuten, dass Kastner etwas zu tun hat mit den verschwundenen Tieren.«

Erschrocken sah Spatzbach sie an, versuchte vergebens, alles hinunterzuschlucken, und nuschelte schließlich mit vollem Mund.

»Dieser Kastner hat Godzilla?«

Trixie zuckte die Achseln. Immer, wenn sie an ihren verschwundenen Kater dachte und sich ausmalte, was er vielleicht gerade durchmachte, wurde ihr so kalt, dass sie fast gezittert hätte. Wut, Angst und Übelkeit drängelten sich in ihrem Hals.

»Möglicherweise.«

»Warum? Was hätte er davon?

Die Frage blieb zwischen ihnen stehen. Trixie hatte darauf auch keine Antwort.

Spatzbach wischte sich den Mund ab und rückte näher an Trixie heran.

»Ich werde nachbohren. Bei Mone und überhaupt. Ich verspreche es dir. Ich hab mich nicht nur in dich verliebt, sondern auch in deine drei Tiger. Es ist furchtbar zu sehen, wie du leidest, ich schwöre, dass ich alles dafür tue, damit du Godzilla wiederkriegst.«

Er umfasste sanft ihren Nacken und zog sie zu sich heran. Trixie gab ihren Widerstand auf und ließ sich küssen, und es fühlte sich gut an. Endlich war sie nicht mehr allein mit ihrer Sorge. Sie war so gern Teil eines Teams. Natürlich bekam sie ihren Alltag als Single geregelt, und sie versauerte auch nicht ohne einen Partner, aber langfristig fühlte sie sich wie dieser gerupfte Wellensittich in der Praxis: Sie brauchte einfach jemanden an ihrer Seite. Und wenn der dann noch dermaßen küssen konnte wie Spatzbach, umso besser.

»Was hältst du davon«, fing er vorsichtig und mit einem Augenzwinkern an, »wenn ich diese Nacht bei dir bleibe? Mit einer möglichen Gehirnerschütterung soll man ja auch nicht Auto fahren.«

Trixie überlegte einen Moment und nickte dann.

»Gut, du kannst hier schlafen.«

Spatzbach sprang erfreut auf, strahlte sie an und wollte sie wieder an sich ziehen.

»Auf der Couch! Du schläfst hier unten auf der Couch. Wenn du einsam bist, kannst du Herrn Wohlgemut abschmusen, der rennt hier eh irgendwo rum und freut sich. Und falls du eine Pfütze von ihm findest: Der Mopp ist im Dielenschrank.«

Spatzbach sah ihr zwar enttäuscht hinterher, wie sie mit den beiden Katern die Treppe hinaufging, fügte sich aber und wandte sich dem erwartungsvoll quiekenden Minischwein zu.

»Na komm, Kumpel, das ist zwar keine artgerechte Haltung für einen verletzten Mann und ein rosa Schwein, aber dann nehmen wir verstoßenen Jungs eben die Couch.«

Dass beide summten, Trixie und der spröde junge Doktor, fiel sogar den Kunden auf. Sie versorgten und verbanden einen Kater, der auf eine heiße Herdplatte gesprungen war, zogen eine Zecke bei einem Hund und gaben einem anderen ein Abführmittel, damit der gefressene Radiergummi auf natürlichem Weg wieder herauskam. Kurz vor der Mittagspause brachte die Nachbarin von gegenüber eine Lebendfalle mit einem kleinen braunen pelzigen Tier vorbei. Der Oberkörper war lang gezogen und hatte am Latz und am Bauch weißes Fell. Die Knopfnase schnupperte neugierig an den Metallstäben.

»Schuldig im Sinne der Anklage!«, sagte die Nachbarin zur Begrüßung und stellte den Käfig auf den Untersuchungstisch.

»Dieses Frettchen habe ich dabei erwischt, wie es Kabel in meinem Auto durchgenagt hat.«

Sie zog ihren dicken Mantel aus und warf ihn über den Besucherstuhl. Finn beugte sich mit einigem Abstand zu dem Tier hinunter.

»Dreimal hab ich Kabel und Schläuche erneuert. Dann reichte es mir, und ich habe eine Kamera aufgestellt, und da sieht man dieses Miststück, wie es unter dem Wagen verschwindet und kurz danach mit einem Stück Plastik wegrennt. Glücklicherweise hatte ich noch eine Falle.«

Sie schüttelte Finn endlich die Hand und lachte dabei so breit, als hätte sie gerade einen Pokal erhalten.

»Die Frage, Doc: Ist das Frettchen gesund? Ist es zahm? Ich möchte es meiner Nichte schenken. Dann bin ich die Supertante und habe nicht nur eine glückliche Nichte, sondern auch ein intaktes Auto. Win-win!«

Finn sah sie eine Weile stumm an, als wollte er testen, ob sie selbst draufkam. Kam sie nicht. Er setzte sein pädagogisches Gesicht auf, das er offenbar für besonders zugewandt hielt und das er immer machte, wenn Kunden etwas besonders Dummes sagten.

»Zunächt einmal«, er zog die Wörter lang, bis er sicher war, dass die Kundin ihm ihre volle Aufmerksamkeit schenkte und nicht das hin und her huschende Tier in dem Käfig beobachtete. »Zunächst einmal ist das kein Frettchen. Das ist ein Marder. Ein Frettchen sähe so aus.«

Er griff nach einem dicken Bildband und hielt der Nachbarin ein Foto entgegen.

Sie sah vom Foto zum Käfig und zurück.

»Sehr ähnlich, finde ich.«

»Haben beide Fell und nagen. Mehr nicht.«

Finn rollte auf seinem Schreibtischstuhl herum und warf Trixie das Telefon zu. Er war wirklich ausgesprochen guter Laune heute, Maximilia sei Dank.

»Frau Trixie, einmal den Oberförster, bitte.«

Dann wandte er sich wieder der Nachbarin zu.

»Ein Marder ist ein Wildtier. Also nichts fürs Kinderzimmer.«

Trixie ging kurz vor die Tür, um sich mit dem Förster zu beratschlagen, während Finn auf seinem Drehstuhl wie in der großen Tasse eines Kinderkarussells kreuz und quer durchs Zimmer düste und der armen Nachbarin etwas über »libysche Streifenwiesel und ihre charaktervolle Zeichnung« erzählte.

Trixie erlöste sie.

»Der Förster schickt jemanden. Wir sollen es nicht anfassen und nicht füttern. Und nicht den Käfig öffnen.« Sie musterte die Nachbarin von oben bis unten.

»Hat es Sie gekratzt? Brauchen Sie eine Tetanus-Impfung? Haben Sie eine gegen Tollwut?«

Die Nachbarin knöpfte schon wieder ihren Mantel zu und versicherte, sie habe keinerlei Kontakt zu dem Marder gehabt. Finn hatte begonnen, ziemlich schief »It's a wonderful life« zu singen und winkte den beiden Frauen noch zum Abschied zu.

Auf dem Flur hatte Trixie eine Idee.

»Sagen Sie, wenn Sie Ihr eigenes parkendes Auto gefilmt haben – ist auf dem Material zufällig auch unser Praxisfenster zu sehen?«

Die Nachbarin überlegte und zog ein Gesicht, sie wusste es nicht genau, hielt es aber für möglich.

»Gucken Sie in der Mittagspause doch selbst meine Videos durch, ich hab noch alle. Und ich mach uns ein Käffchen dazu.«

Der Kaffee war stark und dank der Zugabe von Sahne, Amaretto und jeder Menge selbst gebackener Plätzchen eine komplette Mittagsmahlzeit. Trixie saß am Laptop der Nachbarn und suchte nach der entsprechenden Nacht. Als sie schließlich eine schmale Gestalt sah, die sich am Brett des Praxisfensters hochzog, hätte sie fast aufgeschrien. Ihr allererster Gedanke war: gottlob nicht Spatzbach. Er saß auch nicht im Auto oder stand Schmiere, er war wirklich ganz und gar nicht dabei. Gespannt wartete Trixie, die neugierige Nachbarin im Nacken, ob man die

Gestalt beim Verlassen der Praxis besser erkennen würde.

»Nanu, die schnöselige Frau Doktor! Warum geht sie denn nicht vorne rein? Hat sie keinen Schlüssel mehr?«

Die Nachbarin hatte Mone sofort erkannt.

Obwohl eine leise Stimme in ihrem Kopf das die ganze Zeit geflüstert hatte, war Trixie jetzt doch wie erschlagen. Ausgerechnet die karrierebesessene Tochter aus guter Familie wollte sich ihr Haus unter den Nagel reißen. Aber wieso dieser Einbruch? Und die Verwüstung? Wollte sie Trixie einfach nur zermürben, damit sie endlich verkaufte, oder sollte das Chaos etwas verbergen, das sie während des Einbruchs gesucht oder angerichtet hatte?

Trixies Hände waren zu Fäusten geballt, als sie sich ausmalte, wie sie Mone zur Rede stellen und sie zusammenfalten würde. Und anzeigen, natürlich! Dann beruhigte sie sich, was auch an den Keksen der Nachbarin und dem Glas Amaretto liegen konnte, das die ihr neben den Bildschirm gestellt hatte. Trixie bedankte sich, beschwor sie, die Aufnahmen nicht zu löschen, und lief rüber zu Finn, um ihm alles zu berichten.

»Es war Mone! Sie ist hier eingebrochen! Aber wir sagen ihr erst mal nicht, dass wir es wissen!«, rief sie, als sie in die Praxis stürmte. Maximilia und Finn flogen auseinander. Maximilias Bluse war zur Hälfte aufgeknöpft, und Finns Gesicht war so rot unter seinen ohnehin schon roten Haaren, dass er wie angemalt aussah.

»Kinder, ich hab in meinem Leben schon alles gesehen. Schöner Busen, Maxi, pfleg ihn gut!«

Sie nutzte die Verwirrung, um beiden von Mones Einbruch zu berichten.

»Wir schicken erst mal Kaluppke hinter ihr her, solange sie noch nichts ahnt. Ich ruf ihn gleich an und frage, ob er Zeit hat, mit Trudi spazieren zu gehen und dabei ein bisschen für uns zu spionieren.«

Während sie mit Kaluppke telefonierte und ihm einen großen Sack Spezialfutter für Trudi versprach, konnten Maximilia und Finn wieder nicht die Hände voneinander lassen. Trixie gönnte ihnen diese erfreuliche Mittagspause und nutzte die restliche Zeit, um noch einmal alle Räume abzusuchen. Es wäre doch gelacht, wenn sie seit Jahren an etwas vorbeiguckte, das Mone offensichtlich schnell gefunden hatte. Sie rückte sogar einige Schränke beiseite, aber da war einfach nichts. Keine Geheimtür, keine Diamanten ganz hinten im Regal, nichts. Es warteten schon die ersten Nachmittagskunden, als Kaluppke zurückrief.

»Dit Frollein Doktor is zur Villa vonne Perfesser jegangen. Sie hat ihm 'nen dicken Umschlach überreicht. Und denn ist sie wieder wech. Und er 'ne Minute später ooch.«

»Was für ein Auto fährt er?«

»Vor der Jarage ham wa 'n Jeep und 'n Porsche.«

Trixie schluckte enttäuscht.

»Aber jefahren is er mit nem kleenen weißen Liefawagen.«

»Moment. Können Sie ihm hinterher?«

»Frollein, soll ick uff de Trudi reiten?«

»Können Sie sich bei der Villa ein bisschen umsehen?«

»Mach ick«, war alles, was Kaluppke noch in den Hörer keuchte, und Trixie hoffte, dass das, was immer er jetzt auch unternehmen würde, eine halbwegs legale Grundlage hatte.

Sie war ganz froh, dass in der Praxis wieder Trubel ausbrach und sie von ihren Gedanken an Mone, Kastner und vor allem Godzilla ablenkte.

Zwei Zwillingsmädchen hatten einen großen Käfig voller junger Chinchillas gebracht. Trixie hatte sie vorher schon im Wartezimmer gesehen und sich darauf gefreut, ein bisschen mit den plüschigen dicken Kerlchen zu kuscheln, während Finn sie impfte. Aber offenbar war der Käfig gerade umgekippt, und das halbe Dutzend Chinchillas flitzte jetzt durch die Praxisräume.

»Niemand bewegt sich, alle bleiben stehen!«, brüllte Finn.

Trixie gab die Anweisung vom Flur aus ins Wartezimmer weiter. Sie hoffte so sehr, dass niemand versehentlich auf die niedlichen Tierchen trat, das würde den beiden Mädchen das Herz brechen.

Zwei fing sie im Flur ab, als sie in den Röntgenraum huschen wollten.

»Hab zwei!«, rief sie Finn zu.

Der rief »drei und vier bei mir« zurück.

Aus dem Wartezimmer kamen wütendes Kläffen und eine hysterische Männerstimme, hoch und piepsig.

Vorsichtig, Schritt für Schritt, machte sich Trixie auf in Richtung des Gebrülls.

Ein Hund zerrte wild an seiner Leine und konnte gar nicht fassen, dass er die leckere Beute mit den großen Ohren nicht jagen und erlegen durfte. Sein Besitzer hielt ihn so kurz es ging und entschuldigte sich ununterbrochen. Der junge Mann, der mit seinem graubraunen Strickpullover selbst ein bisschen nach Nagetier aussah, stand auf seinem Stuhl und quiekte schriller als Herr Wohlgemut.

»Tut mir leid, aber nehmen Sie die weg, nehmen Sie die weg, tut mir leid!«, rief er immer wieder und zeigte auf die Chinchillas Nummer fünf und sechs, die auf den Zeitschriften saßen und ihn mit ihren Knopfaugen anstarrten. Hätte Trixie es nicht besser gewusst, sie hätte schwören können, dass die beiden sich gerade wie Bolle amüsierten.

»Fünf und sechs sind hier«, rief sie Finn zu, der hineinkam und beide Chinchillas auf die Hand nahm.

»Ich hab eine Mäusephobie, es ist furchtbar«, schluchzte der Mann in dem Nagetierpullover.

Finn war schon fast auf dem Rückweg ins Sprechzimmer, jetzt drehte er sich noch einmal um und hielt ein Chinchilla hoch.

»Das ist keine Maus«, herrschte er den Kunden an. »Himmelherrgott, kennt denn hier niemand mehr die einfachsten Tierrassen? Mäuse haben nackte Schwänze und sehen überhaupt ganz anders aus.«

Trixie schob ihn in den Flur, damit der Kunde sich beruhigen konnte. Sie reichte ihm eine Tüte und ließ ihn hineinatmen, bis er sich wieder gefangen hatte.

»So große Ohren, diese Mäuse«, murmelte er.

»Das sind keine Mäuse«, seufzte Trixie, die nun auch langsam die Geduld verlor und froh war, als die Türklingel schepperte.

Maximilia schob sich an ihr vorbei und raunte ihr zu, sie werde noch mal die Gegend abfahren auf der Suche nach möglichen Lagerhallen, und sie würde auch in Kastners Kiez nachsehen, ob sie den weißen Lieferwagen erwischte.

»Ich bin dir so dankbar, dass du Finn und mich verkuppelt hast«, kicherte sie und quetschte sich an Spatzbach vorbei aus der Tür.

Trixie zog Spatzbach, der verwirrt auf den weinenden Mann im graubraunen Pullover sah, in den Röntgenraum.

»Ich muss mich bei dir entschuldigen«, fing sie an. Er zog sie in seine Arme und bedeckte ihren Hals mit Küssen.

»Musst du, deine Couch ist ein Albtraum, ich bin aufgewacht wie Quasimodo.«

»Nicht die Couch. Der Einbruch. Ich weiß jetzt, dass du es nicht warst.«

Spatzbach sah sie etwas verletzt an.

»Das hast du doch nicht im Ernst für möglich gehalten?«

»Es war Mone Windhoff.«

Spatzbach pfiff durch die Zähne.

»Leichen pflastern ihren Weg.«

Er strich ihr über die Hüften, und Trixie hätte fast geschnurrt vor Behaglichkeit.

»Lass uns das feiern heute Abend. Im Ananas und Schirmchen, der guten alten Zeiten wegen. Ich hol dich ab«, Spatzbach saugte sich an ihrem Hals fest, und eine Gänsehaut lief Trixie den Rücken entlang.

Ihr Telefon klingelte. Halb bedauerte sie die Unterbrechung, halb war sie erleichtert, denn ihr war ziemlich warm geworden in den letzten Minuten. Kaluppke. Sie stellte ihn laut.

»Frollein, ick komm zwar nich rein in die Kastner-Villa, also nich lejal, aber ick hab durchs anjewinkelte Fenster paar Bilder jeknipst, da lag der jeöffnete Umschlach von der Frau Doktor. Ick schick's Ihnen, gucken Se ma.«

Spatzbach streichelte ihren Nacken, während Trixie Kaluppkes Anhang öffnete und langsam runterscrollte. Offenbar hatte Mone dem Professor Fotos aus der Praxis geschickt, Trixie bemerkte aber nichts Verdächtiges. Sie sah auf den Fotos, die auf einer Kommode verstreut lagen, die vertrauten Räume, hatte aber keine Idee, was Kastner daran interessieren konnte.

»Jetzt haben wir zumindest den Beweis, dass sie für ihn arbeitet und dass Kastner der Freund der Familie Windhoff ist, der dieses riesige Interesse am Haus hat«, murmelte sie. »Er will es unbedingt haben, nur warum?«

Spatzbach machte sich gerade an ihrem Ohrläppchen zu schaffen, als sie am Rande der Kommode ein gerahmtes Foto entdeckte.

Darauf standen zwei Männer bei einem Golfturnier. Der linke war unverkennbar Kastner mit dem wehenden weißen Haar. Der rechte trug ein perfekt sitzendes Golfer-Outfit und strahlte in die Kamera wie eine Mischung aus Pirat und Stummfilmstar.

Trixie versteifte sich in Spatzbachs Arm und ging einen Schritt von ihm weg, als wäre er ansteckend.

»Wieso hast du mir nicht gesagt, dass du Kastner kennst?«

Er wusste offenbar nicht, was er sagen sollte.

»Du kennst den Mann, der möglicherweise Godzilla in seiner Gewalt hat, und du hältst es nicht für nötig, mir das mitzuteilen?«

Sie öffnete die Tür und blieb kerzengerade daneben stehen. Ihr Gesicht war regungslos.

»Du gehst jetzt und kommst erst wieder, wenn du dir sicher bist, auf welcher Seite du stehst.«

Spatzbach versuchte gar nicht erst, sich zu rechtfertigen. Er schlich durch die Tür wie ein geprügelter Hund.

»Ach, und Spatzbach?« Trixies Stimme war ganz süß. »Sollte sich herausstellen, dass meinem Kater etwas passiert ist, weil du Kastner gedeckt hast, mach ich dir dein Leben zur Hölle.«

Kapitel 15

Möhrchen für den Spitz

Immer diese Überfälle. Schon wieder stand Spatzbach einfach so vor ihrer Tür, das wurde langsam zur Gewohnheit.

»Ich habe keine Lust, dir zuzuhören, wie du irgendwas erzählst. Und vor allem, wie du wichtige Dinge nicht erzählst.«

Trixie klang müde und frustriert, und genauso fühlte sie sich auch. Sie hatte eine weitere schlaflose Nacht hinter sich, in der sie stundenlang am Wohnzimmerfenster gestanden und nach Godzilla Ausschau gehalten hatte, und heute Morgen fühlte sie sich gerädert.

»Was immer du vorhast, es interessiert mich nicht, Spatzbach.«

Sie versuchte die Tür zu schließen, aber da schoss von hinten eine struppige Hundedame zwischen Spatzbachs Beinen hindurch und sprang an ihr hoch. Trudi.

»Du hast Kaluppke dabei?«

Jetzt verstand Trixie gar nichts mehr. Sie musste sich anziehen und auf den Weg in die Praxis machen – was sollte dieser morgendliche Besuch?

»Wir haben gleich eine Verabredung mit Kastner«, sagte Spatzbach und ließ den Satz einen Moment auf Trixie wirken. Sie starrte ihn an, als sei er jetzt völlig irre geworden.

»Das heißt, ich habe ein Date mit ihm. Ich kenne ihn ja eigentlich nicht, ich habe ihn nur dieses eine Mal auf dem Golfturnier getroffen und das völlig vergessen, da waren viele ältere Herren, die sich wichtig machten. Unsere Gruppe hat nur gewonnen, weil die anderen noch schlechter waren, und wir waren schon echt schlecht. Kastner puttet wie ein Roboter, und ich spür's im Kreuz, sobald ich abschlagen will. Um die anderen Teilnehmer hab ich mich kaum gekümmert, und mit Kastner hab ich nicht mal gesprochen.«

Trixie stöhnte.

»Keinen Golf-Exkurs! Es ist kalt, komm auf den Punkt.«

»Ich habe ihn angerufen und bequatscht, dass er sich mit mir trifft, angeblich wegen eines Projekts. Ich bin gestern nach unserem Gespräch nach Hamburg gefahren und habe einige Pläne geholt, die ich mal für ein Berliner Stadtteilmuseum entworfen habe. Die zeige ich ihm und behaupte, es wäre eine Idee für seine Manussen-Sammlung. Es gab sogar schon ein vorgesehenes Grundstück in Berlin. Ich kann ihn damit nicht ewig festhalten, denn er wird schnell kapieren, dass dieses Objekt für seine vielen riesigen Gemälde gar nicht infrage kommt.«

Kaluppke war dazugetreten, rieb sich die Arme unter seiner dünnen Jacke und schlug die Fersen zusammen, um sich aufzuwärmen.

»Schätze mal, wir zwee Hübschen wer'n jenuch Zeit haben, Frollein.«

Trixie war immer noch ratlos.

»Wir? Zeit? Wofür?«

Kaluppke sah zwischen ihr und Spatzbach hin und her, als sei sie besonders begriffsstutzig. Offenbar hatte er gedacht, sie sei längst eingeweiht.

»Na, um bei der Kunst-Flitzpiepe inne Villa einzusteigen. Wir jehn rein, während die beiden feinen Golfer zu diesem Jelände hinjuckeln, und Sie schnuppern 'n bissken rum und kieken sich allet an, und zack sind wa wieder raus aus die Kartoffeln.«

Trixie wusste nicht, ob sie nur ablehnen oder protestieren sollte. Aber dann dachte sie an Godzilla und wie lange er schon weg war und nickte.

»Ich zieh mir schnell was über, wartet im Wagen.«

»Ich komme mir vor wie eine Privatdetektivin«, murmelte sie, während sie mit Kaluppke im Auto vor Kastners Villa wartete und Spatzbach beobachtete, der vor der pompösen Eingangstür stand. Schließlich kam Kastner heraus, sperrte sorgfältig mehrere Schlösser ab und ging mit Spatzbach zu dessen Auto. Fast bewundernd registrierte Trixie, wie Spatzbach seine Showman-Nummer abzog, er quasselte auf den

Kunstprofessor ein, bewegte die Hände, als wäre er mitten in einer Zaubernummer, als würde er das künftige Manussen-Museum aus dem Boden schießen lassen wie ein Kaninchen aus dem Zylinder, strahlte und lachte. Und Kastner schien die ganze Aufmerksamkeit zu gefallen.

Als sie weggefahren waren, führte Kaluppke Trixie neben der Villa in ein kleines Waldstück. Nirgendwo brannte Licht, nur an jeder Seite des Hauses hing eine Alarmanlage. Trixie zeigte darauf, aber Kaluppke grinste nur. Er öffnete eine Klappe im Boden am Waldrand, die von Zweigen und Laub bedeckt war und die Trixie natürlich übersehen hatte. Dann nahm er eine große Kneifzange aus seinem schwarzen Ninjarucksack und gab ihr eine Taschenlampe. Trixie leuchtete in das Erdloch und erkannte einen Kasten mit einem Gewirr aus Kabeln und Drähten.

»Kumpel von mir is hier schon mal einjebrochen, is länger her, aba die Elektrik is jeblieben«, nuschelte Kaluppke und knipste einige Drähte durch.

Das kleine rote Licht der Alarmanlage leuchtete nicht mehr.

»Wir ham ne Viertelstunde, falls et inzwischen 'nen heißen Draht zum Wachdienst jibt. Falls. Vamutlich nich, er hat seine Schinken ja ins Depot jepackt. Trotzdem: fuffzehn Minuten, sichaheitshalba.«

Trixie fragte nicht nach, woher er das wusste. Es schien unter Einbrecherkumpeln ein eigenes Informationsnetzwerk zu geben. Kaluppke hebelte ein altes Holzfenster im Erdgeschoss so leicht auf, als wäre die

Villa ein baufälliger Geräteschuppen, und sie stiegen ein.

Mones dicker Umschlag lag jetzt auf einem riesigen Schreibtisch, der übersät war mit Papieren, Quittungen, Briefen und allerlei Katalogen.

»Der hat keine Trixie für die Buchhaltung«, murmelte sie und öffnete den Umschlag. Kaluppke sah ihr neugierig über die Schulter, wie sie die Fotos durchschaute. Sie kam einfach nicht darauf, was hier so wichtig war, dass Mone es dokumentiert hatte. Eingestreut zwischen den Bildern von den Praxisräumen lagen alte Schwarzweiß-Fotos von Manussen-Gemälden. Sie blätterte den Stapel ein drittes Mal durch.

Plötzlich sah sie es, und sie schlug die Hand vor den Mund, um nicht zu schreien. Wie hatte sie das übersehen können? Wenn man es einmal gefunden hatte, war es so offensichtlich, und PeFe und sie hatten jahrzehntelang daneben gestanden und es nicht bemerkt!

Es war eine Stuckleiste an der Decke, wie in fast allen Räumen der Praxis. Die Leiste war gebrochen, weil jemand – vielleicht PeFes Vorgänger – versucht hatte, sie mit einem großen dunklen Nagel in die Wand zu hämmern. Das Motiv der Leiste waren große Eichenblätter.

Sie gab Kaluppke zwei der Fotos, aber der schüttelte den Kopf.

»Ick kenn mir mit moderner Kunz nich aus, nur mit Krams, der innen Rucksack passt.«

Dann nahm sie eine Lupe von Kastners Schreibtisch und hielt sie abwechselnd über die beiden Bilder.

Links Vladimir Manussen anno 1944 vor seinem eigenen Werk: Fliegende Schweine mit Hasenohren und Leopardenfell. Rechts das Untersuchungszimmer in PeFes Praxis, letzte Woche.

»Achten Sie mal auf die Stuckleiste mit dem Nagel. Links sehen Sie genau dieselbe, damals natürlich ohne Nagel. Die Eichenblätter.«

Kaluppke brauchte noch einen Moment, dann pfiff er durch die Zähne.

»Dit is Ihre Praxis! Der hat in Ihrem Haus jemalt!«

Trixie nickte.

»Sehen Sie mal, wie weit die Wand damals vom Fenster weg war. 1944 passte dieses Schränkchen hin. Und jetzt fehlen zwei Handbreit. Ich weiß noch, dass ich mal versucht habe, genau da einen Kalender aufzuhängen, aber es gibt dort heute einfach zu wenig Platz.«

Kaluppke sah sie mit großen Augen aus dem Tattoogewirr heraus an und verstand offensichtlich nicht, was sie meinte.

»Die lange Wand, die wir jetzt im Untersuchungszimmer haben, die ist nachträglich eingezogen worden. Was Kastner überall in Berlin sucht, was man auf diesen alten Schwarzweißfotos sieht, das sind gar keine gerahmten Gemälde! Sondern Wandmalereien! Manussen hat die Wände unserer Praxis bemalt und anschließend dicke neue Gipswände davorgestellt. Er musste seine Werke verstecken, sonst hätte ihn womöglich irgendjemand denunziert – er wurde ja gesucht. Und weder der alte Doc noch PeFe haben jemals renoviert, wir haben nur ab und zu gestrichen. Deshalb wurden die Arbeiten nie gefunden.«

»Wat is dat denn wert, Frollein?«

Die Frage hatte sich Trixie bisher noch gar nicht gestellt.

»Kommt drauf an, wie viele Wandgemälde wir finden. Wir haben insgesamt sieben Zimmer im Erdgeschoss. Sieben falsche Wände? Millionen, würde ich sagen. Für die Kunstwelt und Kastner ist das unschätzbar.«

Kaluppke lachte, die Runzeln in seinem Gesicht schoben sich zusammen, und er zeigte seine gelben Stummelzähne. Trotzdem schaute er, der alte Profi, auf seine Armbanduhr: dreizehn Minuten.

Trixie legte die Fotos so zurück, wie sie sie gefunden hatte.

»Mone ist ganz schön clever, wenn sie das neben ihrer Arbeit bei uns mitgekriegt hat. Sie kannte Kastner ja, und er wird ihr sicher die alten Fotos gezeigt haben. Deshalb hat sie dauernd Bilder geschossen von der Praxis und herumgeschnüffelt, die zukünftige Chefärztin der Tierklinik.«

»Aba Scheffin wirdse jetze doch nimma«, wandte Kaluppke ein, winkelte den rechten Arm an und ruckte mit der erhobenen Faust mehrfach hoch und runter, gab das militärische Zeichen zur Beeilung. Trixie machte sich auf den Rückweg zum Fenster.

»Als verurteilte Einbrecherin? Kaum. Und niemals werde ich ihm das Haus verkaufen, da muss mich Kastner schon umbringen.«

Eine Gänsehaut lief ihr den Rücken hinunter, als ihr klar wurde, dass Kastner vielleicht tatsächlich so weit gehen würde.

In der Praxis wartete Trixie ungeduldig darauf, dass endlich die Kunden gingen, für die Finn und Maximilia eine Schulung in Erster Hilfe abhielten. Maximilia hatte die Idee gehabt, und obwohl sie nur einen Aushang im Späti und an einigen Straßenlaternen gemacht hatte, waren ein Dutzend Leute gekommen und übten jetzt an einem besonders gleichmütigen Hund, wie man Ohren untersuchte, den Bauch abtastete oder Verbände anlegte. Endlich war der Kurs vorbei, und Trixie konnte hinter den Leuten abschließen. Spatzbach war inzwischen auch eingetroffen. Wie erwartet hatte Kastner seinen Museumsentwurf und das Grundstück zu klein, zu provinziell und komplett ungeeignet gefunden. Gemerkt hatte er aber nichts.

Trixie versammelte alle im Untersuchungszimmer und zeigte ihnen die Stuckleiste neben dem angeblichen Wandabschluss. Sie hatte mit dem Handy Fotos von den Fotos geschossen, aber darauf erkannte man wenig, also erzählte sie den anderen, was sie herausgefunden hatten. Zusammen mit Finn rückte sie den Schrank mit dem Verbandsmaterial zur Seite und klopfte gegen die Wand dahinter. Es hörte sich zwar solide dumpf, aber eben doch hohl an, über die gesamte Fläche hinweg. Genau das musste Mone früh aufgefallen sein, vielleicht durch einen reinen Zufall, oder sie hatte in einem anderen Raum der Praxis zuerst bemerkt, dass die Zimmer etwas zu klein waren, weil die Trennwände niemals so stark sein konnten. Finn brachte ein Hämmerchen, das er bei Knochen-OPs benutzte, und Trixie schlug vorsichtig ein enges Loch in die uralte Blümchentapete und den Gips darunter.

»Dass wir hier selbst mal was kaputtmachen, hätte ich auch nicht gedacht, normalerweise bröckelt der Putz von allein«, scherzte Finn, um die Spannung zu mildern.

Trixie leuchtete mit einer Taschenlampe hinein und sah ganz verklärt aus, als hätte sie eine Erscheinung.

»Es ist wirklich da!«, flüsterte sie. »Man kann nicht viel erkennen, aber das ist eindeutig ein Gemälde auf der echten Wand.«

Nacheinander wollten alle in das kleine Loch sehen. Sie standen zusammen wie eine Sekte bei einer heiligen Handlung, niemand wusste etwas zu sagen.

»Wir sollten den Schrank wieder davorschieben«, meinte Trixie schließlich, und die anderen packten mit an.

»Nuuuun«, Finn zog das Wort lang und wandte dabei nicht den Blick von Trixie.

»Maxi und ich waren auch nicht ganz untätig. Wir haben herumtelefoniert, neben dem Erste-Hilfe-Kurs, einem Hund mit eingeklemmter Pfote und zwei Katzen mit Zahnstein.«

»Erst waren wir im Internet«, korrigierte Maximilia, und Finn nickte.

»Wir haben Kastner recherchiert und festgestellt, dass er nicht immer Kunsthistoriker war. Bevor er das studiert hat, hatte er ganz andere Fächer belegt.«

Trixie sah ihn gespannt an und trommelte mit den Fingern auf den silbrig glänzenden Untersuchungstisch.

»Nämlich Veterinärmedizin.«

Trixie stand der Mund offen.

»Er ist Tierarzt?«

Finn wehrte ab.

»Ist er eben nicht. Er wurde nach wenigen Semestern rausgeschmissen. Ich habe den Doktorvater meines Doktorvaters angerufen, steinalt wie eine Schildkröte, sieht auch so aus. Aber er erinnerte sich. Er sagte, in Kastners Kopf seien bizarre Mächte am Werk gewesen. Er habe eine Menge spinnerte Ideen gehabt, und er war besessen von Wolpertingern und Fabelwesen.«

»Also ist er rausgeflogen, weil er irre war?«

»Er wurde exmatrikuliert, weil er unnötige OPs vorgenommen hat, heimlich.« Finn schüttelte den Kopf. »Er hat Experimente an Tieren durchgeführt, Amputationen, Transplantationen und so etwas.«

»O Gott.« Trixie war leichenblass geworden, und Spatzbach hielt sie fest an der Taille, bis sie sich gesetzt hatte.

Maximilia kauerte sich vor Trixie hin und umfasste ihre Hände.

»Wir haben noch weitertelefoniert. Es sind hier so viele Haustiere verschwunden. Wenn Kastner sie irgendwo festhält, um Experimente an ihnen durchzuführen, dann braucht er nicht nur einen Ort, sondern auch die Ausrüstung. Einen großen Ort und viel Ausrüstung.«

Finn klopfte mit der flachen Hand auf einen Transportkäfig, der neben ihm im Regal stand.

»Käfige, OP-Besteck, Lampen und so weiter. Möglicherweise hatte er das bereits, aber vielleicht, haben wir gedacht, hat er das alles neu gekauft. Die Käfige, die bei dem Unfall gefunden wurden, sahen jedenfalls neu aus.«

Eine Träne lief über Trixies Wange, sie wischte sie energisch weg.

»Also haben wir Lieferanten angerufen, bei denen man diese Sachen bestellen kann. Zum Beispiel den Laden, wo die Jansons unser Ultraschallgerät gekauft haben. Die meisten wollten uns keine Auskunft geben, aber Maximilia hat allen Charme aufgewendet.«

Stolz strich Finn seiner Freundin über die Haare und küsste ihren Scheitel.

»Zwei Firmen haben gesagt, dass sie genau diesen passenden medizinischen Bedarf geliefert haben, an eine Adresse im Berliner Umland, in einem Gewerbegebiet. Ungewöhnlich viele Käfige. Der Käufer hatte behauptet, es seien Spenden für eine Tierschutzorganisation im Ausland.«

Trixie war so schnell von ihrem Stuhl aufgestanden und zur Tür gesprungen, dass die anderen ihr verwundert nachsahen.

»Worauf wartet ihr? Wir fahren da jetzt hin!«

Das Gewerbegebiet war ein sehr einsamer Ort. Die meisten Häuser sahen verlassen aus, und die Grundstücke waren ungepflegt, hier ging mit Sicherheit niemand seinem Geschäft nach.

Spatzbach fuhr eine Weile orientierungslos umher, bis er die Adresse gefunden hatte. Hinter ihm stiegen Finn und Kaluppke aus, Trixie kam mit Maximilia. Die Halle war abgesperrt durch ein schweres Rolltor und mit einem schweren Schloss gesichert. Sie gingen um den Bau herum und fanden weiter oben ein kleines Fenster. Spatzbach lief zurück zum Auto und fuhr es ganz nah an die Wand heran. Dann kletterte er umständlich auf der Beifahrerseite heraus und winkte Trixie zu sich.

»Das wird dir das Blech eindellen.«

»Das Blech ist mir völlig wurscht.«

Sie lächelte ihm zu, stieg auf den Kofferraum und balancierte, bis sie über dem Fahrersitz stand.

Dann lehnte sie ihre Stirn gegen das Glas, schirmte die Augen mit den Händen ab und spähte in die Halle. Es dauerte eine Weile, bis sie etwas erkennen konnte, die Halle lag praktisch im Dunkeln. Aber nach einer Weile erkannte sie rechteckige Formen, und dann hörte sie auch leise Gebell und Gewinsel.

»Es sind Käfige drinnen. Und Tiere!« Ihre Stimme überschlug sich vor Aufregung. Spatzbach half ihr vom Autodach, und Maximilia griff nach ihrem Handy.

»Also, ich rufe jetzt die Polizei.«

Trixie sah sie zweifelnd an.

»Und wenn die nichts machen? Wenn die bloß herkommen und beschließen, sie informieren sich erst mal? Und während wir hier draußen warten, stirbt drinnen vielleicht eine Katze oder ein Hund, weil er nicht ordentlich versorgt wurde?«

Sie schraken zusammen, als sie ein lautes Röhren hörten.

Kaluppke hatte seinen Ninjarucksack geöffnet und seine Akku-Flex hervorgeholt.

»Was haben Sie noch alles bei sich? Sie sind die Mary Poppins der Panzerknacker!«

Kaluppke grinste.

»Det Schloss issen Witz. Ick flex dit schnell wech, und wenn de Polente kommt, bin ick schon vaduftet.«

Maximilia warf Finn das Handy zu.

»Na, dann ruf du die Polizei an, und ich fahre Kaluppke nach Hause. Das Schloss war schon offen, ihr habt nichts gesehen, und da ihr kein Werkzeug dabeihabt, könnt ihr es ja auch nicht gewesen sein.«

Alle nickten. Kaluppke machte sich ans Werk, war ein paar Sekunden später fertig und setzte sich zu Maximilia ins Auto.

Trixie fasste nach Spatzbachs Hand. Sie war genauso kalt und schwitzig wie ihre.

Sie wuchteten das Rolltor hoch, und während Finn mit der Polizei sprach und etwas erzählte von »zufällig im Gewerbegebiet auf der Suche nach neuen Räumen« und »da ganz nebenbei gefunden«, betraten sie die Halle.

Der Geruch nach Angst und Urin war überwältigend. Trixie verschlug es den Atem. Die Hunde fingen an zu bellen und gegen die Käfigtüren zu springen, sobald sie das Tor gehört hatten und Licht in die Halle gedrungen war. Spatzbach, Trixie und Finn liefen die Reihen ab und suchten nach Godzilla. Trixie fand einen eng zusammengekauerten Spitz, der sich gar nicht aus seiner Ecke traute. Ein blaues Polizeilicht flackerte bereits durchs Gewerbegebiet.

»Du kommst heute nach Hause, Kleiner«, wisperte sie ihm zu, »ich verspreche das.«

Da zerrte Spatzbach sie am Ärmel.

»Nichts wie raus hier!«

Er ignorierte ihren Protest, schob sie aus der Halle und zog sie mit sich zu seinem Auto. Da setzte er einen kleinen Käfig auf die Rückbank und warf seinen Mantel darüber.

»Was soll das?«

Ein Polizeiauto bog bereits um die Ecke.

»Wir wissen nicht, wie die das handhaben werden. Vielleicht dauert es Stunden, bis sie die Tiere wegbringen. Vielleicht kommen erst mal alle ins Heim oder in Quarantäne. Du willst Godzilla doch zu Hause haben und kein Verfahren wegen Einbruchs an die Backe kriegen?«

Trixie starrte ihn an.

»Du hast ihn? Du hast meinen Kater im Auto?«

Spatzbach antwortete nicht, weil eine junge Polizistin aus dem Einsatzwagen sprang und mit energischen Schritten auf sie zukam. Geschickt manövrierte Spatzbach sie näher zur Halle und weiter weg von seinem Auto, indem er Finn rief und der Polizistin in aufgeregtem Stakkato berichtete, das sei sein Neffe, und der als Tierarzt könne ihr alles erklären.

Es dauerte tatsächlich eine Weile, bis die Polizei einen Überblick gewonnen und die Personalien aufgenommen hatte. Finns und Spatzbachs Behauptung, das Schloss der Halle sei schon aufgebrochen gewesen, nahmen sie mit einem Nicken zur Kenntnis und fragten nicht weiter.

»Ich hab einen Collie zu Hause«, raunte die Polizistin Trixie zu, nachdem sie den Kofferraum kontrolliert und tatsächlich kein Einbruchwerkzeug gefunden hatte.

»Ich würde durchdrehen, wenn der in diesem Saustall leiden müsste.«

Trixie strich ihr dankbar über den Arm.

Der Amtstierarzt und Mitarbeiter des Tierheims trafen ein. Mit Finns Hilfe protokollierten sie alle Insassen und suchten sie nach Chips, Halsbändern oder Tätowierungen ab. Währenddessen standen Spatzbach und Trixie frierend am Auto, aber Spatzbach langte schließlich auf den Rücksitz.

»Pelz soll ja ganz hervorragend wärmen.«

Er legte Trixie den erschöpften und dünnen Godzilla in den Arm. Sie drückte ihn an sich, streichelte sein Fell, das struppiger war, als sie es kannte, fühlte, wie er seine Nase in ihren Pullover drückte, und da konnte sie nicht anders und musste schluchzen. Spatzbach öffnete die Tür und schob sie beide vorsichtig auf den Rücksitz.

»Ich fahr euch mal heim, Finn kommt hier schon alleine klar.«

»Moment noch.« Trixie zog mit der freien Hand Spatzbach am Revers seines Mantels zu sich. Und sie küsste ihn, so lang und leidenschaftlich, bis Godzilla auf ihrer Brust unruhig wurde. Er wollte endlich nach Hause.

Es war ein guter Tag für den Spitz. Endlich wieder ein guter Tag. Erst war alles ganz verwirrend: Ein fremder Mann nahm ihn aus dem Käfig und suchte seine Ohren ab, fand offenbar etwas und telefonierte. Er wurde wieder in den furchtbaren Käfig gesetzt mit der stinkenden Decke. Aber dann kamen seine Menschen! Er hörte ihre Schritte und ihre aufgeregten Stimmen. Seine Menschen waren da! Seine Menschen holten ihn ab! Er stellte die Vorderpfoten gegen die Käfigtür und bellte ganz laut, immer wieder, damit sie ihn nicht übersahen und ohne ihn weggingen. Und als sie endlich vor ihm standen, da musste er sich einfach im Kreis drehen und weiterbellen, er wollte aus dem Käfig raus. Sofort. Er wollte auf den Arm, er wollte gekuschelt werden – und sogar gebadet, damit er nicht mehr nach diesem furchtbaren Ort roch. Er war so schrecklich aufgeregt, dass er nicht anders konnte und sich eine Pfütze unter ihm ausbreitete. Aber seine Menschen waren nicht böse mit ihm, sie nahmen ihn trotzdem auf den Arm, so klebrig und stinkend, und drückten ihn und sagten immer wieder, was für ein guter Junge er sei, ein guter, guter Junge. Und er drückte seine feuchte Nase an ihren Hals und atmete diesen Duft ein. Ganz tief. Er roch seine Kuscheldecke. Und gekochte Möhrchen.

Kapitel 16

Nachts sind alle Bobtails grau

»Wir sind so froh, dass Sie dabei sind. Sie haben ja bestimmt auch anderes zu tun, als nachts mit uns Kekse im Auto zu essen.«

Trixie lehnte sich vom Rücksitz des Wagens nach vorn und reichte dem Mann hinter dem Lenkrad die Packung.

Der Mann nahm sich gleich ein paar, gab die Packung an den Journalisten Kai auf dem Nebensitz weiter und dann zurück zu Trixie und Spatzbach, die hinten unter einer Decke eng zusammengerückt waren.

»Große Teile meines Jobs bestehen darin, nachts Kekse im Auto zu essen, dazu hab ich dann Fernglas und Kamera auf dem Beifahrersitz«, nuschelte der Mann mit vollem Mund. Er schluckte und stellte den Rückspiegel so ein, dass er Trixie ansehen konnte.

»Ich bin Ihnen so dankbar, dass Sie unseren Spitz gefunden haben. Der Kleine war verfilzt und hungrig wie ein Bernhardiner, aber sonst ist ihm nichts Schlimmeres passiert. Als Ihr Doc mich vorhin angerufen hat, hab ich direkt meine Frau gepackt und bin zu diesem Gewerbegebiet gefahren. Sie können sich vorstellen, was bei uns zu Hause los war.«

Trixie drückte seine Schulter.

»Ich weiß ganz genau, was Sie meinen.«

Die Polizisten, die zu der großen Halle gekommen waren, hatten Trixie wenig Hoffnung gemacht, dass Kastner direkt verhaftet werden würde. Erst müsse man prüfen, ob er wirklich der Mieter dieser Halle sei, und dann nachweisen, dass er die Tiere gestohlen habe. Das OP-Besteck ließ zwar Schlimmes befürchten, aber anscheinend waren in der Halle keine Tiere verletzt worden. Kastner hatte mit seinen Experimenten wohl noch nicht angefangen.

»Also könnte das auf eine simple Geldstrafe hinauslaufen?«

Die junge Polizistin sah genauso wütend aus wie Trixie.

»Ja. Oder Bewährung. Oder er muss ein paar Sozialstunden ableisten, wer weiß. Wenn das Verfahren nicht sogar eingestellt wird.«

Trixie war zwar unendlich froh gewesen, Godzilla wiederzuhaben, aber dass Kastner womöglich davonkam, erschien ihr unerträglich. Sie rief den langhaarigen Lokaljournalisten Kai Beere an, der nach dem Einbruch in die Praxis gekommen war.

Eigentlich hatte sie damit gerechnet, dass er wieder abwinken würde, aber zu ihrem Erstaunen zögerte er keinen Moment und versprach, sich direkt auf den Weg zu machen.

Er kam zusammen mit seinem Bruder und dessen Frau, die, wie sich herausstellte, die Besitzer des kleinen Spitzes waren. Trixie freute sich über die Unterstützung, und noch mehr freute sie sich, als sie hörte, dass dieser Bruder Polizist war.

Und jetzt saßen sie hier nachts in seinem Privatauto und warteten darauf, dass Kastner einen Fehler machte.

»Ehrlich, Sie ahnen gar nicht, wie oft ich nur am Steuer rumsitze und wie ein Detektiv bis zu zehn Stunden lang einfach darauf warte, dass etwas passiert.«

Kastner hatte sich seit dem Mittag bei der Halle nicht blicken lassen. Möglicherweise, das hoffte Trixie, wusste er noch gar nicht, dass er aufgeflogen war.

Der Polizist hatte ihr auch einige Ausdrucke mitgebracht.

»Ich habe mal ein bisschen rumgesucht. Und stellen Sie sich vor: Es gab früher schon Phasen, in denen vermehrt Haustiere verschwunden sind, und die Orte und die Zeiten decken sich mit Kastners Lehraufträgen und Forschungsaufenthalten.«

Trixie und Spatzbach blätterten die Zettel durch.

»Er macht das schon länger?«

Der Polizist öffnete das Fenster einen Spalt, damit sie etwas mehr Luft bekamen, eiskalt strömte es in den Wagen. Trixie und Spatzbach rückten enger zusammen.

»Unsere Psychologin sagt, pathologische Tierquäler hören nicht einfach auf. Sie machen weiter oder steigern sich. Sie hat sich die Zeichnungen angesehen, die wir in der Halle gefunden haben, und auch die Gemälde von diesem Künstler. Und dann haben wir das alles mit den Aussagen von Kastners damaligem Doktorvater verglichen.«

»Ja?«

Trixie war so gespannt, dass sie sich weit vorlehnte und sich auf den Lehnen abstützte.

»Warum macht er das? Was brodelt da in seinem kranken Kopf?«

Der Polizist kurbelte die Scheibe wieder hoch. Eine kleine Atemwolke stand vor seinem Gesicht.

»Die Psychologin sagt, er ist von der Erschaffung neuer Kreaturen besessen. Er will Wolpertinger bauen, artübergreifende neue Wesen. Hunde mit Flügeln, Katzen mit Hundeschwänzen, Meerschweinchen mit einem zweiten Hamsterkopf, so was.«

Trixie schüttelte sich.

»Gehört der nicht eingewiesen?«

»Na ja«, Spatzbach räusperte sich, »Wissenschaftler haben schon Kaninchen gezüchtet, die im Dunkeln leuchten, und es gab mal eine Maus mit einem Menschenohr auf dem Rücken. Diese Forscher wurden auch nicht eingewiesen.«

Die vier schwiegen. Trixie schickte ein Dankesgebet zum Himmel, dass Godzilla nichts Schlimmeres passiert war. Nicht auszudenken, was Kastner mit ihrem flauschigen, freundlichen Kater angestellt hätte.

»Jetzt!«

Der Polizist zischte ihnen zu, sie sollten leise sein. Alle rutschten in den Sitzen etwas tiefer und versuchten sich möglichst unsichtbar zu machen. Kai hob das große Objektiv mit dem speziellen Nachtsichtfilter knapp über das Armaturenbrett und fotografierte Kastner, wie er aus der Tür seiner Villa trat.

»Was hat er da in der Hand?«

»Nicht gut.« Die Stimme des Polizisten klang ernst. »Eine Gewehrtasche. Er ist bewaffnet. Wenn ich einschreiten muss, ducken Sie sich, niemand spielt hier den Helden.«

Der Polizist legte seine Hand über den Zündschlüssel, damit er Kastner schnell verfolgen konnte, falls der in sein Auto steigen und wegfahren würde, aber das tat er nicht. Kastner ging nur bis zum Rand seines Grundstücks, das an den kleinen Wald grenzte, hockte sich hinter eine Ecke, holte das Gewehr aus der Hülle, legte es an und wartete.

»Das ist zu kritisch. Mit einer Waffe im Wohngebiet, ich glaub's nicht ... Kai, ruf Verstärkung. Sie da hinten bleiben unten. Ich schnapp ihn mir.«

Trixie stieß Spatzbach mit dem Ellenbogen an und zeigte durch ihr Fenster. Jetzt sah Spatzbach den Bobtail auch, der alleine die Straße entlangtrottete. Kastner änderte die Richtung seines Gewehrs und zielte auf den Hund. Der Polizist war leise wie ein Schatten ausgestiegen, Kai rief über Funk die Zentrale und bat um Unterstützung.

Der Polizist pirschte sich an Kastner heran. Der stand halb in der Hocke und hielt das Gewehr auf den Bobtail gerichtet, der jetzt an einem Baum schnupperte.

»Bleib da, Schatz«, flüsterte Trixie, »schnupper noch ein bisschen. Finde raus, welche Kollegen vor dir an dem Baum waren, bleib einfach da.«

Der Polizist war nur noch wenige Meter hinter Kastner. Der Bobtail hatte genug geschnuppert, hinterließ seine Markierung und setzte seinen nächtlichen Spaziergang fort.

Dann ging alles ganz schnell. Der Polizist stieß Kastner hart gegen die Schulter, der verriss das Gewehr, sie hörten einen leisen Schuss, gar nicht wie eine Fehlzündung oder was sonst in Krimis immer behauptet wurde, es war eher ein Ploppen. Der Bobtail drehte sich kurz um. Trixie und Spatzbach sahen vom Hund zu Kastner, zum Polizisten, wieder zum Hund. Der Hund hob noch einmal das Bein und lief dann den Weg zurück, den er gekommen war.

Der Polizist hatte Kastner entwaffnet und hielt ihn im Schwitzkasten. Sie sahen Metallisches aufblitzen, Handschellen vermutlich. Kastner rief irgendetwas. Schon flackerten von hinten die blauen Lichter eines Polizeiwagens. Kais Bruder schleppte seine professorale Beute zur Mitte der Straße, Kastner zappelte nur so lange, bis er den Streifenwagen sah, dann ließ er den Kopf hängen. Zwei Beamte stiegen aus und liefen ihrem Kollegen zu Hilfe. Kai fotografierte über den Fahrersitz gelehnt aus dem Fenster. Zufrieden betrachtete er die Bilder im Display.

»Das geht noch heute Nacht zur Onlineausgabe. Unerlaubter Waffenbesitz und Herumballern in der Öffentlichkeit, mindestens damit ist Kastner geliefert. Das bedeutet Knast.«

Trixie schmiegte sich an Spatzbach und atmete tief durch. Eine große Last fiel von ihr ab. Endlich war dieses Kapitel erledigt, und das normale Leben konnte weitergehen. Sie würde sich jedenfalls nie wieder über Langeweile beschweren.

Kai setzte sie zu Hause ab.

Spatzbach zog sie vor der Haustür in seine Arme. Sie küssten sich, und Trixie war so aufgekratzt, dass sie am liebsten kindliche Hopser gemacht hätte. Gleichzeitig fühlte sie eine unendliche Müdigkeit, wie nach einer ganzen Woche durchwachter Nächte.

Spatzbach hatte die Hände um ihr Gesicht gelegt und streichelte sanft ihre Wangen.

»Darf ich denn auf deiner Couch schlafen?«

Trixie schüttelte den Kopf.

»Das kommt nicht in Frage.«

Er sah sie enttäuscht an. Trixie küsste ihn wieder.

»Du musst unbedingt bei mir im Bett sein.«

Er drückte sie und hielt sie ganz fest.

Am nächsten Morgen rekelte sich Trixie. Draußen war es noch dunkel. Das endlich wieder vollständige Katzvolk lag zusammengerollt wie ein einziges großes Tier am Fußende und schnurrte kollektiv. Trixie sah auf den schlafenden Spatzbach, und ihr fiel ein, dass sie ja nun wusste, wie er mit Vornamen hieß, Finn hatte es neulich gesagt. Sander klang aber immer noch merkwürdig. So nannten doch höchstens Hipstereltern im Mateteе-Rausch ihren Nachwuchs, wenn sie wollten, dass der unbedingt Pianist oder TV-Psychologe werden sollte.

»Ich nenn dich weiter Spatzbach. Oder vielleicht nur Spatz, wenn wir uns besser kennen.«

Sie strich ihm eine Haarsträhne aus dem Gesicht. Seine Augenlider flatterten, er sah sie an und lächelte.

»Ist das schön, morgens beim Aufwachen dein Gesicht zu sehen, ohne dass du sauer bist und mich hochkant rauswirfst.«

»Zu Recht sauer.«

»Absolut zu Recht. Aber das ist vorbei. Ab jetzt erzählen wir uns alles, keine Geheimnisse mehr. Und wir gehen die Dinge zusammen an.«

Sie schmiegte sich in seinen Arm.

»So ernst ist es dir?«

»Es ist mir sehr ernst mit dir, Trixie, ich möchte, dass wir zusammen sind. Richtig zusammen, mit Katzen und allem, für eine möglichst lange Zeit.«

Trixie schloss die Augen, spürte seine warme Haut und fühlte sich von den Zehen bis zu den Haarwurzeln einfach nur lebendig.

»Alles, was mich glücklich macht, ist in diesem Bett«, sagte sie leise, und Spatzbach küsste ihren Nacken.

Das Glück dauerte wenige Stunden. Beim Duschen, als Trixie zu Spatzbach unter die Brause stieg und sie sich umarmten, während das heiße Wasser herabprasselte, war es noch da. Auch als der Duft nach Kaffee und Brötchen durch die Küche zog, konnte Trixi es fühlen wie eine dicke, weiche Decke, in die sie eingewickelt war. Als sie sich kichernd auf Spatzbachs Schoß setzte und seinen Laptop zuklappte, um ihn mit einem Löffel Nutella zu füttern, war das Glück plötzlich weg. Spatzbach sah ernst und blass aus, er wand sich unter ihr, bis sie sich einen Stuhl heranzog und in Richtung des Laptops nickte.

»Schlechte Nachrichten?«

Spatzbach seufzte.

»Hast du nicht eben im Bett noch gesagt: keine Geheimnisse? Und Dinge zusammen angehen?«

Er strich sich übers Gesicht, dann holte er Luft.

»Gut. Ich habe zuerst mein Konto abgefragt. Da herrscht Ebbe. Es ist jetzt nicht so, dass ich heute auf der Straße singen muss, aber der Spielraum geht gegen null. Zweitens: Ich bin froh, dass wir Kastner geschnappt haben und dass er dein Haus nicht gekauft hat, wirklich, so jemand darf nicht frei rumlaufen, ich hasse es, was er dir und den Tieren angetan hat. Aber der Deal mit Mone ist eben auch geplatzt. Sie wird nicht die Chefärztin einer neuen Klinik, und ich werde nicht der Architekt dieser Klinik.«

Trixie sah ihn konzentriert und erwartungsvoll an.

»Ich muss also anderweitig sehen, wie ich mein Leben in den Griff kriege. Wir erinnern uns: Ich wurde gekündigt.«

Trixie nickte und nippte an ihrem Kaffee.

»Meine alte Firma hat mir aber gerade einen Job angeboten. Die haben sonst keinen, der Zeit hätte und Französisch spricht. Außerdem können die mich jetzt als Freien einbinden, das gefällt denen schon viel besser. Ich soll als freier Architekt die Projektleitung einer Ferienanlage auf Korsika übernehmen. Entwurf, Bauleitung, das ganze Paket.«

Trixie schluckte.

»Wann und wie lange?«

»Praktisch sofort und mindestens zwei Jahre.«

»In Hamburg?«

»Nein, vor Ort. In Roccapina an der Südspitze. Ein herrlicher Strand – war ganz früher übrigens als Piratenbucht bekannt.«

Eine Weile saßen sie schweigend da. Sie scheuchten nicht einmal Freddy weg, der auf den Tisch gesprungen war und zwischen ihrem Frühstücksgeschirr herumstolzierte.

Spatzbach ging vor Trixie in die Hocke, nahm ihre Hände und sah sie von unten an.

»Komm mit mir! Ich weiß, es ist irre, aber wir haben uns endlich gefunden, und du fühlst doch auch, dass es was Großes ist zwischen uns. Lass es uns probieren. Finn kriegt die Praxis auch allein hin, Maximilia kann ihm helfen, oder er sucht sich jemanden für die Sprechstunde. Und dein Haus könntest du untervermieten. Komm mit – und sehen wir, wie es läuft. Wir sind doch zwei, die Abenteuer wagen. Ich würde es gern versuchen mit dir.«

Trixie stand so abrupt auf, dass ihr Stuhl nach hinten überfiel.

»Wie stellst du dir das vor? Ja, ich bin verliebt in dich, aber ich habe hier ein Leben. Ich will doch sehen, wie es weitergeht mit den Gemälden in der Praxis. Und ich will ein Auge auf Finn haben. Und was ist mit dem Katzvolk? Ich trenn mich nicht von ihnen für ein Abenteuer. Ich bin keine siebzehn mehr, Spatzbach.«

»Ja eben, wir sind beide alt genug, um zu wissen, dass man das Glück festhalten muss, wenn man es mal erwischt hat.«

Trixie flüchtete geradezu vor ihm zur Spüle, als würden die wenigen Meter Abstand ihr helfen, klarer zu denken.

»Das kannst du nicht von mir verlangen. Such dir doch einen anderen Job.«

Spatzbach lachte bitter.

»Die werden einem gefeuerten Architekten Mitte fünfzig auch hinterhergeworfen.«

»Dann ist es halt schwierig. Du könntest deine Wohnung in Hamburg kündigen, um Geld zu sparen, und erst einmal hier wohnen.«

»Trixie, bitte, ich lasse mich nicht aushalten von einer Frau.«

»Und ich lasse mich nicht ins Ausland verschleppen, nur weil irgendein Mann da etwas bauen möchte.«

»Das bin ich also für dich? Irgendein Mann?«

Trixie suchte nach Worten. Spatzbachs Gesicht war aschfahl. Er raffte seine Jacke zusammen und steckte sein Laptop aus.

»Danke. Dein Schweigen spricht Bände. Dann geht irgendein Mann jetzt besser. In deinem Leben ist wohl kein Platz für mich. Du bist komplett mit deinen drei Katern.«

Er stürmte hinaus und warf die Tür hinter sich zu.

Trixie sank auf einen Stuhl, legte die Arme auf die Tischplatte und fühlte sich so einsam wie nach PeFes Unfall. Offenbar sollte sie nicht glücklich sein. Kaum lernte sie jemanden kennen, mit dem das Leben wieder schön und aufregend war, kam etwas dazwischen. Aber sie würde hier nicht alles aufgeben für einen Mann, den sie kaum kannte. Auf der anderen Seite wusste sie schon, dass sie, so lustig sie sich immer gab, innerlich schwer zu knacken war. Es kam nicht oft vor, dass jemand sie wirklich berührte und zu ihr durchdrang. Mit PeFe war es so gewesen und jetzt mit Spatzbach. Musste sie nicht vielleicht einfach darauf vertrauen, dass alles gut werden würde? Grübelte sie zu viel? Dann stupste sie Godzilla, der nun auch auf den Tisch gesprungen war, sie mit seiner feuchten Nase an und warf sich vor ihr auf den Rücken. Sie kraulte seinen gepunkteten Bauch.

»Ihr drei wart zuerst da«, murmelte sie, »wir sind eine Herde. Wenn Spatzbach dazugehören will, muss er einen Weg finden.«

Aber sie bezweifelte, dass es diesen Weg gab. »Und sie lebten glücklich bis an ihr Lebensende« war halt nur ein Märchen. Die Realität bestand darin, Katzenfutterdosen zu schleppen und Haare von der Kleidung zu bürsten. Und zwar allein.

»Du tust dir jetzt so richtig leid, meine Schöne?«

Trixie schreckte auf.

PeFe hatte es sich auf der Küchenarbeitsplatte gemütlich gemacht und baumelte mit den Beinen. Er hatte sie schon seit Tagen nicht mehr besucht, und Trixie hatte ein schlechtes Gewissen deswegen.

»Heißt es wirklich ›entweder oder‹? Entweder Architekt an der Piratenbucht oder arbeitsloser Untermieter bei dir? Eine andere Idee habt ihr nicht? Zwei erwachsene Menschen, die nicht ganz blöd sind, und beide gebt ihr einfach so auf? Das ist nicht die Trixie, die ich kenne. Muss ich mich erst im Grabe herumdrehen, bis du auf das Offensichtliche kommst? Du hast nicht nur dieses Haus, in dem du wohnst, Allerschönste, du hast auch noch die Praxis. Denk doch mal weiter als bis zum nächsten Schnurrbarthaar.«

Trixie überlegte. Und überlegte. Und dann hatte sie tatsächlich eine Idee.

Kapitel 17

Wolpertinger-Paradies

Die Praxis war kaum wiederzuerkennen. Sämtliche Wände waren mit speziellen Folien abgedeckt, auf den Böden lagen dicke Vliese, und überall standen Scheinwerfer. In jedem Raum gab es eine Klimaanlage, die die Temperatur konstant hielt, und in den Ecken blinkten kleine Datenlogger, die die Luftfeuchtigkeit aufzeichneten. Alle hatten Ganzkörperanzüge und Atemschutzmasken bekommen und waren angewiesen worden, nichts anzufassen. Trixie fühlte sich in dem knisternden weißen Overall wie ein Alien, und auch Spatzbach bewegte sich in der ungewohnten Aufmachung hölzerner als sonst. Finn und Maximilia hielten sich an den Händen, Patti und Kaluppke standen mit den Jansons etwas abseits und beobachteten das Treiben der Museumsleute. Auch der Journalist Kai war gekommen und berichtete für seine Zeitung. Ein Kamerateam eines großen Senders filmte die Freilegung der seit 1944 verschollenen und durch Kastners Vorarbeit schon jetzt berühmten Manussen-Fresken.

Sie hielt die Spannung kaum noch aus. Wochenlang hatten sie alle auf diesen Moment gewartet, und heute war es endlich so weit. Fast konnte Trixie es körperlich spüren, was sich hinter den Gipswänden verbarg. Die Jahre, die sie mit PeFe in diesen Räumen gearbeitet hatte, ohne etwas von den Wandgemälden zu ahnen, erschienen ihr schon halb unwirklich. Wie oft hatten sie geplant, endlich zu renovieren. Einmal hatte PeFe sogar überlegt, das Untersuchungszimmer und den kleineren Raum dahinter zusammenzulegen, um mehr Platz zu schaffen. Nicht auszudenken, wenn sie einfach mit schwerem Gerät die Wand eingerissen hätten.

Der Chefrestaurator trat vor die kleine Gruppe, die sich im Wartezimmer versammelt hatte, und klatschte in die Hände.

Sofort verstummte das Gemurmel, und alle sahen ihn erwartungsvoll an.

»Liebe Frau Vogelsang. Wir haben es ja kaum zu hoffen gewagt, aber nun hat die Suche wirklich ein Ende, die verschollenen Werke werden heute freigelegt. Das wäre nicht möglich, wenn Sie nicht so ein scharfes Auge gehabt hätten.«

Trixie lächelte und neigte den Kopf zu einer kleinen Verbeugung, zischte Spatzbach aber zu: »Eigentlich hat Mone sie entdeckt, aber sie kann sich das gerne alles in den Nachrichten ansehen.«

»Genug Zeit dafür hat sie in der Untersuchungshaft ja«, zischte Spatzbach zurück und drückte Trixies Hand.

»Es ist ein großer Moment für die Kunstwelt und sicher auch für Sie. Ich bin jedenfalls stolz und glücklich, dabei zu sein. 1944 hat sich Vladimir Manussen in Berlin versteckt und in dieser Zeit – wie uns die erhaltenen Fotos erahnen lassen – Werke von unglaublicher Schönheit geschaffen. Wie es ihm gelungen ist, in dieser Zeit Materialien wie Farben und Gips zu organisieren, wird uns und die Historiker noch eine Weile beschäftigen. Es ist ein Jahrhundertmoment, heute den Grundstein zu legen für das neue Manussen-Museum, das hier an Ort und Stelle entstehen wird. Bald kann die ganze Welt die Fresken bestaunen, aber heute sind wir so privilegiert, die Ersten zu sein.«

Dem Restaurator brach die Stimme kurz weg, dann fing er sich wieder und erläuterte das weitere Vorgehen. Sie würden mit großen Staubsaugern arbeiten, die mit einem Netz geschützt waren, damit die Gipswände möglichst staubfrei beseitigt werden konnten, ohne die darunter liegenden Farbschichten zu beschädigen. Heute ging es erst einmal nur um die Öffnung. Um die Restaurierung und Konservierung der Fresken würden sich in den nächsten Monaten Spezialisten kümmern.

Ins Untersuchungszimmer durften nur Trixie, Spatzbach und das Kamerateam, alle anderen mussten warten, bis die Wände entfernt und aus der Praxis geschafft waren.

Mit klopfendem Herzen betrat Trixie den Raum, in dem sie so viel Zeit verbracht hatte, und während sie sich an Spatzbachs Arm klammerte, dachte sie: PeFe, wo immer du jetzt auch bist, sieh dir das an.

Vorsichtig begann eine Mitarbeiterin mit einem Hämmerchen das bestehende Loch im Gips zu vergrößern. Sie hatten die Stelle vorher mit nassen Schwämmen bearbeitet, damit die Staubentwicklung möglichst gering war. Ein Kollege saugte ab. Zwei andere standen bereit, um die Wand zu stützen, damit sie nicht einstürzte und die Bilder beschädigte. Noch wusste niemand, welche Farben und welche Technik Manussen verwendet hatte oder in welchem Zustand die Fresken waren.

Die Restauratorin maß den Abstand zur Originalwand und entschied, eine kleine Kreissäge einzusetzen, wie Trixie sie selbst auch schon bei Gipsverbänden benutzt hatte.

Trixie hielt den Atem an, als das Gerät sich mit schrillem Geräusch durch die falsche Wand fräste. Die Platte lockerte sich, die beiden Kollegen nahmen sie vorsichtig ab und trugen sie aus dem Raum. Die Restauratorin wartete, bis der Staub sich gelegt hatte, und machte weiter mit einem viel größeren Stück. Schließlich hatte sie gut die Hälfte der ersten Wand freigelegt. Trixie wagte es kaum, hinzusehen. Was, wenn sich alle geirrt hatten? Wenn sie das Haus mit PeFes Praxis, sein Lebenswerk, sein Vermächtnis, verkauft hatte für einen Irrtum? Was, wenn die Fresken unwiederbringlich beschädigt waren und es kein Manussen-Museum geben würde? Vorsichtig atmete sie hinter ihrer Maske. Das Blut rauschte in ihren Ohren.

Die blendenden Lampen wurden abgedimmt. Dann sahen sie es zum ersten Mal. Eine Gänsehaut lief Trixies

Rücken hinunter, und ihre Augen wurden feucht. Spatzbach neben ihr keuchte. Nie hätte sie gedacht, dass es so schön sein würde.

Die Farben hatten in den vergangenen Jahrzehnten kaum an Strahlkraft verloren. Prall und dicht leuchtete ihnen eine Dschungellandschaft entgegen. Satte grüne Blätter, Lianen, Blüten, eine ganze Welt öffnete sich vor ihnen. Und dazwischen die Tiere, fremdartig und bizarr gemalt, aber so lebendig, als würden sie im nächsten Moment die Stämme hinaufklettern oder im Unterholz verschwinden. Über einer Blume schwirrten kolibriähnliche Vögel mit pelzigen Körpern und langen Leopardenschwänzen. Halb von einem Busch verborgen wartete ein Dachs mit Schweineschnauze und Hahnenkamm. Ein großer Katzbär, halb Panther, halb Panda, lag faul im Geäst, und in einer Ecke grub sich ein Krokodil mit Bärentatzen aus einem Maulwürfshügel. Ein Wolpertinger-Paradies!

Trixie konnte sich nur mit Mühe losreißen, es gab so viel zu entdecken und zu bestaunen, aber die anderen sollten das Wunder auch sehen, also machten sie widerstrebend Platz für Finn und Maximilia, die schon im Flur gewartet hatten.

Im Wartezimmer fiel Trixie auf einen der Stühle, auf denen jahrzehntelang Kunden mit ihren kleinen Patienten gewartet hatten. Spatzbach strich ihr über die Wange.

»Bereust du deine Entscheidung?«

Sie schmiegte sich an ihn.

»Keine Sekunde.«

Sie warteten, bis auch Patti und die Jansons den Dschungel gesehen hatten und ebenfalls andächtig zurückkamen.

Frau Janson holte eine Champagnerflasche aus ihrer Tasche und öffnete sie mit einem lauten Ploppen.

»Lasst uns anstoßen, Kinder, auf heutige Wunder und die kommenden.«

Sie ließ die Flasche kreisen, Gläser hatte sie vor Aufregung zu Hause vergessen.

Die Restauratoren hatten im Wartezimmer Pläne des Erdgeschosses auf Flipcharts gepinnt, auf denen die Wände markiert waren, hinter denen sie Fresken vermuteten. Mit Ausnahme des Wartezimmers gab es in jedem Raum eine falsche Wand. Sechs gewaltige Bilder waren zu erwarten.

Trixie fuhr mit dem Zeigefinger an den markierten Linien entlang.

»Kein Wunder, dass wir es immer zu eng hatten, es war ja überall weniger Raum als gedacht.«

Sie fand es inzwischen unfassbar, dass es ihr und PeFe nie aufgefallen war, aber der bröckelnde Putz und die marode Inneneinrichtung hatten sie einfach abgelenkt.

»Im neuen Center haben wir Platz ohne Ende«, sagte Finn, und Maximilia klatschte in die Hände.

»Wir kriegen einen Schulungsraum nur zum Klickern!«

Spatzbach rückte zwei Flipcharts zusammen und öffnete eine große Papprolle. Er nahm seine jüngsten Pläne heraus und befestigte sie.

»Ihr habt ja die endgültige Fassung noch gar nicht gesehen.« Stolz tippte er mit einem Kuli auf einen Grundriss.

»Ich präsentiere das Peter-Ferdinand-Center. Tierarztpraxis, Katzenpension und Schulungszentrum für Verhaltenstraining und Erste-Hilfe-Kurse. Und das verdanken wir einem Maler, der vor allem für seine Tiere berühmt wurde.«

»Dazu ein Büro für Tierschutz und Tiervermittlung«, warf Patti ein, und Spatzbach klopfte auf einen Raum direkt neben dem Eingangsbereich.

»Das kommt hier hin. Bei der Rezeption.«

Trixie umarmte Patti.

»Das hast du verdient, Süße! Wir werden die schutzbedürftigen Tiere der Stadt retten, die heimatlosen vermitteln, die kranken behandeln, die gestörten gesundklickern, die unwissenden Halter schulen, die erholungsbedürftigen Katzen beurlauben und nebenher eine Menge Spaß haben!«

Sie standen vor den Plänen und freuten sich auf die vielen neuen Aufgaben. Dank des stattlichen Kaufpreises, den die Stadt für das alte Haus und das Grundstück bezahlt hatte, war genug Geld da, um alles so zu bauen, wie sie es wollten. Spatzbach hatte sich in langen Sitzungen angehört, was jeder sich vorstellte und brauchte, und seine Pläne immer wieder umgearbeitet. Das PeFe-Center war der größte Auftrag seiner Karriere, und die Pläne waren so spektakulär geworden, dass sich schon ein Berliner Architekturbüro mit großen Projekten an ihn gewandt hatte.

Trixie war überglücklich, dass PeFe auf diese Idee gekommen war. »Gut ist, wenn alle glücklich sind«, hatte er schon zu Lebzeiten immer gesagt, und Trixie fühlte ganz deutlich, wie recht er damit hatte.

Seit sie das Haus an die Stadt verkauft und die Gründung des PeFe-Centers beschlossen hatte, war er ihr nicht mehr erschienen. Sie hatte es einige Male versucht, im Halbschlaf oder morgens in der Küche. Sie hatte die Lasagne gebacken, deren Duft er so geliebt hatte, und war nachts durch das Haus geschlichen in der Hoffnung, ihn am Küchentisch sitzend zu finden. Aber er blieb verschwunden.

Die anderen pellten sich bereits vor der Haustür aus ihren Schutzanzügen, sie würden bei Jansons feiern und in den nächsten Tagen immer wieder in die ehemalige Praxis gehen, um die weiteren freigelegten Fresken zu bewundern.

Trixie winkte ihnen zu und rief, sie komme gleich hinterher. Dann schloss sie die Tür und sah sich noch einmal im Wartezimmer um.

So viele Tiere. So viele Patienten und Schicksale, schlimme Momente und größtes Glück, wenn sie ein Tier gerettet hatten. So viel Freude an der Arbeit. So viel Liebe. So viele Jahre.

Trixie wischte sich eine Träne von der Wange und drehte sich langsam um sich selbst.

»Auf Wiedersehen, Praxis. Auf Wiedersehen, altes Leben.« Und schließlich fügte sie hinzu nach einem Moment: »Auf Wiedersehen, PeFe, Liebe meines bisherigen Lebens.«

Sie atmete tief durch, dann trat sie durch die Tür auf den Gehweg, wo die anderen auf sie warteten und Spatzbach Herrn Wohlgemut im Arm hielt, der bisher in Pattis Auto geschlafen hatte, jetzt aber dabei sein wollte. Um seinen Hals trug er ein Band aus lauter Glücksklee, und auf seinem Kopf saß etwas schief ein kleiner schwarzer Zylinder.

Trixie musste lachen.

»Was werden wir Glück haben in unserem Center«, rief sie, »wir haben ein eigenes Schwein!«

Sie hakte sich bei Spatzbach ein, und Herr Wohlgemut reckte seine rosa Rüsselschnauze in die Luft und quiekte.

Dank

Alle Kater meines Lebens und ich bedanken uns ganz herzlich bei unseren Tierärzten Uta und Wolfgang, die nicht nur geimpft, behandelt, operiert, beraten und erlöst haben, sondern die auch bei diesem Buch dafür sorgten, dass veterinärmedizinisch alles seine Richtigkeit hat.

Ich danke meinem Mann für lange Gespräche auf dem Balkon und gar keine Gespräche über Katzenhaare im Bett, auf der Kleidung oder in der Butter.

Anke Göbel vom Heyne-Verlag danke ich für ihre Begeisterung und die Chance, dieses Buch zu schreiben, und Silja Maehl für die herzliche Betreuung.

Sämtlichen Katzen, Hunden, Meerschweinchen, Chinchillas, Wellensittichen, Frettchen, Schlangen, Schildkröten und sonstigen Haustieren danke ich dafür, dass ihr unser Menschenleben so viel schöner macht.